ALEJANDRA GÓMEZ

PENA y MUERTE

©Alejandra Gómez
Pena y Muerte
Código de registro: 2110279639189
Primera Edición: Diciembre 2021
Diseño de portada: Mar Espinosa
Ilustración: Mar Espinosa
Maquetación: Lotus Ediciones
Corrección: David Lee Libros

No se permite la reproducción total o parcial de este libro, ni su incorporación a un sistema informático, ni su transmisión en cualquier forma o medio sin permiso previo de la titular del copyright. La infracción de las condiciones descritas puede constituir un delito contra la propiedad intelectual.

Los personajes, eventos y sucesos presentados en esta obra son ficticios. Cualquier semejanza con personas vivas o desaparecidas es pura coincidencia.

Para Amelie, por ser la mejor amiga que pude pedir

CAPÍTULO I

Nunca pensé que sentiría el peso de la sangre seca en mi ropa o qué era llorar hasta estar seca.

Una hora antes...

Los viernes son los mejores, mi mejor amiga y yo casi siempre vamos al centro comercial, aunque sea solo para ver por la vitrina, como lo llamamos: "Comprar con los ojos". Alisha también es mi vecina, prácticamente somos hermanas, nos criaron juntas, ella es deslumbrante, sus ojos azules, cabello castaño lacio y delgada. Yo soy de cabello castaño también, pero el mío es ondulado, mis ojos son color caramelo, ambas tenemos la piel de un color dorado, de alguna manera somos muy parecidas. Ella como siempre está rebuscando en mi armario.

—Madeline Jones, ¿cuándo compraste esta belleza? —pregunta mientras saca de mi armario una blusa azul sin mangas de seda.

—Me la regaló mi madre, pero no es mucho mi gusto —le digo con una sonrisa, sé lo que está a punto de decirme, así que me adelanto—. Sí, la puedes tomar prestada.

Se me acerca y agarra mi cara entre sus manos.

—Eres la mejor.

—Lo sé, lo sé —digo riendo—, ahora apúrate para irnos.

Se pone la camisa y bajamos por las escaleras sonrientes, mis padres no están en casa, decidieron ir a cenar, así que solo se llevaron uno de los carros, me dijeron que podía tomar el otro.

Salimos de mi casa, es una vivienda de color extravagante, color rojo vino, con puertas blancas, no es muy grande, pero para mí es la más bella de todo el vecindario. Nos dirigimos al garaje, donde está el carro negro de mi padre, lo prendo y nos ponemos en marcha al centro comercial. Son las 6 de la tarde, el atardecer se ve especialmente bello hoy con su color carmesí, naranja y amarillo. Vivo en Kansas, al abrir las ventanas disfrutamos del viento de verano.

—Entonces, dime qué, ¿estás listas para ir a la escuela? —pregunto, ya vamos a entrar al último año, ya sabemos qué estudiaremos en la universidad, ella será una piloto, dice ella que para que viajemos por todo el mundo juntas como siempre lo hemos planeado, yo quiero ser psicóloga como mi madre.

—¿Estás bromeando? Claro que sí, estoy lista, es obvio que quiero abandonar la comodidad de levantarme las 2 de la tarde.

Río ante su tono sarcástico, estuvimos juntas todo el verano, fue una pijamada interminable en la que hacíamos maratones de nuestras sagas favoritas, donde en las noches recitábamos las líneas de películas. Creo que ya gastamos las películas de Harry Potter, Star Wars y todas las de Marvel de tanto verlas. No es nuestra culpa que sean arte.

—No sé qué voy a extrañar más, ver tu horrible cara todas las mañanas —la miro divertida—, o tú hablando tontas teorías conspirativas de cómo sientes que alguien te observa en las noches.

—¡Ey! Eso va enserio. Me asusta.

—Si tú lo dices. —Tuerce los ojos y reímos juntas.

Finalmente llegamos al centro comercial, ya el atardecer desapareció dejando una noche oscura donde se pueden ver las estrellas brillar, eso acaba cuando me estaciono en el estacionamiento subterráneo, es nuevo, lo acaban de terminar, aún se siente el olor a concreto, subo las ventanas y ambas bajamos del carro. De pronto un frío me invade, castañeo con los dientes y miro a mi lado donde se supone que estaba Alisha, pero no la veo. Escucho un grito, el grito desesperado de mi amiga, se siente como un desgarro, me volteo y veo a una persona que no logro distinguir si es hombre o mujer, no me preocupa en este momento, tiene a mi amiga agarrada del cuello, me quedo paralizada, por un instante no puedo respirar, «no te muevas», me digo, pero tengo que hacerlo, tiene a mi amiga, la está ahogando y no puedo mirar sin hacer nada, «pelea».

Corro hacia donde el encapuchado, lanzándome en su espada, y lo intento apartar con todas mis fuerzas, pero me tira como si fuera nada, caigo al piso y mi vista se nubla por el golpe en la cabeza, siento cómo las lágrimas brotan de mis ojos, «por favor, que esto sea una pesadilla», sé que no lo es, el encapuchado la tira al piso, mientras la sigue ahorcando, «¡por favor. basta!». Intento gritar, pero no sale nada, escucho cómo las palabras de mi amiga, mi hermana, se extinguen poco a poco, suplicando por su vida, cuando el hombre saca un cuchillo y la apuñala en el estómago.

—¿Por qué? —Es lo único que repite hasta que se queda sin oxígeno.

Ya no hay nadie, yo sigo en el piso, mirando al techo, ojalá hubiera tenido la fuerza para pararme y seguir al asesino, pero no me puedo mover, mi cabeza sangra, solo tengo la fuerza para mirar a un lado, en busca de un milagro de que no esté muerta.

Miro a mi lado y mis esperanzas se van con el viento, cuando me encuentro con la fría mirada de Alisha a mi lado, sus ojos azules no tienen ya su brillo, empiezo a jadear y llorar, «esto es una pesadilla», intento convencerme de que esto no es real. Finalmente logro arrastrarme hasta el cuerpo de mi amiga, casi puedo oír mi corazón romperse al tocar su fría mano.

Mi voz sale partida por el llanto.

—No, por favor, no, despierta —digo al mismo tiempo que toco su cara, la cual alguna vez tuvo una sonrisa lleva de calor, veo su sangre por todas partes—. No me dejes sola, por favor, te lo pido.

La agarro y la abrazo, no puedo controlar el dolor que siento, es como si una parte de mí hubiera sido arrebatada de mi lado, la sangre me tiñe la camisa de rojo, la vuelvo a mirar. Temblando, estiro mi mano y cierro sus ojos, mi cabeza no para de dar vueltas, me esfuerzo para parar de llorar, lo cual no es posible. Estoy contemplando el cuerpo de lo que alguna vez fue una persona llena de amor, dulce, ella nunca se vencía, «ya no está». Tiene marcas en el cuello que intento ignorar.

Saco mi celular del bolsillo de mi chaqueta, marco el número de la policía, intentando mantenerme despierta, todavía estoy aturdida por el golpe. El celular suena y mi cabeza retumba con cada sonido.

—Policía de Blackhill, ¿cuál es su emergencia?

—Mi nombre es Madeline Jones, estoy en el centro comercial Hawthorne —las palabras se traban en mi boca, luchan por no salir, decirlo en voz alta lo hace más real, con la voz temblando termino la perturbadora frase—, mi amiga acaba de ser asesinada. —Cuando termino esa frase rompo en llanto, casi no puedo ni escuchar lo que dice le policía en el celular.

Estoy tirada en el helado piso con una mano en la del cuerpo de Alisha, con los ojos cerrados, escucho las sirenas de una ambulancia y una patrulla de policía, puedo ver las luces a través de mis parpados, pero no los abro, me quedo al lado de ella, reviviendo una y otra vez nuestra conversación en el auto, grabando su sonrisa brillante en mi cerebro, «ya no está, ya no reirá más», nunca pensé que sentiría el peso de la sangre seca en mi ropa o qué era llorar hasta estar seca.

Siento unas manos cálidas en mi rostro, abro lo ojos aún llorando, es mi madre, tiene los ojos aguados, intentando contener las lágrimas de la pérdida de alguien que fue como una segunda hija para ella, intentando ser fuerte por mí, no suelto la mano de Alisha, puede ser la última vez que sostenga su ahora pálida mano, no me muevo, sigo mirando al techo, «ya no veremos el mundo juntas, ya no la podré abrazar».

—Cariño, suelta su mano, ya se fue. —Su voz se quiebra, no puede más, las lágrimas recorren su rostro—. Ya no está.

«Lo sé», me digo, pero no me digno a moverme, mi madre seca mis lágrimas, aunque siguen saliendo, lloro en silencio, hasta que escucho la voz de la madre de Alisha, me destruye pensar en que su padre ya había muerto hacia ocho años, Alisha y yo teníamos 9 cuando sucedió, y ahora esto.

—Mi bebé, mi dulce chiquita, qué te han hecho —dice mientras se acerca al cuerpo, se derrumba, llora y toca delicadamente la cara de su hija.

Me mantengo quieta, la Sra. Anna toca mi mano, reacciono por fin, me siento aún sin soltar la mano de Alisha, y la miro, tiene los mismos ojos de Alisha, pero su tez es más oscura que la de ella.

PENA Y MUERTE

—Lo siento, intenté —me congelo y miro el cuerpo de Alisha—, intenté impedirlo, pero no pude —mi llanto me ahoga, casi no puedo respirar, miro mi camisa llena de sangre—, no... pude —digo gimoteando.

Ella se acerca a mí y me abraza fuerte, casi me recuerda a los cálidos abrazos de Alisha, «casi, nada se compara a la calidez de ella».

—Nadie pudo haber hecho nada, no es tu culpa —me asegura mientras mis lágrimas mojan su camisa, no puedo imaginar su dolor, primero su esposo, ahora su hija, me mira a la cara, asiente con la cabeza y camina hacia un policía.

Finalmente, suelto la mano de Alisha, con un dolor punzante en mi corazón, me repito a mí misma, «esa ya no es Alisha, en el momento en el que murió paró de ser mi Alisha», me volteo a mi mamá, me arrojo en sus brazos y exploto en llantos, no puedo más, me duele la cabeza aún. No tanto como el alma, un alma que está incompleta ahora.

—Tranquila, mi vida, todo va a estar bien.

—No, no va a estar bien —le digo mirándola fijamente, mis lágrimas paran, todo se vuelve odio, un odio ardiente que me quema por dentro—, no hasta que atrapen a su asesino.

—No te preocupes por eso ahora —me dice mientras toca la parte de mi cabeza que sangra—. Primero atendamos esto.

Me dirige hacia la ambulancia, la cual ya estaba lista para mí, me ayudan a subir, me siento en la camilla y el paramédico me empieza a revisar la herida.

—No se ve mal, pero vas a necesitar puntos —me dice, yo me mareo un poco, cabeceando, empiezo a ver un poco borroso—, deberíamos ir al hospital para ver si tienes una contusión grave.

Sus palabras no se oyen claras, todo al mi alrededor se desvanece, menos la constante imagen de Alisha, muerta...

CAPÍTULO 2

Todo se ve borroso, veo dos figuras borrosas, mis ojos se intentan adaptar, una de las figuras se mueve hacia mí, siento que mi garganta se cierra cuando me toca la mano, me voy calmando cuando mis ojos por fin logran ver que es mi madre, está más pálida de lo normal, sus ojos, de igual color que los míos, se ven rojos e irritados, su lacia cabellera chocolate en una despeinada coleta, se notaba que no ha salido de la habitación en toda la noche.

—Calma, Madeline, estás en el hospital, cariño —dice mientras mis ojos exploran a mi alrededor, asustada—, este es el Dr. Adams. —Señala a la otra figura que había visto.

Ahora veo que es un hombre de piel morena, un poco bajo, sus negros ojos se cruzan con los míos y me da una sonrisa amable, se acerca a mí, tocando mi cabeza, examinándola.

—Tienes suerte, solo tuviste una contusión leve y te desmayaste por deshidratación, solo necesitas descanso, estarás bien. —Para de examinar mi cabeza y se voltea hacia mi mamá—. Kira, ella podría necesitar alguien en casa por un tiempo —dice el nombre de mi mamá como si se conocieran, «claro, mi mamá debe de haber hablado con él todo este tiempo».

—¿Dónde está ella? —Las palabras salen disparadas de mi boca interrumpiendo al Dr. Adams—. ¿Dónde está el cuerpo de Alisha?

Sé que tal vez esté en la morgue, su cuerpo en una fría mesa de metal, me pregunto si los detectives que investigan su asesinato tendrán fotos de la escena, de su cuerpo tendido en el piso, «claro que *sí*», me digo. ¿Ella es solo otro de sus investigaciones, un cuerpo más encontrado? Si piensan así, no los puedo culpar, nunca la conocieron, «nunca lo harán». ¿Será ella olvidada? «Si todos lo somos al fin al cabo todos morimos y somos olvidados, un saco de huesos *más*», mis pensamientos se cortan cuando por fin mi madre contesta.

—Hija, eso no importa ahora.

«Si importa», sin embargo, no digo nada, solo asiento con la cabeza, estoy muy cansada para discutir.

—Tienes que pasar la noche en observación —escucho la voz del doctor—, tendrás policías en la puerta en todo momento.

—Y yo estaré a tu lado siempre —añade mi madre.

No hablo, cierro mis ojos, estoy cansada, no puedo moverme, ni hablar, la cama está calentita, me hace sentir segura, mi madre despide al doctor y se acuesta a mi lado, «estoy segura».

Salí del hospital al día siguiente, sábado, en el carro, la última conversación con Alisha resuena en mi cráneo, «tú hablando tontas teorías conspirativas de cómo sientes que alguien te observa en las noches», no le creí, «¡Ey! Eso va en serio, me asusta», debí creerle. Llegamos rápido a la casa, en la cual mi padre nos espera, es de día, aun así, la casa hoy se ve imponente, con su rojo color, color sangre, la imagen de la sangre de Alisha invade mi mente, me perturba, pero no dejo que mi madre lo note. Solo entro en la casa, mi padre, más alto que mi madre, de una piel trigueña, ojos negros, me parezco más a mi mamá, está ahí con todo un buffet en la cocina, sabe que amo su comida, no puedo evitar esbozar una pequeña sonrisa.

—Hay pasta Alfredo, pan de ajo, soda y brownies.

Me tiro en sus brazos y lo abrazo fuerte, una lágrima escapa, estoy exhausta.

—Gracias —susurro.

La cena es tranquila, casi ni hablamos, sé que mis padres no saben qué preguntarme ni decirme, ellos no vieron a su mejor amiga ser asesinada, mi padre está recogiendo los platos cuando mi madre coloca su mano en la mía.

—No quería tener que decirte esto ahora —me mira esperando a que yo reaccione, espera a que yo adivine a lo que se refiere para que ella no tenga que decirlo, pero no lo sé. La miro confundida y continúa—, tienes que ir a dar tu declaración.

Se me había olvidado por completo, pero el sentimiento de la ira regresa, venganza.

—Claro que lo haré, ¿cuándo?

—Mañana por la mañana.

Levanta la mirada, nuestros ojos se encuentran, veo preocupación en ellos, aparto la vista antes de que mis lágrimas salgan, respiro profundamente, miro a mi padre que me está mirando igual, no lo puedo soportar, entiendo que estén llenos de angustia, pero simplemente no puedo, me hace sentir rota.

—Si me disculpan, voy a mi habitación.

Subo corriendo por las escaleras, no les doy oportunidad de reaccionar o decir algo, cuando entro a mi habitación aún hay cosas de Alisha aquí, una bolsa con su ropa, todavía puedo sentir su presencia en el aire, como un fantasma, me siento en el piso con la mochila en las manos, la abro. «Busca algo, una pista», saco toda su ropa, pero nada, lloro de la frustración, saber que no puedo contribuir en que atrapen a la persona responsable me quiebra.

«Tal vez sí estoy rota», me digo, pero la voz de Alisha me calla, el recuerdo de cuando le dije una vez que pensaba que yo no era suficiente y ella me dijo *"nunca digas eso de nuevo, tú eres perfecta tal cual y si alguien te dice que no lo eres que se pudra"*, siempre sabía qué decir, sonrío ante el recuerdo.

Toco el fondo de la mochila y siento algo duro, cuadrado, busco algún hueco para sacarlo, lo encuentro, el fondo de la mochila tiene el trozo roto perfecto para esconder algo, meto la mano, agarro algo que parece ser de metal y lo saco. Es un encendedor.

—The dark rise —leo en voz alta.

Saco mi celular y busco en internet el nombre, intentando ver si me lleva a algo, carga rápidamente, es un bar, ¿un bar? Ella nunca ha ido a ese bar, a ningún bar, «al menos que yo sepa», no importa, no me dijo una cosa, no significa que me ocultara algo, Alisha era muy tranquila, no tomaba, solo ha tenido un novio y eso no terminó bien, ¿qué hacía en un bar?

Guardo en el encendedor en uno de mis cajones, «tengo que descansar, nada de jugar a detectives», me digo una y otra vez, mientras me acomodo en mis suaves sábanas blancas acolchonadas, decido dormir, mañana será un día largo.

Mi madre me lleva a la estación de policía, estamos aún en el carro, respiro profundo y cierro los ojos, tener que decirle a alguien todo lo que pasó, cada detalle de lo que le hicieron a ella, va a ser doloroso, lo sé.

—¿Estás lista? —pregunta mamá, apagando el motor, abro los ojos de golpe y asiento con la cabeza, «es todo lo que hago últimamente, no me apetece hablar ya».

Nos bajamos y entramos, un hombre alto, con cabello rubio y tez pálido, nos recibe, un detective, podría tener unos cuarenta y seis años tal vez, nos ofrece puesto en su escritorio, tiene una pila de archivos ordenados en su mesa, pero hay uno apartado, lo sostiene en su mano, el de Alisha, intento no llorar, aprieto mis puños, «sé fuerte». Finalmente nos sentamos.

—Buenas tardes, es Madeline, ¿no? —Sabe mi nombre, solo lo pregunta para ser amable, así le doy una pequeña sonrisa en respuesta—. Soy el detective William Morales, me puedes llamar Detective Will o Detective Morales.

—De acuerdo —contesto nerviosa, contentando mis dedos mentalmente para intentar distraer mi cerebro y corazón del dolor.

—Necesito que me cuentes todo desde el principio, ¿puedes hacer eso para mí?

«No es como que tenga opción».

—Sí. —Respiro profundamente y miro mis manos que reposan en mi regazo—. Yo me estaba bajando de carro cuando noté que Alisha no estaba caminando a mi lado, la escuché gritar y volteé para ver qué estaba pasando —titubeo, es como revivir el momento de nuevo—, una persona encapuchada la estaba ahorcando, me le tiré encima, intenté salvarla —tomo otro tembloroso respiro, «tú puedes», las lágrimas ya caen por mi rostro—, pero me tiró al piso, me quedé aturdida, logré ver cómo... cómo la tiró al piso, nunca soltó su cuello, al menos no hasta que sacó un cuchillo y se lo enterró, y se fue.

Me seco las lágrimas con la manga de mi abrigo, el detective Morales intenta no ser insensible y me da un tiempo para respirar antes de hacer su pregunta.

—¿Entonces no sabes si era hombre o mujer?
—No.
—Tu madre me dijo que van al centro comercial casi todos los viernes, ¿es eso cierto?
—Sí.
—¿Quienes saben eso?
—No lo sé. —¿Qué le puedo decir? Me refiero, algunos trabajadores de las tiendas que frecuentamos, frecuentábamos, me corrijo, ya no está—. Tal vez algunos trabajadores de tiendas que ya conocíamos y ellos a nosotras de tanto que íbamos. A veces nos encontrábamos compañeros de escuela en los pasillos, es difícil saber.
—Comprendo.
—¿No había alguna cámara de seguridad? —pregunto, enseguida se tensa, visiblemente apenado, no responde, «sé fuerte», vuelvo a preguntar con un tono más firme—. ¿No había alguna cámara de seguridad?

Él me mira, sus ojos verdes se encuentran con los míos, no desvió la mirada, quiero una respuesta, unos segundos después de mirarnos por un rato baja la mirada.

—Era un área que acababa de terminar su construcción, no había cámaras aún, la persona que hizo esto lo sabía.

Esto me perturba, «lo sabía esto, tuvo tiempo de planearlo», no permito que vean mi indignación.

—Alisha dijo que sentía que alguien la observaba, me contó que sentía como que la observaban mientras que dormía, pero nunca se lo dijo a nadie más que a mí, sabía que nadie le creería. —«Como tú», me digo, «no le creíste».

—¿Dijo algo más?

—Sus últimas palabras fueron "¿por qué?" y sonó como si conociera a la persona que la asesinó.

—¿Tu amiga tenía algún problema con alguien?
—No.
—Te refieres a no que tú sepas.

Lo miro a los ojos con una mirada dura, ese comentario me duele.

—¿Eras tú su mejor amiga? —contesto enfadada, mi madre permanece callada, sabe que no puede culparme por enojarme.

—Tiene razón usted, yo no la conocía —responde con voz suave.

—¿Ya terminamos?

—No, una última cosa —dice, cuando yo estoy a punto de pararme de mi asiento para retirarme—. Pediremos una orden de cateo para su casa, es solo por precaución.

—¿Qué? —lo interrumpo abruptamente, lágrimas se desliza suavemente en mis mejillas, río sarcásticamente—. ¿Ahora se me acusa de matar a mi amiga?

—No, Madeline.

Él está parado al lado de mesa, yo me paro de la silla y camino hacia él. Nos encontramos frente a frente.

—Si le hace sentir mejor consigo mismo revisar mi casa, adelante, tal vez eso lo distraiga de que en realidad no tiene nada en el caso, detective —puedo ver un poco de rabia en sus ojos, pero siente lastima por mí, no me dirá nada—, aunque debería ser oficial, dudo que esté calificado para ser un detective de verdad, ¿se le ofrece algo más? ¿También me quiere revisar ahora para ver si tengo el arma homicida conmigo?

Baja la mirada y no contesta.

—Eso pensé —contesto mientras camino despacio de espaldas, la rabia se apoderó de mí, nubla mi sentido del juicio, «él no tiene la culpa, hace lo que puede», pero retracto ese pensamiento enseguida, me acusó de matar a Alisha, «que se esfuerce más».

Mi mamá me sigue a la salida, pero, antes de salir, miro hacia atrás, el detective tiene la mirada puesta en mí, no me puedo irme sin decirle una última cosa.

—Tal vez debería pasar más tiempo buscando al verdadero asesino en vez de perder el tiempo acusando a las personas con sus estupideces —le doy una sonrisa—, hasta luego, detective Morales.

Sé que hay ojos mirándome, no me importa, salgo de la comisaria, entro al carro, y mi madre se queda callada, no sé qué le pasa hoy.

—Eso salió bien —digo sarcásticamente, mi madre es psicóloga, yo quiero ser psicóloga, sé tanto como ella que el sarcasmo es mi sistema de defensa.

—Hija, sé que esto es duro, pero tienes que calmarte.

—Me acusó de matarla.

—Decirle lo que le dijiste no la va a traer de vuelta.

—¿Crees que no lo sé? —rompo en llanto, frustrada y triste—, pero es lo único que puedo hacer, presionarlos, es lo único que puedo hacer —mi voz se quiebra—, vine aquí pensando que tendrían algo, que por lo menos estaríamos un poco cerca de encontrar al culpable, aunque fuese algo pequeño, una placa, algún sospechoso, ¡cualquier cosa!

Siento que me estoy derrumbando, mi mundo se derrumba y no puedo hacer nada.

—Claro, no pensé que yo contara como sospechosa, pero mira la vida sigue llenándome de sorpresas, primero matan a mi amiga y ahora soy una sospechosa, qué irónico. —No puedo más, no puedo parar de llorar, uno pensaría que de tanto que he llorado ya no tendría lágrimas que derramar, al parecer no es así.

—Ya, cariño, todo estará bien —me susurra mi madre mientras que me consuela con un abrazo, después de un rato rodeada por su cálido abrazo, me toca de cara, delicadamente me da un beso en la frente, me suelta y arranca el carro—, es hora ir a casa.

Estamos de camino a casa, el sol está fuerte, me pega en los ojos, me arde, así que los cierro, eso me hace concentrarme en mis pensamientos, «egoísta», me reprendo, la mamá de Alisha ¿cómo estará ella?, tengo que ir a verla, ella debe de estar sufriendo más que yo, ya no tiene a nadie, está condenada a estar sola, yo tengo a mis padres, ella vivía con Alisha y ya, ¿quién la consuela a ella? «Nadie».

—¿Mamá, sabes cómo está la Sra. Anna?

—No sale de su casa, no habla con nadie, está devastada.

—¿Crees que pueda ir a visitarla?

—Claro.

Sé que dije que no iba a jugar a ser detective, pero lo haré, se lo debo a Alisha, no la pude salvar, al menos podré ayudar a la policía en la investigación y sé dónde comenzaré exactamente, en el bar.

CAPÍTULO 3

Salí muy temprano de mi casa, les dije que iba al parque a pensar, a tomar aire, sorprendentemente, mis padres no me dijeron nada al respecto, me están intentando dar mi espacio, hasta me dejaron llevar el carro, tomé el de mamá, no estoy lista para tomar el carro de papá, creo que nunca lo estaré.

Llegué al bar, con mi corazón palpitando aceleradamente, tengo miedo, pero no lo mostraré, abro la puerta del local, es grande, huele a humo de cigarrillo, intento ignorar el olor, me concentro, en la entrada hay una pizarra de corcho, llena de imágenes, son fotos, me acerco a verlas, todas de empleados con clientes, sonriendo mientras que toman, paso rápidamente la mirada por todas, mi vista se queda petrificada en una, *Alisha*.

Siento que mis ojos me engañan, pero es ella, en la foto está ella con unas cartas de póker y con un uniforme, «trabajaba aquí», al lado de ella, alguien que parece ser solo un cliente, ambos están riendo, me siento confundida, no lo sabía, nunca me dijo, ¿cómo no lo supe?

Sigo caminando perpleja por lo que acabo de ver, el local es oscuro, unas partes están más iluminadas que otras, unas luces son blancas y otras rojas, esto no me gusta. Recuerdo que ella me dijo que trabajaba en las tardes en una zapatería, ella me dijo que nunca fuera ahí que le daría pena si alguien se enteraba, yo fui una tonta cuando le creí. Por alguna razón no me puedo enojar con ella, «es porque está muerta».

Me acerco a la barra donde un hombre un poco gordo, con unos cuantos tatuajes, está atendiendo, me observa y se acerca a mí con una sonrisa espeluznante, cuando está frente a mí, me mira de arriba abajo, me incomoda y lo asquea que me siento por la manera en la que me ve. No me remuevo, lo verá como una debilidad, me muestro seria.

—¿Qué edad tienes, primor?

—¿Conoces a Alisha? —Voy al grano.

—Qué directa eres, me gusta. —Acerca su cara más a la mía. No aparto mi rostro.

—Que no te guste tanto. —Le doy una sonrisa.

—¿Por qué preguntas? —Se ve divertido.

—Me dijo hace unas semanas que solicitara trabajo aquí, que pagaban bien.

—Ah sí, oí lo que le pasó, una lástima, ella trabajaba aquí excepto por los veranos, esos los pedía libres, cómo decirle que no a esa chica.

—Sí. —«Sé fuerte».

—Ella era mi empleada estrella, todos los clientes la amaban, no solo por su belleza, también su carisma, ella sí que era una joyita, trabajó con nosotros durante un año, pero bueno, qué se puede hacer, la vida debe de seguir su curso, así que, ¿buscas trabajo?

—Así es, puedo servir mesas o la barra. —No dejo de sonreí en ningún momento.

—¿Qué edad tienes?

—¿Eso importa?

Suelta una carcajada.

—No, en serio, necesito saber.

Me acerco a él y le susurro.

—Tú y yo sabemos que Alisha no era exactamente mayor de edad. —Luego de decirle eso me echo para atrás y miro su cara aún con una sonrisa.

—Entonces, sabes que este bar es como un casino y también lugar de apuestas, ¿no?

—Claro. —«Claro que no».

—Dame un momento y te traigo una solicitud de empleo. —Sonríe escaneándome de nuevo mientras se lame los labios.

Me da nauseas.

Asiento con la cabeza y una sonrisa ladeada, él se retira a buscarla. Mis ojos se pasean por todo el lugar, no puedo creer que

Alisha trabajara aquí, pero hay una parte de mí que sabe que este mundo es peligroso, «este mundo la pudo haber matado».

Mis ojos se paran cuanto veo a alguien en la barra, de cabello negro, «no puede ser», el chico se voltea, notando que lo veo fijamente, sus ojos color avellana, piel bronceada, sus facciones, lo reconocería en cualquier lado, *Isaac Gray*, el exnovio de Alisha, esto no es coincidencia, camino hacia él y me siento a su lado. Él está tomando lo que parece ser whisky.

—Qué te trae por aquí, que yo sepa Alisha nunca te habló de este lugar —menciona con su voz grave.

—No me sorprende verte aquí, siempre metido en cosas extrañas ¿no?

—No se te olvide que tu amiga trabajaba aquí —dice mientras que ríe, «tiene razón».

El señor regresa con el formulario, me lo entrega sonriente.

—Cuando lo llenes me lo entregas y, hazme un favor, si no obtienes el trabajo, no te pierdas, una lindura como tú siempre será recibida.

Se va a atender a alguien más, Isaac se queda mirándome.

—¿Trabajo? —ríe aún más duro—, vamos, dime qué vienes a hacer realmente.

—Créeme, lo que yo vaya a hacer o no, no es de tu incumbencia.

—Estás investigando su muerte, ¿no es así? —Para de sonreír y nos miramos fijamente.

—Eso se lo dejaré a los detectives. —Río ante su acusación.

—Tu amiga no era la santa como tú la tenías pintada, ella trabajaba aquí para estafar a la gente.

—Ella no haría eso —aseguro.

—Realmente no la conocías tan bien como creías, nadie la conocía, ella robaba plata de las apuestas, era muy hábil, nadie nunca se daba cuenta, a veces embriagaba tanto a sus clientes que algunos hasta le daban plata voluntariamente, ella siempre lograba lo que quería y nunca aceptaba que le dieras un no como respuesta.

Me quedo callada, las palabras del detective eran verdaderas: "Te refieres a no que tú sepas", eso fue lo que me dijo y yo exploté, pero es cierto.

—Era un equipo, tu y ella, los dos estafaban a gente —lo miro, estoy intuyendo esto—, ¿no es así?

Es su turno de quedarse callado, lo tomo como un sí.

Me voy del bar sin decir una palabra más, eso de trabajar ahí solo era para distraer al señor de mi verdadero propósito, investigar, y dio frutos.

Estoy ya en mi cuarto, me siento en la silla de mi escritorio y abro el cajón donde se encuentra el encendedor, lo observo detenidamente, «puede ser que alguien supiera que los estafaba y quiso venganza», pero Isaac dijo que era hábil, que nadie nunca lo supo, «él era el único que sabía».

Recuerdo cuando ellos terminaron, fue justo antes del verano, él la seguía buscando y ella lo intentaba ignorar, sea lo que sea, sé que él es un sospechoso en la lista, puede ser que Alisha fuera una estafadora, pero no merecía morir y sin duda él tendría razones para hacerlo, está intentando despistarme, quiere que piense que fue una de las personas que ella estafaba, pero no me las creo, nadie se tomaría la molestia de matar a alguien solo por unos cuantos billetes, «¿o sí?», de cualquier manera no me da buena espina, sé que está ocultando algo, «si ellos terminaron y Alisha lo ignoraba, ¿pararon de ser un equipo de estafadores? ¿Le debía plata a él que no le quería devolver?». Son muchas preguntas, me duele la cabeza, necesito dormir, ya es tarde, mañana será otro día. De lo único que estoy segura es que hay muchas cosas que no sé de Alisha.

CAPÍTULO 4

Escucho un ruido y me despierto de golpe, todo está oscuro, todavía es de noche, volteo a mi mesita, el reloj tiene la hora de las 4 a.m., estoy a punto de volver a arroparme para dormir cuando veo una silueta, mi respiración se acelera al igual que mi corazón, es alguien encapuchado, me quedo congelada al igual que en la noche que Alisha murió. Tiene un cuchillo lleno de sangre, es su sangre, «la de Alisha», se acerca a mí y pasa el cuchillo por mi mejilla, no puedo ver su cara, está borrosa, intento gritar, pero el grito no sale de mi garganta, no puedo hablar, no puedo hacer nada, aleja el cuchillo de mí y camina despacio hacia atrás, luego veo el cuerpo de Alisha tirado en el piso desangrándose, me encuentro con sus helados ojos azules, por fin el grito sale de mi garganta disparado.

Me levanto agitada de un grito, miro desesperadamente mi alrededor, es de día, la hora es las 10 a.m., el sol me pega en la cara, mis padres entran a mi habitación con miradas de asustados, mi madre toca mi cabello.

—¿Estás bien cariño?

—Sí, solo fue una pesadilla —contesto aún agitada.

Mi papá se acerca y contempla mis ojos, estoy llorando, no me había dado cuenta, me seco las lágrimas de inmediato.

—Estoy bien. —Es obvio que no me creen—. De verdad —aseguro.

—Hija, sabes que puedes hablar con nosotros —dice mi papá aún mirándome fijamente a los ojos, desvio la mirada hacia abajo.

—Me podrían dar un segundo y luego bajaré a desayunar con ustedes.

Ambos me miran atentamente.

—Por favor —les suplico en un susurro, mientras que mi mirada se pasea entre ambos.

Después de un rato, al fin me responden.

—De acuerdo, cariño —dice mamá.

Salen de la habitación, me levanto y camino a la ventana, está cerrada, pero el sueño se sintió muy real, me siento aún perturbada por la sensación, me deshago del sentimiento rápidamente, fue solo un sueño.

Bajo a desayunar, me están esperando en la mesa, me siento, mi madre pone un plato de panqueques en frente de mí y le sonrío, sabe que son mis favoritos.

—¿Puedo ir hoy a visitar a la Sra. Anna?

Mi mamá y mi papá se miran, para ser psicóloga es muy mala para tratar a su hija adolescente que presenció el asesinato a sangre fría de su mejor amiga, irónico ¿no?

—Claro, pero primero termina de desayunar.

Desayuno rápido, me baño y me alisto para ir a ver a la madre de Alisha, no sé qué voy a decirle, yo también sufro su muerte, pero no es lo mismo, ella era su hija, su amor por ella era diferente al mío, su dolor es diferente, más fuerte. No pienso decirle nada sobre las estafas, ya sufre demasiado con la muerte de su única hija para decirle que robaba dinero, no mancharé la imagen de su amada hija.

Salgo de mi casa y camino a la casa de Alisha, nuestras casas están un poco separadas por unos diez metros de césped, sé que la casa de Alisha fue revisada por la policía, espero que la Sra. Anna esté bien después de todo eso, no debe de ser fácil, tuvo que ver cómo revisaban su habitación, ver cómo movían sus cosas.

Cuando llego a la puerta de su casa, todo desde afuera se ve apagado, a pesar de que es de día, toco el timbre y la puerta se abre momentos después, la mamá de Alisha tiene los ojos hinchados, «de tanto llorar».

—Hola, solo quería pasar a ver cómo se encontraba.

Ella me toma de la mano, está fría, me da una pequeña sonrisa, que me es imposible no regresar.

—Pasa, por favor, esta siempre fue tu casa también.

Entro aún agarrada de su mano.

—¿Te puedo ofrecer un té o café?

—No, gracias.

Nos sentamos en el sillón de la sala, ella se sienta junto a mí, su mirada me trae recuerdos, puedo ver sus ojos en ella, no puedo más, acabo de entrar y ya me quiero ir, esta casa está llena de su presencia, intento no llorar, bajo la mirada, últimamente esa ha sido mi manera de que nadie vea mis sentimientos cuando mi máscara se cae.

Ella lo nota y me toma por la barbilla obligándome a mirarla.

—Está bien llorar, no tienes que hacerte la fuerte y menos delante de mí, vamos, desahógate.

—Lo siento, es solo que la extraño mucho —mi voz se quiebra y lágrimas salen sin parar, se me dificulta respirar—, extraño su sonrisa, sus chistes, hablar con ella.

—Yo también —me dice, me abraza, se siente bien sacarlo de mi sistema, no se lo había dicho a nadie—. ¿Quieres ayudarme a guardar sus cosas?

—¿Guardar sus cosas?

—Sí, me voy a mudar —me mira como si estuviera avergonzada de ella misma—, no puedo vivir en esta casa, solo han pasado cuatro días desde que murió, pero es difícil vivir aquí. Esta casa tiene un vacío ahora que ella no está para llenar sus pasillos con su alegría, la policía no encontró nada, no veo razón para quedarme.

—Lo entiendo, con gusto la ayudaré.

Me toma de nuevo la mano, subimos por las escaleras, cuando llegamos al cuarto de Alisha puedo sentir cómo mi corazón se parte, la última vez que estuve aquí, estuvimos riéndonos de tonterías, sin saber que sería la última vez que nos reuniéramos en su habitación.

Su habitación es un amarillo vibrante, recuerdo que me decía que el color le traía buenas vibras, su cama es grande con sábanas blancas de seda, entro despacio, aún puedo oler su aroma, es doloroso, algunas de sus pertenencias están en cajas.

—Si lo deseas, te puedes llevar algunas cosas de ella.

—No podría —susurro.

—Por favor, es lo que ella hubiera querido.

Me acerco a su librero, está repleto de libros, todos ordenados, ambas amábamos leer, yo le prestaba mis libros y ella me prestaba los suyos, éramos como un club de lectura, ella siempre solía decir que los libros la trasladaban a un mundo perfecto que la hacían escapar de la realidad. Paso la mano por todos los libros, mis manos se detienen al ver uno de sus libros favoritos, sonrío, recuerdo cómo me contó emocionada todo lo que pasaba en él después de que lo acabo, es un libro con una portada colorida, hermosa, lo saco delicadamente del estante y lo miro con una gran sonrisa en el rostro, combinada con mis agrias lágrimas.

—La policía no los toco, no deben de tener importancia para la investigación, si quieres, llévatelos.

—Gracias.

Ella se acerca a mí con un álbum de fotos en las manos.

—Ten esto también, ella hizo un álbum de fotos solo dedicado a fotos de ustedes dos de sus pijamas, cumpleaños, de casi todo lo que hacían, dijo que todas eran memorias que merecían ser documentadas y guardadas.

Tomo con mi mano libre el álbum, es amarillo, río por dentro, ella siempre y el amarillo, tiene en letras azules "Los relatos de las hermanas chifladas: PD, los problemas mentales vienen de sobra", río en voz alta, no puedo evitarlo.

—Es un título muy lindo ¿no? —dice sonriendo también.

—Sí que lo es.

Pasé toda la tarde ayudando a su madre a guardar sus cosas, no solo me llevé su libro y el álbum, me llevé algunas otras cosas, fue una tarde emotiva, lloré y reí con la Sra. Anna recordando todas las locuras que Alisha y yo hacíamos de pequeñas.

Llego a casa y subo a mi cuarto directamente, ya había cenado en casa de Alisha. Dejo la caja en el armario, pienso en poner el libro en mi librero, no lo hago, no estoy lista, tal vez sea tonto, pero siento que ardería de tenerlo a la vista, un recordatorio de lo que perdí, dejo todo y tomo el álbum.

Me siento en mi cama a verlo, a recordarla, abro el álbum y paseo mi mente entre los recuerdos de todas esas sonrisas, fotos de nosotras en la piscina, el día que intentamos cocinar, «fue todo un desastre», por un momento olvidé que ya no está.

PENA Y MUERTE

En la última página del álbum hay una foto suelta, se ve que fue cortada, no por una tijera, fue arrancada de otra parte, la foto no está completa, al mirarla, la recuerdo, Alisha la tenía pegada en la pared de su cuarto, es una foto de su padre, con su cabello un poco largo y ondulado, igual que Alisha, piel dorada y ojos chocolates claro, lleva un colgante en forma de círculo que recuerdo que siempre llevaba, se ve que en el momento en el que fue tomada tiene tal vez unos veintisiete o veintinueve años, realmente no lo sé, estoy adivinando, tiene la mano estirada, como si estuviera agarrado de la mano con alguien, pero ¿quién es? Es un misterio, recuerdo cuando Alisha la encontró en el sótano de su casa, en una de las muchas cajas que su padre guardaba. La miro por unos segundos y luego la dejo en su lugar, guardo el álbum en la caja en el armario. Ya es tarde, me quedo dormida pensando en todos los posibles sospechosos.

CAPÍTULO 5

La semana pasó en un pestañeo, es la mañana del lunes y entro a la escuela a las 8:00 a.m., me levanto y me preparo para la escuela, la verdad no tengo más amigos que Alisha, bueno, sí tengo "amigos", pero solo son de esos con los que hablas cuando vas a una fiesta o algo así, Alisha es la única con la que hablo de verdad, «ya no tengo a Alisha», estaré sola el primer día de escuela, pienso en todas las conversación que tuvimos de cómo iba a ser este año, dijimos que iba a ser aburrido, pero el mejor año al mismo tiempo, que iríamos a fiestas y nos preocuparíamos por las tareas, aunque al final triunfaríamos juntas, ese futuro fue arrebatada, destrozado.

Nada es más doloroso que saber que el tiempo no parará a esperar a que me componga, no. Yo sigo aquí rota por dentro, afligida por su muerte, y estoy obligada a seguir con mi vida, aunque no esté lista, pero así es la vida, la vida no es justa y, si crees que lo es, mejor ajusta tus expectativas.

Hoy tendré que usar una de mis muchas máscaras, pretender que estoy bien se ha vuelto un hábito, mientras que en mi habitación lloro su perdida, en el día pongo una sonrisa falsa a mis padres o a cualquier persona que me pregunte "¿estás bien?", respondo naturalmente de tanto recitar la mentira: "Estoy bien, sé que ella está en paz y su memoria no será olvidada", es una pila de mentiras, pero nadie lo sabe, «nadie lo sabrá», mi máscara no se cae nunca, «se fuerte».

Ya me bañé y me alisté, me pongo unos pantalones negros, una botas bajas negras, y una camisa negra de manga larga, esto me recuerda que hoy será su funeral, después de clases, su madre ya se mudó a otra casa, no se mudó muy lejos, anunció el funeral a todo el pueblo, para que cualquiera que quisiera ir lo hiciera, cuando me llamó, me dijo que era lo que a Alisha le hubiera gustado, «es cierto, ella amaría saber que a la gente le importó su muerte, ella tenía miedo de ser olvidada», me pidió que dijera unas palabras en su funeral y acepte, aún no sé qué diré, pensaré en eso después, debo ir a la escuela, estoy lista para fingir, «todo estará bien».

Mis padres me dejan en la escuela, cuando bajo del carro no los dejo hablar, no estoy de humor de recibir una charla sobre el dolor, sé todo sobre él en este momento, sé que hay personas que han pasado por dolores peores a estos, pero este es el dolor más grande que yo he sentido, es un sentimiento punzante en mi corazón, cada vez que alguien la menciona, lo que ella fue, yo solo recuerdo lo que puedo ser, «su futuro ya no existe, se desvaneció», aún escucho su voz en repitiendo una y otra vez "¿Por qué?", yo también me pregunto porqué.

Al entra a la escuela siento la mirada de todo el pasillo en mí, yo no bajo la cabeza, ni hago muestras de emoción, camino con la frente en alto, sé que mi rostro se debería de ver consumido por la tristeza, pero hoy no, mi máscara muestra una cara sin emociones, «no puedo dejar que me vean como una muñeca rota».

El camino a mi casillero se siente eterno, hasta que mi vista lo logra ver, el casillero de al lado está lleno de flores, es su casillero, llena con peluches y carteles que dicen "Descansa en paz, Alisha, el cielo ganó un ángel", me paro al lado de él, lo miró fijamente, «aguanta», me digo, «no dejes caer tu máscara», pero es muy tarde, las lágrimas caen, me siento helada y sola por dentro, «ellos no la conocían ni le hablaban y ahora todo el mundo hace como si se hubieran conocido», voy al baño corriendo antes de que mis rodillas no aguanten más ante la presión.

Cuando estoy en el baño reviso todos los cubículos, están vacíos, me derrumbo en el sucio piso, no me importa, grito silenciosamente para que nadie me escuche, miro al techo, no veo nada, ya que mis ojos están nublados por mis lágrimas, me obligo a pararme del piso. Respiro profundamente y me fuerzo a calmarme, coloco mis dos manos en el lavado, mirando hacia abajo. Cuando siento mi respiración menos acelerada me lavo la cara y la seco con un pesado de papel.

Escucho unas voces aproximarse y me meto a uno de los cubículos, las voces entran al baño, las reconozco de inmediato, son Riley y Mackenna, Alisha y yo nunca hablamos mucho con ellas, solo hemos cruzado palabras unas cuantas veces con ellas y fue por tarea, estamos en la misma aula, sé que tienen fama de ser unas personas no tan amistosas, pero no soy quién para juzgar.

—¿Viste a Madeline llegar a la escuela? Se derrumbó, no pudo durar mucho con su cara de póker —dice Mackenna.

—Pobrecilla, me da lástima. Digo, ver a su amiga ser asesinada.

La respuesta de Riley es justo lo que quería evitar, no quiero ni necesito la pena de las personas, solo quiero intentar seguir con mi vida, «si es que es posible», con la tortura que siento por dentro, no lo veo pasando muy pronto.

Mackenna se ríe.

—¿Pobrecilla? Ella fue convenientemente la única testigo de lo que sucedió.

—¿Que insinúas? ¿Que ella la ha matado?

—Claro, solo estoy diciendo en voz alta lo que muchos piensan.

La rabia me invade, pero intento no hacer ruido, ahogo mis sentimientos, aprieto mi mano en un puño, tengo ganas de salir y agarrarla a golpes. Luego las escucho salir del baño y salgo, a ellos qué les importa, no la conocían, no la amaban como una hermana, ni yo la conocía tan bien como creí, pero sé que era mi mejor amiga y, que no me haya contado cosas, no lo va a cambiar, vengaré su muerte, me siento miserable, no sé si este sentimiento desaparecerá, «me siento vacía».

En el aula me siento en un puesto de atrás, mis compañeros de clase entran, se quedan observándome, los ignoro, Isaac entra en el aula y nos miramos por un segundo, pero ese segundo me basta para que mis preguntas resurjan: ¿la mató el?, él es el primero en desviar la mirada, se sienta en uno de los asientos de enfrente, yo bajo la mirada esperando impaciente a que empiece la clase para parar de sentir las miradas y escuchar los susurros, que me presionan a quebrarme.

Llega el profesor, después de una larga rondas de miradas por parte de todo el salón, excepto por Isaac, él no me vuelve a mirar, mi cerebro se convence de que él es el culpable, se convence de que él la mató, pero no lo sé, primero tengo que averiguar a qué personas estafó Alisha, en fin, ahora todas las miradas se dirigen al profesor, quien coloca su maletín en el escritorio y se acerca a el tablero, recuerdo que él nos dio clase el año pasado, (recuerdo cómo a todas las chicas les gustaba él, sus ojos grises, piel blanca, pero no tan pálida, hoy está particularmente bronceada, parece que fue a la playa, «al menos alguien tuvo un buen verano»), escribe su nombre en el tablero.

—Buenos días, estoy casi seguro de que todos me conocen, pero, para los que no, mi nombre es Elías Sanderson y seré su profesor de literatura, me pueden llamar profesor Sanderson. Quiero que se paren, uno por uno, y me digan qué hicieron en el verano.

Yo no reacciono ante esto y mis compañeros intentan no mirarme, algunos lo hacen, otros solo se levantan y empiezan a hablar de su verano. Ruego que el timbre toque, pero solo han pasado veinte minutos, ya todo el salón ha hablado, hasta Josh, que dijo que se la pasó todo su verano en la playa, es mi turno, todas las miradas se redirigen a mí, intento no temblar, miro hacia al frente, no me levanto, solo me quedo mirando al profesor, esperando a que se dé cuenta de que soy Madeline, que pasé todo mi verano con alguien que ahora no es más que un fantasma, se da cuenta muy tarde, antes de que pueda decirme que no tengo que decir nada, Mackenna se para.

—Profesor, Madeline no le va a responder y la entiendo, su verano no terminó bien. —Se acerca un poco a mí, no lo suficiente para alcanzarla de un salto, se esfuerza para hacer una tristeza fingida, todo el salón se queda en silencio, perplejos por la escena—. No puedo imaginar por lo que debes de estar pasando, pero te apoyamos, Madeline, esperamos que Alisha descanse en paz, recuerdo lo dulce y graciosa que era.

—Hipócrita. —No puedo evitar decir estas palabras, casi en un susurro, pero sé que todo el salón lo oye, me hierve la sangre.

—¿Qué dijiste?

Levanto la mirada y la miro con ira.

—Dije que eras una hipócrita. —Mi voz sale firme.

El profesor no se atreve a intervenir, siente lastima por mí, por primera vez, que me tengan lastima me favorece, nadie se atreverá a interrumpirme.

—Sé que estás herida, pero no te desquites en mí.

—¿Yo? Herida. —Me río sarcásticamente, me levanto del asiento y doy cinco pasos para llegar donde ella, estamos frente a frente—. ¿Qué fue lo que dijiste en el baño?

Ella se queda callada, no sabía que yo había escuchado su pequeña conversación en el baño, prosigo a hablar, ya que ella no tiene las agallas para admitir de lo que me acuso.

—¡Ah! Ya recuerdo: "¿Pobrecilla? Ella fue convenientemente la única testigo de lo que sucedió". —Volteo mi cabeza mirando ahora a Riley—. ¿Y qué fue lo que tú respondiste? —Me agacho para quedar al nivel de la silla en la que Riley está sentada, esto la obliga a verme en la cara—. "¿Que insinúas? ¿Que ella la ha matado?". —Me levanto y regreso la mirada a Mackenna, roja de la vergüenza—. "Claro, solo estoy diciendo en voz alta lo que muchos piensan". —Me sé la conversación de memoria de tantas veces que se he repetido en mi mente desde que las escuché.

—¿Estabas en el baño? —Al fin se digna a responder.

—Sí, así que mejor ten la dignidad de ahorrarte los mensajitos de espero estés bien, ahórrate las mentiras para alguien que te las crea, tú nunca la conociste, no te pares aquí a decir que era dulce y graciosa, cuando realmente nunca lo supiste, no finjas que era tu amiga. —Doy unos pasos hacia atrás y miro a mi alrededor, estoy llorando, ya que más da, voy a decir lo que me llevo guardado, que piense lo que quieran—. Y ustedes que no saben lo que es ver a tu mejor amiga ser apuñalada, suplicando por su vida, ustedes no tuvieron que cerrar los ojos del cadáver de sus amigos, no abrazaron el cuerpo helado, sin vida, de una de las personas que más amaban en el mundo, asuman lo que quieran de mí, ya no me interesa, hablen todo lo que les plazca a mis espaldas, pero no venga a fingir que entienden por lo que estoy pasando porque no lo entienden.

Las lágrimas salen de mis ojos, aun así, no tiemblo, ni titubeo, me seco las lágrimas y regreso a mi asiento, me siento firme y miro la cara de Mackenna, quien aún está parada, ella baja la mirada y se sienta, el profesor se queda callado y el salón murmura, siento la mirada de Isaac, no volteo a verlo.

—Bueno, bueno, sigamos con la clase ¿sí?

El resto de la clase es normal, en la salida todo el mundo me señalaba, murmuraban de mí, es incómodo, pero sé que me acostumbraré o tal vez lo paren de hacer eventualmente, mi madre me buscó y fui directo a la casa.

Me cambié con el vestido que tenía preparado para el funeral, es hasta las rodillas, con manga larga y una cinta negra alrededor de la cintura, me suelto el cabello que traía en una cola, dejándolo caer en mis hombros y me coloco unos tacones negros. Mientras bajo las escaleras, pienso en qué voy a decir, no sé, tengo una sensación horrible, mi estomago está revuelto, tengo ganas de vomitar, son como nervios combinados con tristeza, intento tragarme la sensación.

En el camino al funeral me pongo a pensar en Alisha, intento recordarla, recordar su voz, la manera en la que me hacía sentir conmigo misma, siempre animándome, pero todos esos pensamientos se ven cortados por la imagen de su cuerpo en un ataúd, ya no tiene su sonrisa, su piel dorada se torna blanca y sus bellos ojos azules se mantiene cerrados, lágrimas corren por mi cara cada segundo que paso en el carro, no estoy lista para hacer esto y, «no quiero decirle adiós aún», ojalá estuviera viva, ojalá pudiera hablar con ella una última vez, decirle cuánto la extraño, cuánto daría por reír con ella una sola vez más, «ya no podré hacerlo de nuevo».

Llegamos al funeral, el cementerio es amplio con una grama verde muy viva, hay una fila de personas, mis padres y yo no formamos detrás de ellas, es una fila para darle las condolecías a la Sra. Anna, la fila avanza despacio, poco a poco los asientos se van llenando de gente, conozco a la mayoría, son todos de la escuela o gente del pueblo, en este pueblo casi todo el mundo se conocen o se han visto en algún sitio, me veo sorprendida cuando veo hasta a los trabajadores del centro comercial presentes, Alisha y yo nos llevamos bien con ellos, se podría decir que era como nuestros amigos, solo por los viernes, llega nuestro turno, me encuentro con la cara de la Sra. Anna, aún hinchada, ya no tiene nada, me tiene a mí.

—¿Estás lista? —pregunta colocando una mano en mi hombro.

—Sí.

PENA Y MUERTE

—La ceremonia ya va a empezar.

Me extiende una mano y yo la tomo, caminamos juntas al podio al lado de su ataúd, todo el mundo está ya sentado, hay algunos parados, no hay suficientes puestos, no esperaba ver a tanta gente aquí, estar frente al público me pone más nerviosa, controlo mi respiración, aquí no me puedo derrumbar, tengo que estar aquí para Anna, ella me suelta la mano para dar un paso al frente, acercándose más al micrófono del podio.

—Buenas tardes, gracias por venir, estamos aquí para recordar a mi hija Alisha, ella fue una niña muy alegre siempre, recuerdo como siempre llegaba de la escuela a contarme todo lo que pasaba en el día, entre risas diciéndome sus mejores chistes, ella nunca se dio por vencido, nunca, y así nosotros nunca olvidaremos lo que ella significó, lo que ella fue.

«Nosotros nunca la olvidaremos», esto es una mentira, yo sé que en unas semanas nadie recortará su tragedia, será otra niña muerta, otro número a la escala de asesinatos de este año, por un segundo me pongo a pensar en quién será su asesino, ya sé que Alisha no pasaba las semanas trabajando en zapaterías, trabajaba en un bar, mi principal sospechoso es Isaac, no puede ser el único, la Sra. Anna me saca de mis pensamientos.

—Es la hora. —Me da una sonrisa alentadora.

La respiración se me corta, pero asiento con la cabeza, es mi turno de acercarme al micrófono, miro a mi alrededor, viendo todas las caras que me rodean, intento no concentrarme en que probablemente todos tienen teorías de quién la asesinó, «o que yo lo hice».

—Mi nombre como muchos saben es Madeline Jones, era la mejor amiga de Alisha, crecimos juntas, nos contábamos secretos y reíamos a diario —una pequeña sonrisa sale de mis labios entre las lágrimas al pensar en este recuerdo— crecimos juntas ella y yo planeamos nuestro futuro —miro firmemente al público luchando por recomponerme— ese futuro nunca podrá llegar, pero estoy segura de que Alisha sigue entre nosotros con su deslumbrante sonrisa, sé que ella está descansando en un lugar y así la recordaremos, no como la adolescente que fue asesinada, sino como fue ella, los aportes que hizo, como en el verano cuando me obligó a ir a limpiar la playa, ella era un alma llena de un espíritu bondadoso, así es cómo la recordaré yo. Ella siempre vivirá en mi corazón, siempre será mi mejor amiga, puede que ya no esté, pero ella siempre será la persona que alegraba mis días, siempre será mi confidente. —Tomo un respiro tembloroso y miro al ataúd cerrado—. Siempre amaré a mi Alisha.

«Un alma llena de un Espíritu bondadoso», eso me lo hubiera creído antes, pero ya no, sé que era una persona codiciosa, no mancharé su nombre, por más mentirosa que fue, para mí fue mi hermana, y las hermanas se aman incondicionalmente.

Después de la ceremonia el cementerio se quedó vacío, le pedí a mi padres tiempo, les dije que pediría un taxi para regresar a casa, estoy sentada frente a su lapida, la toco, está fría, es de mármol blanco y tiene tallada las palabras:

"Alisha Anderson"

Hija y amiga
Siempre amada y recordada en nuestros corazones
Octubre, 24, 2003
Febrero, 26, 2021

No sé qué hago aquí, solo sé que no me quiero irme, miro en el cielo, un atardecer como el de aquel viernes, sus colores carmesíes, ahora me parece sangre derramada en el cielo, es raro cómo algo que te parecía bello ahora te trae recuerdos dolorosos, eso es lo que pasa con mis momentos con Alisha, antes eran atesorados y ahora es como si me ahogara recordar, como si agujas atravesaran mi pecho.

—¿Por qué? —las palabras salen como si ella me fuera a responder—, por qué mentir, ¡¿por qué?! —grito, sé que no hay nadie cerca, el cementerio está desierto—, pensé que nos contábamos todo, pero buena ¡sorpresa!, probablemente te mataron porque eras una maldita estafadora —río mientras que lloro—, estoy más enojada porque me dejaste, me dejaste sola, y sé que es egoísta decir esto, sé que te asesinaron, pero no puedo más, ¡solo quiero a alguien a mi lado! ¡Y ese alguien eras tú! ¡Tú eras la que me consolaba! Ahora ya no tengo a nadie que me entienda como tú lo hacías, —coloco mi frente en la lápida —te necesito todavía —luego miro al cielo intentando calmarme, pero las lágrimas siguen fluyendo—, y ahora estoy aquí, gritándole a un fantasma.

De pronto siento que alguien se acerca detrás de mí y me paro de un alto lista para correr de ser necesario

—Tranquila. Soy solo yo. —dice una voz conocida.

Es Isaac, pero eso no me hace sentir tranquila, él la pudo matar.

—Eres buena actriz —comenta, con una de sus pequeñas sonrisas, su ondulado cabello negro se mueve con la brisa.

—No sé a qué te refieres.

—¡Oh! Vamos, toda esa mierda que le decías a la gente después de funeral.

Les decía que estaba bien, lo que siempre contesto cuando preguntan.

—¿Fuiste al funeral?

—Sí, probablemente no me viste porque estaba en la parte de atrás.

Se acerca a mí y pronto estamos frente a frente.

—¿La mataste? —Se me escapan las palabras, él se echa para atrás como si lo hubiera golpeado.

—¿Qué?

—Vamos, tú y ella eran un equipo, seguro cuando rompieron ella ya no te dada tu parte.

—¿Así que piensas que la maté por venganza? Sí que tienes una buena imaginación.

Se voltea y yo me acerco temblando a él, quiero ver su cara, quiero ver que diga la verdad, le toco el hombro y lo giro.

—¿La tengo? —pregunto.

Él nota mi mano en su hombro y yo me alejo enseguida, él me mira fijamente.

—¿Sabes? Tu amiga también era una experta en chantajear a la gente.

Me quedo callada, esto también podría agregar sospechosos a la lista, pero ¿cómo confiar en lo que Isaac dice?, veo detrás de él una figura alta con capucha, su cara está borrosa, intento respirar, pero no puedo, mis manos tiemblan, me las llevo al pecho para parar la sensación que tengo de que se saldrá el corazón, me tambaleo, Isaac me sostiene por el brazo.

—¿Estás bien? —Se oye preocupado.

—Sí, yo solo…

No logro terminar la frase, no tengo la fuerza para hacerlo, intento calmarme sin éxito.

—Todo va a estar bien, te llevaré al hospital.

Siento cómo el miedo me invade por segundos, Isaac me levanta y me carga en sus brazos, no me quejo, no tengo las fuerzas para caminar, no tarda mucho en llegar a la calle, intento dispersar mis pensamientos, pero me estoy ahogando en ellos, Isaac me lleva a un carro negro, abre la puerta del copiloto y me sienta en la silla, cierra la puerta, intento enfocarme en lo que está pasando.

Es como si alguien se hubiera sentado en mi pecho, impidiéndome respirar, él se sienta en el asiento del conductor, prende el auto, nuestros ojos se cruzan por un segundo, eso me asusta aún más, estoy sola, incapaz de pelear, junto a alguien que puede haber matado a mi amiga, el temblor crece.

—Tranquila, ya vamos a llegar.

Cierro los ojos e intento controlar mi respiración, no es ideal bajar la guardia, pero nada de eso me importa en estos momentos.

Al llegar al hospital me cargó en sus brazos de nuevo, cuando entramos, lo puedo oír gritar algo, pero no logro formar las palabras en mi cabeza, solo siento cómo me deja en una camilla que debió de haber sido traída por una de las enfermeras, mientras me alejan por el pasillo, logro ver la cara de Isaac, pareciendo angustiado y preocupado, «falsa preocupación de seguro».

Paran la camilla en una habitación donde las enfermeras empiezan a examinarme.

—Intenta calmarte. ¿Qué te duele? —pregunta la enfermera dulcemente, mientras otra llamaba a un doctor.

Siento por un segundo algo que al principio no sabía lo que era, sin embargo, luego lo comprendí es miedo, pero ¿por qué?… Estás segura, me intento convencer, «respira».

De pronto, mis ojos capturan detrás de los hombros de la enfermera a la figura, un hombre con capucha, el grito no abandona mi garganta ahora seca, las palabras se quedaron ahogadas, me empiezo a ahogar, me está asfixiando, la enfermera me había conectado a un monitor de signos vitales, el cual oigo que se alteraba, pitando rápidamente, la enfermera me mira, yo no le presto mucha atención a lo que pasa, mi mirada está fija en el encapuchado, mi pánico asciende por todo mi cuerpo, «no puedo quedarme aquí», me paro desesperadamente, la enfermera intentó regresarme a la camilla, poniendo su mano sobre mi pecho, intentando recostarme de nuevo.

—No puedes moverte, necesito que vuelvas a la camilla.

No la escucho, intentando llegar a la puerta, necesito salir, veo cómo ella se apresura a un cajón y saca una jeringa, me alarmo.

—No, no basta, me va a lastimar, me va a matar como la mató a ella —se me quiebra la voz, mis lágrimas ceden, me arrepiento de inmediato cuando veo la cara de confusión de la enfermera, mi mirada va de regreso a la cara borrosa del encapuchado, desesperación, miedo, ira, todo en uno comiéndome viva, mi corazón está a punto de saltar de mi pecho, la enfermera voltea a ver dónde mi mirada se dirige, al no ver nada, su expresión cambia, estoy segura que piensa que estoy loca, lo veo en sus ojos, mis palabras salen en un susurro caso inaudible—, ayuda, por favor, ayuda.

El pinchazo es repentino, casi ni lo siento, cuando bajo la mirada hacia mi brazo, pensando en quitar la jeringa, ya el líquido está haciendo efecto, mi vista se nubla, la cara de la enfermera cada vez más borrosa, puedo escucharla decir que lo sentía y que todo iba a estar bien, que me pondría bien. Ya era una mancha, ella me sostuvo a medida que mis piernas cedían ante el sedante.

—¿Por qué? —Esas palabras salieron con un dolor punzante, esas palabras me dolían, eso fue lo último que dijo ella.

Mis ojos se apagaron.

Cuando los abrí de nuevo, alguien estaba agarrando mi mano, me asusté y la quité enseguida, pero la persona me tocó la cara, con delicadeza, mi madre.

—Hola, cariño. ¿Cómo te sientes?

Miro a mi alrededor, sé lo que pasó, iba a abrir la boca cuando entra el doctor, el mismo que me atendió esa noche, el Dr. Adams.

—Hola, Madeline, te tengo buenas noticias, no tienes nada mal físicamente —anuncia.

—¿Qué quiere decir? —dijo mi madre, su voz reflejaba una clara preocupación.

El doctor se dirige a mí ahora.

—Madeline, ¿cuándo llegaste al hospital qué sentías?

Bajo mi mirada.

—Estaba en el cementerio cuando me empezó a costar respirar, era como una presión en mi pecho, mi cuerpo tembló, intenté controlarlo, no pude. —Me dispuse a contestar con honestidad, claro, no mencioné nada de las alucinaciones.

—Tengo razones para creer que sufriste un ataque de pánico, pudo haber sido causado por la reciente la perdida de tu amiga y el funeral, tal vez fue mucho.

La mirada de mi madre se posa en mí, yo no volteo hasta que me toca el brazo en una caricia y me abraza, el Dr. Adams se ve incómodo.

—Las dejaré solas —murmura y se retira.

—Todo va a estar bien —susurra mi madre contra mi pelo.

Pero ¿es cierto? ¿Todo estará bien? No lo creo, nada va a ser como antes, ojalá hubiera pasado más tiempo con ella, si hubiera sabido que no tendríamos tanto tiempo hubiera hecho lo posible para pasar cada último segundo con ella, no puedo cambiar el pasado, pero sí el futuro, lo tengo que encontrar, no descansaré hasta que su asesino esté tras las rejas, «o bajo tierra».

Esa misma noche llegué a casa, mi madre insistió en que no debería ir a la escuela, pero le dije que sí iría, necesito algo de normal en mi vida. Sé que ella no lo ha mencionado, pero sé que pronto tengo que regresar a la comisaria, me tumbo en mi cama, tirando un suspiro largo, me masajeo la cabeza, tratando de aliviar el dolor de cabeza que tengo, de repente escucho mi ventana abrirse y luego cerrarse, saltó de la cama y, sin pensármelo dos veces, agarro la navaja con la que he dormido al lado en mi mesa desde que tengo mi pesadilla, «no me siento segura ni en mi propia casa».

De espaldas está una persona con una capucha negra. Se voltea lentamente, Isaac, no bajo el cuchillo, verlo con una capucha es confuso, él sube sus manos en señal de rendición, con una sonrisa ladeada se saca la capucha, mi brazo se aflojó un poco.

—¿Dolor de cabeza?

No sé cuánto tiempo estuvo viendo.

—¿Qué haces aquí? —pregunto firmemente.

—Solo quería ver que estuvieras bien —ya no sonríe, está serio, su mirada baja a la navaja en mi mano—, ¿eso está tan mal?

Bajo la navaja y la guardo en mi bolsillo.

—Estoy bien. —No sabía que más decir, solo lo miró fijamente, sus ojos tienen un brillo, ¿si esa noche hubiera visto la cara del encapuchado? ¿Hubiera visto esos ojos?, mis pensamientos son interrumpidos cuando Isaac camina hacia mí lentamente, como si dudara si puede acercarse más.

—¿Qué te pasó… en el cementerio?

—Nada, estoy bien —respondo muy rápido.

Bajo la mirada, él agarra mi barbilla, obligándome a verlo a la cara, no sé quién se cree para hacer eso, apenas nos conocemos, mi mirada se llena de ira, estoy segura de que lo nota, porque aparta la mano enseguida, metiendo las manos en los bolsillos de su sudadera.

—Lo siento... no debí de hacer eso, es solo que me gusta que me miren a los ojos cuando hablo, así sé si dices la verdad, así sé que mientes.

—No te debo explicaciones, que fueras su novio no nos hace amigos.

—Tienes razón, pero nos puede hacer aliados —dice, puedo sentir su respiración, estamos muy cerca y eso me pone nerviosa, no me gusta.

—Explícate —le digo impaciente.

—Yo también quiero encontrar a su asesino.

—¡Ay! Por favor, no me hagas reír —digo entre carcajadas—, ¿por qué harías eso? Ustedes terminaron y, si mal no recuerdo, no fue lindo.

Se queda callado, entonces lo analizo, «debería aceptar», tal vez así pueda mantener un ojo en él, es obvio que no confió en él, «no tiene porqué saberlo», fingiré que confió en él e investigaré otros posibles sospechosos, él sabe cosas que yo no de Alisha, por más que no quiera, Isaac es mi mejor opción, «no lo descartaré como posible asesino».

—Está bien —digo finalmente, doy un paso hacia atrás para poner distancia entre nosotros, donde ya no pueda sentir el calor de su cuerpo, que me llena de ira—. Mañana tengo que ir después de clases a la comisaria, ve a la cafetería Judi´s.

—Me parece bien. —Sonríe complacido.

—Ahora, por favor, vete antes de que alguno de mis padres entre y te vea.

—Como usted desee, señorita. —Hace una pequeña reverencia y sale por la ventana, pero, antes de cerrarla, se voltea a mí—. Hasta mañana, Madeline.

Cierra la ventana, espero unos segundos y me acerco para mirar por ella, asegurándome que no esté todavía por ahí, escondido en las tinieblas de la noche, luego salgo de la habitación, mis padres están sentados en el sillón, ambos bebiendo de sus copas de vino, están viendo la televisión, al parecer una película de comedia por lo poco que logro ver, esto hace que una pequeña sonrisa se dibuje en mi rostro, por unos segundos olvido lo que iba a decirles, ver la comodidad, mi padre tiene el brazo alrededor de los hombros de mamá, abrazándola, reúno valor y me paro al frente de la tele, se les borra la sonrisa al instante, la cambian por una ya conocida expresión de preocupación, últimamente es la única expresión que veo.

—¿Qué pasa, cariño? ¿Todo bien? —pregunta mi padre.

—Sí, es solo que —tomo un respiro profundo, sé que tengo que ir—, quiero que me lleven a la comisaría.

—Hija, no creo que sea bueno —comienza mamá y la interrumpo.

—Sé que me ibas a decir que fuéramos, pero lo pospusiste —digo dirigiéndome solo a ella.

—¿Cómo sabes de eso?

—Mamá, no soy estúpida.

—Madeline Jones, ese lenguaje. —Mi papá ya no estaba abrazando a mi madre, ya no estaban felices, «yo les quite eso cuando entré en la sala».

Sus miradas ya no están en mí, se miran entre ellos, como si pudieran comunicarse con los ojos, mi mamá suelta un suspiro y regresa su vista a mí.

—Tienes razón, Madeline, iremos.

—Mañana —digo enseguida, no quiero perder el tiempo.

—De acuerdo.

Salgo de la sala y subo a mi habitación, cuando entro, el pánico se apodera de mí otra vez, voy hacia la ventana y la abro, saco la cabeza, no hay nada y, aunque lo hubiera, la oscuridad de la noche no me dejaría verlo, cierro la ventana con seguro, apenas son las 8:00 p.m., pero estoy cansada, necesito descansar, «tengo que dormir», es el único momento donde siento que tengo un interruptor, es como si pudiera apagar mis emociones, aunque sea solo por unas horas, me puedo separar de este mundo, de esta realidad, del dolor.

Apago las luces, me acurruco en mis suaves sabanas, cierro los ojos y me dispongo a dormir, intentando olvidar todo lo que pasó hoy, este es el momento en que se supone que tendré un tiempo de paz.

CAPÍTULO 6

Estoy en el medio de un bosque, todo está oscuro, siento el viento por mi rostro, no es abrazador, es frío, mi alrededor está lleno de altos árboles, miro abajo, cayendo en la cuenta de que estoy en medio de la nada, descalza, con una ráfaga de viento llega una oleada de confusión, subo la mirada buscando explicaciones de qué hago aquí, estaba en mi cama dormida, «¿cómo rayos acabé en el bosque?», mi vista se nubla, mi cabeza está a punto de estallar, un chirrido agudo retumba en mi oído, es tan doloroso que mis manos intentan torpemente apagarlo poniendo mis manos sobre mis orejas, mis piernas se vuelven inútiles y caigo al suelo, aún aturdida con el sonido, intento respirar, el cielo está más negro de lo normal, las estrellas van desapareciendo poco a poco, el bosque desaparece, no veo nada, todo está negro.

Me paro del suelo y camino con esperanza de encontrar algo. Un destello de luz me ciega, una persona aparece con él, está de espaldas, me acerco y sin pensarlo toco su hombro, cuando se voltea, lo veo, es *él*, el encapuchado, su cara un borrón aún, una de sus manos tiene un cuchillo, está empapado en sangre, me ahogo en mis propios gritos, no puedo caminar ni moverme, no puedo hablar, solo mirar, se acerca a mí, solo lágrimas corren, se aleja caminando poco a poco, finalmente siento que puedo respirar, todo se acabó, estoy a salvo, «o eso creí». Regresa. pero no solo, una chica viene a jalones con él, ella lucha, el viento sopla más fuerte, consigo viene un susurro: *"¿Por qué?"*. De pronto sé lo que está pasando, la cara de la chica es clara, Alisha, intento cerrar los ojos, pero no lo logro, No, no, basta, intento gritar, no sale nada, solo lágrimas que hacen que me ahogue en desesperación. «No, otra vez no», el encapuchado alza el cuchillo y la apuñala, la sangre sale como una cascada de su boca, cae de rodillas y luego al piso con los ojos abiertos, «está muerta», intento ir con ella, ayudarla, pero estoy condenada a ver lo que pasa sin poder hacer nada, él se acerca y suelta el cuchillo, colocando sus manos en mi garganta, esta vez el grito sale.

Despierto, estoy sudando de nuevo, «era solo una pesadilla», esta vez el grito no salió de mi garganta de verdad, «así es mejor», mis padres pensarán que estoy mejorando, intento no pensar en ese sueño, solo fue eso, una pesadilla, siento mi cabeza más clara y ahora me doy cuenta de que mi decisión de ir a la escuela fue lo peor que pude hacer, no quiero ir, estoy cansada, sé que solo he ido una vez a la escuela, pero ya era difícil pretender cuando salía de casa y no estaba en la escuela, ahora que regresé tengo que pretender aguantar, tragarme y ocultar mis sentimientos mucho tiempo, no sé si poder hacerlo, «no tengo opción, lo haré», le podría decir a mi mamá que no quiero ir, aun así no lo haré, no les dejaré ganar, no voy a perder mi cordura, tengo que seguir adelante o al menos fingir hacerlo, si mis padres se lo creen, eventualmente pararán de posponer su felicidad por mi culpa.

Me levanto de la cama, no me había dado cuenta de que temblaba, estaba tan atrapada en mis pensamientos, sé porqué lo hago, la pesadilla, pero decido ignorarlo, respiro profundo e intento olvidar, el suelo está frío, empeorando mi temblor, voy a mi baño, que está al lado de mi armario, entro, prendo la luz, mis ojos arden por un segundo, se adaptan a la luz y miro al espejo arriba del lavado, tengo un pequeño rasguño en el cuello, mi respiración se tensa, toco delicadamente el inicio del rasguño, no es largo, pero me asusta, no sé cómo me lo hice, mi corazón va cada vez más rápido, «la pesadilla», no es posible, no lo es, solo era una pesadilla, el sentimiento de mis sueños me invade, caigo al suelo de baldosas, «respira», me digo, «respira», las lágrimas acuden, mi desesperación aumenta, logro pararme, «no es nada, solo es coincidencia», prendo la ducha, no me importa lo fría que está, me meto, ya no me importa que esté temblando, mis dientes chasquean, el frío no me molesta, me hace sentir mejor, pero el frío no alivia mi pesar, las lágrimas siguen corriendo, salen e intento controlarlas sin éxito, mi mente se pasea por mis ahora dolorosas memorias con Alisha.

Recuerdo el día que su padre murió, él era un policía, Alisha y yo estábamos en su casa jugando con sus figuras de superhéroes nuevas, me enseñaba cada una de ellas, reímos hasta que nos dolió la panza, su madre nos llamó, era la hora de cenar, la Sra. Anna nos había comprado pizza, así que sin chistar bajamos corriendo las escaleras, recuerdo aún lo que nos dijo cuando nos vio: "Sin correr", nos reprendió, nosotras solo reímos más, ella nos veía con una gran sonrisa brillante, todo hasta que las amplias ventanas empezaron a tomar un tono azul y rojo, por las luz de una patrulla, la mamá de Alisha pensó que su esposo había llegado al fin a cenar, pero, cuando abrió la puerta, la sonrisa cayó. Era otro policía, la memoria está vívida, nosotras estábamos detrás de ella, le agarré la mano a Alisha y nos miramos, el oficial dijo: "Lamento su perdida, Christian ha muerto", un silencio se propagó, por lo que él prosiguió: "Si necesita algo, solo avísenos". La Sra. Anna lloraba, pero logró preguntar con voz entre cortada: "¿Qué fue lo que paso?", el oficial respondió inmediatamente: "Al parecer hizo una parada en una tienda de donas, fue apuñalado por un ladrón cuando salía, se llevó su billetera, otras pertenencias y escapó, pero lo encontraremos". Abracé a Alisha, ella lloraba en mi hombro, aún puedo sentir sus lágrimas, él había ido a comprar donas para nosotras, íbamos a hacer una fiesta de pizza y donas, Alisha le había pedido a su padre que se las trajera y él dijo que lo haría, que estaría feliz de participar también en la fiesta, Alisha sintió culpa y creo que nunca lo superó, sobre esa última parte, era una mentira, nunca lo encontraron, fue otro caso archivado, «Alisha no lo será». Cuando lo extrañaba, ella siempre solía ir al ático a mirar sus pertenencias.

Levanto la cabeza para que el agua caía en mi cara, las gotas se llevan mis lágrimas, mi dolor es agudo, Alisha ya no está conmigo para consolarme, me ha dejado sola, ella era la única que realmente me entendía, ¿qué haré sin ella?, rompo en llanto sollozando, tardo un tiempo en calmarme, cuando lo hago finalmente salgo de la ducha.

Esta vez solo mi madre me llevó a la escuela. Repitiendo la misma rutina de ayer, cuando entro todo el mundo habla a susurros a mi alrededor, me persiguen sus miradas de nuevo, el casillero de Alisha sigue igual que ayer, decido no mirarlo, levanto la mirada para ver mi casillero, tiene escrito las palabras en rojo, *"Mentirosa, dinos la verdad"*, la ira toma control de mi cuerpo, me volteo y me encuentro con que todos los estudiantes me rodean con sus celulares a mano, unos tomando fotos, otros videos, me empieza a costar respirar, «¿y si no encuentro al verdadero asesino?¿Y si viene por mí? ¿Qué pasa si vivo mi vida obligada a ver cómo todos me apuntan a mí como su asesina?». No, no, me tengo que controlar, no puedo tener un ataque de pánico ahora, no aquí, «ya es tarde», mis manos empiezan a temblar, mi pecho me duele, siento que voy a explotar por la presión, estoy aturdida, pongo mis manos en mis orejas en un pobre intento por calmarme y apagar los murmullos, veo a alguien que se me acerca y pone su brazo a mi alrededor.

—¡Quítense! ¡Ahora!

Es Isaac, ellos abren el paso mientras que él me aleja de ahí, me tenso ante el contacto, pero sigo caminando, me lleva al gimnasio techado que está vacío, aun así, me lleva a una esquina al lado de las gradas, me suelta y da un paso hacia atrás. Todavía temblando, apoyo las manos en la pared, me concentro, cierro los ojos, respiro profundo, me imagino a mis padres y los padres de Alisha, todos estamos vivos, sentados en la hierba del parque, la brisa me pega, mueve mi cabello, miro a mi lado, ahí está Alisha con su sonrisa, estamos riendo todos, teniendo un picnic familiar, ese es mi lugar feliz, donde no hay muerte, estamos todos vivos, a pesar de ser dolorosa, me calma, el ataque se pánico cede, ya puedo respirar de nuevo.

—Sé que probablemente ya te cansaste de oír esta pregunta, pero, ¿estás bien?

Me volteo y me seco con la manga de mi abrigo las lágrimas.

—Sí —respondo, aunque por mi rostro sé que sabe que miento.

—Te pasó lo mismo que te pasó en el cementerio —asegura.

Asiento.

Que me haya ayudado no va a cambiar el hecho de que lo odie, voy a encontrar las pruebas para encerrarlo por su asesinato, lo único que puedo hacer es que piense que confió en él.

—¿Qué es? —pregunta él.

PENA Y MUERTE

—Un ataque de pánico. ¿Ok? —respondo a la defensiva por impulso—, lo siento, es que todo ha estado muy...
—Lo sé.
—Gracias, por ayudarme.

Él asiente y se va, me deja sola pensando en todas las maneras para descubrirlo, siento el peso de la navaja en mi bolsillo, me la decidí llevar desde mi pesadilla, no me he sentido segura en ningún lado, para mí, esto es mi protección, los minutos pasan y decido regresar a mi casillero, cuando llego las palabras escritas en el casillero ya no están, alguien las borró, de seguro no quieren evidencia de lo que me hicieron, yo no diré nada, no les daré la satisfacción, además, sé que cualquier cosa que haga solo empeoraría las cosas, me odiarían más, no quiero llamar la atención, pero eso no significa que no lo haré, porque de ser necesario llamaré la atención.

Veo a mi alrededor y logro ver a Isaac entrando al baño con pedazos de papel manchado de rojo, él limpió el casillero, «¿por qué lo haría?», sacudo la cabeza y desvio la mirada.

La escuela, aparte de eso, fue tranquila, los profesores no vieron lo que le hicieron al casillero o simplemente lo ignoraron por hoy, sé que por solo hoy, más tarde será viral y no podrán ignorarlo, me pregunto qué título le pondrán, tal vez se lo manden a un periódico local que dirá "Mejor Amiga de la víctima acusada de ser la asesina" o algo menos sutil, más bien hecho por mis propios compañeros, subiéndolo en sus redes sociales, "asesinada por su mejor amiga, justicia para Alisha".

Mi suposición estuvo en lo correcto, al terminar la escuela fui a la comisaria, otra vez acompañada de mi madre, el detective Morales nos mostró su celular donde estaba una foto de mía en el casillero marcado, mi madre se lleva una mano a la boca sin poder creerlo.

—Ay, por Dios —susurra ella.

Yo me limito a ver el celular, luego nos muestra un video, en el video yo estoy al punto del colapso, templando, se notaba que me contaba respirar, me agarraba las manos intentando controlarlo, luego aparece Isaac y me saca, el video acaba ahí, mi mamá ve el video con atención, para luego redirigir su atención a mí.

—¿Tuviste un ataque de pánico?

—Sí —contesto con voz tensa.

—¿Y no me llamaste? —Se ve un poco enojada.

—Mamá, no fue nada, lo pude controlar.

—Hablaremos de eso después.

Asiento, el detective procede a guarda su celular, no soy experta en suposiciones, menos leyendo caras, pero sé que la suya representa algo de vergüenza, eso me lleva a suponer lo que está a punto de pasar.

—Se han hecho múltiples solicitudes de parte de los ciudadanos de este pueblo para que revisemos tu casa, fueron tantas que el juez no las pudo ignorar... nos han dado la orden de cateo.

—Que ridiculez, solo porque los ciudadanos decidan que ella lo hizo, no tienen ningún derecho, esto no tiene sentido —reclama mi madre.

—Señora, sinceramente debimos de hacerlo desde el principio, me apena de verdad tener que decirle esto, pero también tiene que ver con el hecho de que su hija es nuestra sospechosa principal.

—Su única —digo, siento como si llamas consumieran mi interior, la ira me come viva—, querrá decir su única sospechosa —río en sarcasmo—, mire, detective, me sorprende que tenga que ocultarse detrás de los ciudadanos para tener las agallas para tomar acción.

—Madeline, basta —sisea mi mamá.

—No —contesto mientras volteo a verla, luego me paro y me acerco al detective sentado—, hágalo, revise mi casa si lo hace sentir mejor consigo mismo, siempre y cuando después termine de perder el tiempo... y se dedique a hacer su trabajo.

No sé qué me pasa, pero cada vez que vengo a la comisaria la frustración toma control de mi cuerpo, siempre termino teniendo un ataque de ira hacia el detective. El detective no dice nada, solo me mira.

—Vamos, lo acompaño a mi casa, revisemos —insisto.

El detective se para, me dedica una última mirada y les hace unas señales a los oficiales, ellos se acercan, él les susurra algo y nos siguen afuera, todos se montan en sus patrullas, nosotras subimos al carro, el detective se acerca a la ventana abierta del lado de mi mamá.

—Los cuatro oficiales que vieron nos van a acompañar a revisar la casa —informa.

En el camino mi madre no dice nada, pero su respiración es agitada, intento no cuestionarme lo que está pensando, su preocupación… es como si pensara que fui… «No, basta», solo está nerviosa, eso es. Cuando llegamos, mi padre está en la puerta, me bajo del carro rápidamente, acurrucándome en sus brazos, él me aprieta.
—Oh, mi niña, todo va a estar bien.
—Todos piensan que fui yo —susurro.
—Vi las fotos.
Levanto la mirada, él me da un beso en la frente.
—Eres inocente, lo sé. —Me regala una sonrisa.
Lo abrazo aún más fuerte, con una sonrisa, «me cree», mi padre no me va a dar la espalda, «mi madre no lo sé».
—Gracias.
Somos interrumpidos por el detective, listo para entrar a la casa, me separo de papá y me encuentro mirando fijamente al detective, detrás de él están los policías con sus equipos, nos apartamos de la puerta y los dejamos pasar, no tengo miedo, no encontrarán nada, eso no detiene el enojo creciente en mi pecho, respiro hondo, tengo un plan, llama mucho la atención, qué más da, como lo dije, si tengo que llamar atención lo haré, agarro mi celular, sé la manera para que todos me dejen en paz, no puedo investigar si tengo a todo el pueblo incluyendo la policía siguiendo mis movimientos, marco el numero de una periodista, la conocí hace unos días, nos encontramos en la calle, ella me ofreció su número de celular, "por si necesitaba ayuda", me había dicho, obviamente lo que ella quería era una noticia, todo el mundo quiere algo a cambio, hoy no soy la excepción, pero es mutuo, ella quiere una primicia y yo quiero que paren de apuntarme como su asesina, es un ganar ganar.
—Hola, soy Madeline Jones.
Cinco minutos después llega una camioneta de noticias, bajan grabando, me hago la sorprendida, todo está pasando a la perfección, mi mamá no me sermoneará por llamarla si no sabe que fui yo, para ella en este momento un periodista se enteró y vino. La

cámara se acerca a mí y la periodista pone enseguida un micrófono en mi cara, mi madre se para a mi lado, tomando mi brazo, nuestras miradas se encuentran, ella expresa aflicción, yo asiento con la cabeza para que sepa que voy a estar bien, ella me suelta, pero se mantiene a mi lado, volteo a la periodista.

—Madeline, cuéntanos qué está sucediendo en estos momentos, ¿por qué la policía está en tu casa?

Dije que no los acusaría y no lo he hecho, acusarlos con los profesores es una cosa, pero hacerlo públicamente hará que no se atrevan a acusarme o molestarme.

—Muchas personas me ven como una asesina, ellos piensan que yo maté a Alisha Anderson, la policía me tiene como sospechosa, yo les vengo a decir que pueden acusarme todo lo que quieran, no van a encontrar nada, porque yo no lo hice, me acusan en la escuela, me señalan en la calle, no me opongo a que la policía entre a mi casa , está bien que la revisen, créanme que yo más que nadie quiero justicia, yo perdí a una hermana, la amaba, así que la próxima vez que me apunten como su asesina piensen dos veces, ¿por qué habría yo de hacer eso? Cuando la amaba tanto, ella me fue arrebatada, frente a mis ojos, y no descansaré hasta que se haga justicia.

—Muchas gracias por las palabras, sabemos lo duro que debe ser para ti —responde la reportera.

Yo le doy una pequeña sonrisa, claro que no entiende lo duro que es, escondo mi desagrado por este último comentario, solo me retiro con mi mamá y mi papá, nos paramos al lado de la puerta esperando a que terminen, el detective sale con una caja, la caja con las cosas de Alisha.

—No —le grito antes de que lo meta en la patrulla—. Por favor, son solo cosas que su madre me dio como recuerdo.

Las cámaras escuchan el escándalo y se acercan, eso sí me incomoda, intento no mostrarlo.

—Lo siento, pero es una evidencia.

Camino hacia el detective, abro la caja aún en sus manos.

—Mire —digo mientras que saco fotos—, son solo recuerdos. no hay nada que se pueda usar como armas.

—Pero...

—Es lo único que me queda de ella.

PENA Y MUERTE

—Está bien —dice mirando de reojo a las cámaras, sabía que serían útiles, no quiere hacer una escena, no me la da, así que la cojo yo, sus manos se tensan como si no me la quisiera dar, pero al final cede, no entiendo porqué quiere esa caja, de verdad no tiene nada de importancia.

Los comisarios se retiran de la casa con casi todos los cuchillos de la cocina en bolsas de evidencia, entramos a la casa enseguida, sé que los policías se retiran sin nada en mi contra, ya en la sala mi madre le sale un suspiro de alivio, esto hace que mis pensamientos del carro salgan a flote una vez más, me invaden y esta vez no los detengo.

—¿Estás aliviada?

—Claro —responde confundida por la pregunta.

—¿Por qué? ¿Aliviada de qué?, nunca debiste de estar asustada si se supone que sabes que soy inocente.

—Hija, yo...

—Entiendo, después de estar siempre a mi lado... o al menos eso pensé. Pero resulta que no, no puedo confiar ni en mi propia familia.

Mi padre se queda callado con una mano posada en el hombro de mi madre, sabe que esta conversación no lo incluye.

—No —parlotea—. No, hija, yo...

—Basta, pensaste tú también que yo la asesiné —la corto abruptamente—, mi propia madre acusándome a mis espaldas, eso sí no lo vi venir, que bajo de tu parte... madre.

Salgo corriendo por la puerta, escucho cómo ellos gritaban mi nombre para que regrese, no me detengo, es hora de reunirme con mi supuesto aliado, no agarré la llave del carro y no regresaré a buscarla, no pienso hacerlo, caminaré, sé que es algo estúpido considerando todo, no importa, igual tengo aún la navaja en mi bolsillo, eso me es suficiente, caminar me ayuda a despejar la mente, la ira me va abandonando con cada paso más lejos de casa, tengo que concentrarme, voy a ir a ver a Isaac, existe la posibilidad que no sea el asesino, tal vez surjan más sospechosos o me está intentando despistar de sus marcas.

Veo el letrero azul neón de Judi´s y, aunque estaba un poco lejos de mi casa, igual llego a tiempo, me acerco a local observando por la vitrina, es una cafetería pequeña, las luces son blancas e iluminan perfectamente el lugar, mis nervios están de punta. Ahí lo veo sentado en la mesa de la esquina, tomando de su taza, su cabello negro cubriendo sus facciones, entro, él levanta la vista cuando me ve, me siento en la silla libre al frente de él.

—Pensé que no ibas a venir —confiesa.

—¿Por qué no habría venido?

—Por los policías, Jones.

—Ah, eso —no quería hablar del tema, pero sé que ya sabe lo que pasó—, sí, parece que a la policía no le caigo bien, como si ellos me conocieran, ¿sabes? Mejor que no me conozcan les caería mal, soy muy sarcástica, aparte me enojo muy fácil —todas las palabras salen con naturalidad, no era lo quería decir—, y al parecer también hablo de más, fascinante.

Él esboza una sonrisa y bebé de su taza mientras levanta la mano haciendo un gesto hacia la mesera, quien se acerca sonriente.

—Otro café, por favor —dice él, ella agarra la taza vacía de Isaac y se voltea a mí.

—Un chocolate caliente, por favor.

La mesera se retira, no digo nada y él tampoco, Isaac es el primero en romper el silencio incómodo.

—Mira, te voy a decir todo lo que sé de las actividades de Alisha y tú me informas de lo que la policía está haciendo, con eso investigaremos juntos, ¿te parece?

Eso de trabajar juntos no me gusta.

—De acuerdo, comienza tú.

Él abre la boca para hablar justo cuando la mesera llega con el pedido, mi vista se posa en la taza que está al frente de mí, mis pensamientos estaban tan atrapados en todo lo que había pasado, mi madre, la policía, no me acordé del doloroso recuerdo que despertaba este lugar hasta que tuve la taza al frente de mí, el olor de cocoa llegaba a mi nariz con la memoria de la última vez que estuve aquí, estaba con Alisha, yo reía por uno de sus chistes malos habituales, su risa refrescante en mi memoria, siempre veníamos aquí a tomar chocolate caliente, me dejo llevar por la memoria, hasta que la voz de Isaac me saca de ella.

—¿Todo bien?

Levanto la mirada, se me había olvidado por un segundo lo que pasaba a mi alrededor, mis ojos están aguados con una lágrima recorriendo mi mejilla, me la limpio rápidamente.

—Sí, habla, en el cementerio dijiste que estaba chantajeando a alguien.

Al principio se queda callado, pero capta que no quiero hablar del tema y agradezco que no preguntara, comienza a hablar.

—Alisha estaba chantajeando a un tal Sander, eso era lo único que me quería decir, yo le dije que no me gustaba nada de eso, era muy peligroso, nunca lo vi, yo solo participaba en sus estafas, aparte de Sander sé que hay algo más, pero nunca me lo dijo y cada vez que le preguntaba se alejaba.

—¿Solo esos dos? ¿Hay algo más que la pudo poner en peligro?

—Sí, claro, si contamos las muchas estafas que hacía, pero no creo que hayan sido esas personas, las estafas nunca se supieron, los estafados estaban tan ebrios que olvidaban el dinero que invertían en juegos o apuestas, en cuanto a las demás personas solo veían juegos de casino normales, Alisha tenía manos ágiles.

Eso me puso a pensar, solo dos posibles sospechosos, ambos misteriosos, Sander y alguien más, claro, hay que comenzar con el que tenemos más información, Sander, con más información me refiero a su nombre, claro está, Isaac.

—Ok… pero lo que no entiendo es, ¿qué se supone que haremos? Solo tenemos un nombre y alguien misterioso.

—Primero deberíamos comenzar con el que ya sabemos un poco, Sander —remarca lo obvio.

—¿Dónde hablaba con él Alisha?

—Los viernes yo no podía ir al bar, tengo entendido que Sander solo iba los viernes y se reunía con Alisha.

Pensar qué hacía Alisha con Sander me ponía los pelos de punta, ella lo extorsionaba, «pero ¿con qué?».

—Bien, propongo que robemos las grabaciones de seguridad, Alisha no trabajaba en verano, lo que significa que la última vez que trabajó fue el último viernes de escuela. ¿No?

—Sí.

Isaac analiza mi plan, después de un rato, finalmente sube la mirada, nuestros ojos se encuentran, él sonríe de oreja a oreja.

—Me gusta tu plan —dice tomando un sorbo de café.

La mesera se acerca, parecía estar apenada.

—Disculpen, ya son las 8 pm, tenemos que cerrar —dice ella, pero no termina la frase, la termino por ella.

—Oh, sí, lo siento ya nos vamos —digo con una sonrisa, meto mi mano en el bolsillo de mis jeans, buscando los cinco dólares que he cargado todo el día, pero, justo cuando se lo iba a entregar a la mesera, Isaac le da un billete de 20.

—Invito yo —me dice.

La mesera se retira, Isaac se levanta, se para al lado de mi silla y extiende su mano para ayudarme a pararme, dudo en tomarla, pero dejo de lado mi odio por él, tomo su mano, me levanto y caminamos hacia la salida, el abre la puerta y yo salgo primero, comienzo a caminar, él se mantiene detrás de mí.

—Espera, déjame, te llevo a casa, es tarde.

Mi corazón se exalta, no puedo ir con él en medio de la noche a mi casa, que pasa si me ataca, «no puedo», puedo sentir mi intento de controlar mi respiración, en un esfuerzo para no verme asustada, en el café era diferente, ahí había testigos, no podía hacerme daño, pero si voy con él y pasa algo, nadie sabrá, una parte de mí no siente miedo, esa parte toma control, «no es él, todo va a estar bien».

Miro hacia atrás, mi mirada se dirige de sus ojos hasta su marcada mandíbula, asiento, camino hacia él, él sonríe.

—Por aquí.

Pone su mano en mi espalda, baja por un segundo, mi piel se enchina ante el contacto, la quita casi enseguida dándose cuenta de lo que hizo.

—Lo siento —susurra.

—No te tienes que disculpar, solo llévame a mi casa.

Él asiente con la cabeza, llegamos a una moto negra con un casco en ella.

—No, de hecho, creo que prefiero caminar sola.

Me volteo, camino un poco, él se ríe y me detiene cogiéndome la mano, me congelo y me volteo, miro su rostro suavizado por las luces de la calle, luego hacia la moto, él por fin suelta mi mano.

—Vamos, Jones, no pasará nada.

—¿Dónde está tu carro?

—Mi moto se había averiado, ese no era mi carro, es de mi padre.

Se sienta en la moto y la enciende, el motor ruge, agarra el casco, estirando su mano para ofrecérmelo.

—¿Y tú?

—Solo agárralo.

Me subo.

—Sujétame bien.

Esto me hace sentir muy incómoda, sé a qué me debo de sujetar, no me gusta nada.

—Oh, claro, puedo arrancar y si te caes no pasa nada, de seguro con esa cabeza dura que te traes sobrevivirás —bromea.

—JAJA, que gracioso.

Me pongo el casco y me sujeto de su cintura. Salimos, la brisa se siente incluso aunque tenga el casco, es calmante, casi logro olvidar que estoy con Isaac, casi.

Sinceramente hacía tiempo que no disfrutaba la noche, la vistas que pasamos en el camino son cosas que he visto millones de veces, pero que no aprecié lo suficiente, como el parque, Alisha y yo solíamos jugar ahí de pequeñas, cuando crecimos nunca le prestamos más importancia, debí de hacerlo, las memorias que tengo ahí son invaluables.

Llegamos, estaba tan distraída por mis pensamientos que no pensé en decirle que me dejara unas cuadras atrás, ya era tarde, de seguro mis padres ya nos vieron, por lo menos llegué segura. Me bajo, me quito el caco y se lo entrego, la sonrisa de Isaac sigue intacta, está disfrutando esto, ojalá le pudiera borrar la sonrisa con un puñetazo.

—Qué te parece el viernes, a las 5 para poder discutir los detalles.

—¿Disculpa?

—El plan para robar las grabaciones —aclara.

Se me había olvidado por completo.

—Claro. Adiós —digo con voz seca.

—Buenas noches, Madeline.

Me volteo y camino hacia la puerta, siempre cargo mis llaves en los bolsillos, al entrar cierro los ojos, apoyando la espalda en la puerta ya cerrada, espero a oír el motor alejándose, cuando finalmente lo escucho, suelto un suspiro de alivio, pero todo el alivio se marcha cuando al abrir los ojos me encuentro con mis dos padres con cara de enojo frente a mí.

—Madeline —dice mi padre en un tono mezclado de preocupación con enojo y parece un poco alivio de que llegué.

—Jason, déjame manejarlo. —Mi madre era todo lo contrario, no necesito analizar su expresión para saber que es pura rabia, ver que llama a mi padre por su nombre y no "amor", me pone aún más nerviosa—. ¿Por qué te marchaste? ¡Nos diste un susto!, ¿es de noche sabes eso? Te puedo pasar algo.

El sentimiento de traición que había dejado atrás regresa.

—¿Me acusaste de asesina, sabes? No te pares aquí y voltees las cosas, tú eres la que hizo que saliera corriendo de la casa, si me hubiera pasado algo sería tu culpa, la sangre estaría en tus manos.

Se quedó en silencio por un tiempo, pero luego prosiguió como si nada.

—¿Por qué estabas en la moto de ese chico?

—Nada y no cambies de tema. —Me exaspero.

—Yo soy tu madre y puedo cambiar de tema las veces que me dé la gana, mi trabajo es preocuparme por ti y ese chico.

—Ese chico ¿qué? —interrumpo, no me interesa nada de lo que diga—. ¡Ah! La madre del año, pero cuando la policía me acuso tú les creíste. ¿Ahora te dices llamar mi madre? De verdad que estoy rodeada de gente hipócrita.

—¡Madeline! No me vuelvas a hablar así. ¡Soy tu madre!

—Sí, eres mi madre y aun así no me creíste, la persona que más necesitaba fue la primera en señalarme.

No le doy tiempo de responder, subo a toda velocidad por la escalera, entrando a mi cuarto, camino de un lado a otro, no lo puedo creer ella, la que me crio, creyéndome capaz de asesinarla, me tumbo en la cama y miro al techo, me da miedo dormir, siempre tengo una pesadilla, mientras miro el techo, recuerdo los momentos que anhelaría volver a vivir, me consumo por la memoria.

Estamos en mi casa viendo una película, la cual ya habíamos visto miles de veces, ella repetía el diálogo de un personaje y yo del otro, al final de la película ella me miró sonriendo.

—¿Sabes cuántas veces hemos visto esta película?

PENA Y MUERTE

—Las necesarias, es una obra maestra —respondo yo.
—Estoy de acuerdo, a veces desearía vivir en las películas, tú y yo contra el mundo ¿qué te parece?
—Genial, solo hay que encontrar un universo paralelo donde existan de verdad —le digo y tiro mis manos al aire—, la cosa más fácil de mundo.
Ella se ríe.
—No importa en qué universo estemos, siempre seremos tú y yo contra el mundo —le respondo finalmente de manera seria.
—Nunca te dejaré sola y más te vale que cuando consigas un esposo no me dejes sola porque llegaré a tu casa, sacaré a tu esposo de la casa a rastras y te obligaré a ver esta película conmigo una y otra y otra vez.
Cierro mi mano en un puño y levanto solo el dedo meñique.
—Entonces, ¿tú y yo contra el mundo?
Ella hace lo mismo, nuestros dedos meñiques se entrelazan.
—Tú y yo contra el mundo, promesa.

Una promesa que no pudo cumplir, estoy sola, esa memoria me hizo sentir un hueco en el pecho, puedo sentir el nudo en mi estómago, lloro mirando al techo, deseando que cuando mirara al lado Alisha estuviera sonriendo, sé que si lo hago no habrá nadie, quisiera gritar, sacar la voz dentro de mí, pero no puedo, mis padres me oirían, es como estar atrapada, y lo único que puedo hacer es llorar en silencio.

Me quedo dormida.

CAPÍTULO 7

Estoy parada en el estacionamiento, mis pies tocan el frío pavimento, exploro el lugar, es el estacionamiento del centro comercial, de pronto mis pies se sienten húmedos, miro abajo, un charco de sangre moja mis pies, mis ojos siguen el rastro de sangre, esta lleva a una persona tirada en el piso empapada de la sangre, corro a ella, *es Alisha*, sus fríos ojos azules están abiertos, para mi sorpresa la veo parpadear, *está viva*, mueve la cabeza ligeramente como si intentara hablar, puedo oír cómo murmura algo, pero no lo escucho bien, acerco mi oído a sus labios, con su voz seca susurra: "*¿Por qué?*", de pronto una mano me arrastra por la nuca, me jala obligando a pararme, intento correr, sube la mano a mi cabello y lo jala, mi cuero cabelludo arde, miro a un lado, es el encapuchado, murmura: *"Para de buscar"*.

Despierto igual que todas las mañanas, exaltada, me digo lo mismo que me digo siempre, «es solo una pesadilla», todo esto ya se ha vuelto una costumbre, por lo menos no he tenido más alucinaciones.

Como lo usual me llevan a la escuela, no puedo creer que apenas sea miércoles, ya se siente como una eternidad, es raro cómo tantas cosas pueden cambiar en un solo día, cuando llego todas las personas se amontan a mi alrededor, preguntando ¿cómo estás?, o comentando cosas de que la policía hizo mal en acusarme, que era unos tontos blah, blah, blah, a pesar de que mi plan funcionó algo me molesta: el hecho de que ellos vengan a decirme estas cosas como si estuvieran preocupados, pero justo ayer me acusaban, en fin, todo gira alrededor de la sociedad, ahora soy víctima, ayer verdugo, así funciona.

Nadie quiere tratar mal a una víctima ¿verdad? «Por lo menos no mientras que la gente los observa», entro a clase, el aula se va llenando, aprieto los dientes para evitar golpearle la cara a Riley y Mackenna, Mackenna es una chica de cabellos negro con unos ojos negros; Riley es una morena de ojos azules, realmente son muy lindas, pero la actitud que he observado en ellas es lo contrario, ambas se acercan a mí con flores en mano, primero Mackenna me da unas hermosas margaritas.

—Lo siento por lo de ayer.

Tomo las flores y doy mi mejor sonrisa falsa, me merezco un premio a la mejor actriz del siglo.

—Está bien, todo perdonado.

Enmarca una sonrisa, se nota que es tan falsa como la mía, detrás de ella Riley se acerca, quien me da una mirada apenada, o es una muy buena actriz o de verdad lo siente, me da una pintura, mis ojos se aguan.

—¿Lo hiciste tú?

—Sí, sé que no es suficiente, de verdad lo lamento.

Mis dedos pasan por la pintura, ella pintó a Alisha, esta vez una sonrisa sincera torna en mi rostro, es un retrato de Alisha sonriendo, tiene una coronilla de flores en su cabello, detrás de ella está un jardín lleno de flores, las rosas blancas la rodean, «es como un paraíso», me gustaría imaginar que está así, feliz, como lo retrata la pintura, que descansara en paz.

Me levanto sonriendo y le doy un abrazo, sé que es raro, ya que ayer ella prácticamente me insultaba, pero esta pintura representaba más de lo que Riley piensa, es un recuerdo de su felicidad, de lo que ella puede que sea ahora que ya no está, tal vez caminando descalza por un campo del paraíso o algo así.

—Gracias —susurro—, es hermoso.

La suelto, ella se sonroja.

—De nada, si necesitas algo, solo llámame.

Ambas se sientan en sus puestos, admiro la pintura por unos segundos más, luego miro adelante de mí donde se supone que está un compañero de clase con el cual no hablo, pero en vez de eso me encuentro a Isaac.

—¿Qué estás haciendo?

Él no me mira, está observando fijamente la pintura, la guardo en mi mochila.

—Nada, solo vine a decirte algo, luego regresaré a mi asiento, necesito que me digas si la policía me tiene como sospechoso.

La verdad es que nunca le mencioné a la policía que Alisha tenía un exnovio y su mamá realmente no sabe de su rompimiento desastroso, no sé exactamente porqué fue, pero ella realmente estuvo enojada, en cuanto a él, él la seguía buscando, sé que no haberle dicho a la policía no tiene sentido, ya que yo pienso que él puede ser el asesino, pero la primera vez que fui a la comisaria no pensé en él mucho, estaba más ocupada gritándole al detective, la segunda vez ya teníamos una alianza, ahora obviamente no le puedo decir nada al detective, necesito a Isaac para que me ayude por más que me caiga mal.

—No, no te mencioné.

Eso lo toma por sorpresa.

—Oh... ¿gracias?

—No pienses que te estoy haciendo un favor.

Él se limita a pararse y regresar a su asiento.

Lo mismo de ayer, miradas, clases, miradas, clases y ya, es todo un ciclo, pero para mi gusto al fin es receso, en la escuela hay una cafetería, yo casi todos los días llevo plata, mis padres no pueden mandarme comida siempre, es un lugar grande con baldosas blancas y como diez mesas de seis personas, hay gente que come en las gradas del gimnasio techado, otros en las gradas del campo de fútbol, el campo verde en la parte de atrás de la escuela, yo y Alisha nos sentábamos en el césped debajo de un árbol que estaba por las gradas, «no me he vuelto a sentar ahí».

Compro un emparedado con una botella de agua, me siento en una mesa que está sola, y después de eso de regreso a clases, divertido ¿no?

Ahora camino a casa, mis padres ya no me pueden recoger, supongo que solo lo hicieron los primeros dos días para asegurarse que estuviera bien, llego a casa y decido no dedicar mi mente en todas las maneras en las que podría estar ayudando a los detectives, me refiero, podría decirle a la policía lo del bar, pero no lo haré, por lo menos por ahora, sé que si les digo probablemente nunca lo atrapen. ¿Por qué? Bueno, es simple, todos sabemos que de una manera u otra la policía asustará al sospechoso, cuando vea que están investigando el bar intentarán buscar una coartada, si alguien lo viera con Alisha en las cámaras de seguridad del bar diría que simplemente era una conversación de cliente a mesera, tal vez le pregunten: ¿Por qué es una conversación tan larga? Él terminará diciendo algo que inevitablemente lo dejará limpio a él y manchando el nombre de Alisha, luego dirá su coartada y fin de la historia.

Hago mi tarea, no es mucha, pero es algo, se supone que apenas es miércoles, el tercer día de clases, pero con todo eso de la universidad todo parecer estar acumulándose, lo peor, es solo el comienzo del estrés que está por venir. Termino por hoy, me paro de mi escritorio, mi celular está en mi cama, lo escucho vibrar, lo agarro y veo un mensaje de texto.

¿ESTÁS LISTA?

¿QUIÉN ERES? —respondo, mientras espero la respuesta se me hace un nudo en la garganta.

ISAAC.

Una ola de alivio me inunda, por lo menos es él.

¿LISTA PARA QUÉ?

Me envía una imagen, es un póster del bar que dice "The dark rise: Noche de casino de Lujo", en la descripción de abajo diciendo que es una noche para vestir elegante.

ES BROMA ¿NO?

OJALÁ, PERO NO, ASÍ QUE YA SABES. TE VEO EL VIERNES.

Batallo con toda mi fuerza de voluntad para no tirar el celular contra la pared, ¿cómo se supone que debo de encontrar un vestido elegante para el viernes? Mis padres notarán si salgo toda maquillada en tacones y un traje, mi mamá ya tiene como objetivo vigilarme en todo momento, ya iba a ser lo suficiente difícil escabullirme con ropa normal, «está bien no voy a ser dramática», todo esto tiene solución, lo más difícil será conseguir un traje. Mis padres no están en casa aún, apenas son las 5, tardarán por lo menos unos cincuenta minutos más en llegar.

Bajo corriendo las escaleras, llamo a un taxi desde una aplicación y en poco tiempo me estoy dirigiendo al centro comercial, no al que iba con Alisha, es como una plaza con no muchas tiendas, pero sirve, sé que hay una tienda de vestidos. Le pago al taxi y me voy a la tienda, hay un mar de colores, todo tipo de telas, son tantas que me costó no gritar "wao", la señora de la tienda muy amablemente se acerca a mí.

—Hola, bienvenida, mi nombre es Valeria, ¿la puedo a ayudar a encontrar algo en especial?

—Sí, por favor, necesito un traje elegante puede ser corto o largo, la verdad no me importa mucho el largo.

Pude notar por un segundo que ella sabía quién yo era, todos que vean las noticias saben de mí, «espero que en el bar pase más desapercibida».

—¿Algún color en particular? —me pregunta mientras me da la espalda y camina.

—No.

La sigo, paramos en una sección.

—Estos son nuestros vestidos más elegantes, te dejaré un rato sola para que veas, me llamas si necesitas ayuda con alguna talla o algo más.

—Gracias.

Me dispongo a ver todos los vestidos, mi atención es captada por un traje negro bellísimo, no tuve que mirar más, llamo a la señora para ver si me lo podría medir. Me lo llevo al probador, cuando me lo puse no pude estar más segura, es de seda negra, con tiras de seda caídas en los hombros, se entalla al cuerpo resaltando mi figura, es corto, el corte del final del vestido es en diagonal y tiene en el final un hermoso encaje, me llega por las rodillas, salgo del vestidor donde la señora me espera.

—Sí, me encanta —dice con una sonrisa.

—Me lo llevaré, es perfecto.

No puedo evitar reír, el traje es para algo que sin duda no me va a gustar, pero es un traje que me emociona. La tienda parecía estar vacía, aun así, juro que podía sentir que alguien me miraba, ignoro el sentimiento y lo tacho como paranoia, pago con la tarjeta de crédito de emergencia que mis padres me habían dado, si preguntan fui a comprar materiales de la escuela, que claro costaron nada más y nada menos que 100$, genial, es probable que me quiten la tarjeta.

Cuando llego a casa, ni mi mamá, ni mi papá, habían llegado, afortunadamente, subo a mi habitación y en el momento que entro la voz de mi mamá retumba por la casa, y digo retumba porque de verdad si fuera un tipo de persona supernatural, tumbaría la casa con ese grito,

—¡MADELINE! —Se escucha.

Escondo el traje en mi armario, bajo tan rápido que casi me resbalo por las escaleras, pero eso era mejor, por experiencia es mejor no hacer esperar a mi madre y menos cuando esta enojada.

—¡MADELINE AMELIA JONES GÓMEZ! ¿EN QUE TE GASTASTE CIEN DÓLARES? —grita.

—Mamá, calma, me compre unos útiles escolares.

—Está bien, muéstralos. —Ya no estaba gritando, pero su voz está claramente agitada, su cara esta tan roja como un tomate.

Obviamente no tengo útiles así que cambio de plan.

—Bueno, ah. Lo siento, me los gasté en un restaurante. —Le doy una sonrisa tímida.

—¿Fuiste a un restaurante? ¿Hoy?

—Sí, lo siento —repito—. Es que no habían llegado y de verdad que me moría de hambre.

—Y te gastaste 100$ en comida.

—Sí. ¿No has notado que estoy un poco subida de peso? —digo con la esperanza de alivianar las cosas.

Antes de que mi madre pudiera decir algo más mi padre entra diciendo:

—¿Quién tiene hambre? Deberíamos ir a comer.

Mi mamá voltea hacia él.

—Madeline, al parecer ya comió.

No quería decir nada, pero tenía hambre así que, qué más da, puede que mi madre piense que tengo el apetito muy grande y ya.

—Todavía tengo espacio —le digo a mi papá, corro a él y lo abrazo.

Salimos por la puerta, pensé que mi mamá protestaría, pero se limita a caminar detrás de nosotros hacia el carro. Comimos, cuando regresamos a casa, me acosté en mi cama, agotada, y dormí.

CAPÍTULO 8

Estoy sentada en una habitación blanca, no hay nada a mi alrededor, solo un frío, junto murmullos flotando alrededor de todas las habitaciones, todos dicen algo diferente: "Basta de buscar", "Maddie", "no me dejes sola", "ayuda", "Alisha está muerta", y luego todas gritan al mismo tiempo, me tapo los oídos con las manos, "Y tú, todo fue tu culpa, no la pudiste salvar", abrazo mis rodillas, escondo la cabeza entre ellas, las voces desaparecen, levanto la mirada solo para encontrar la misma habitación con una puerta, me levanto despacio, mi sangre se hiela, toco la manecilla, antes de poder, sangre sale de abajo de la puerta, no puedo respirar, se me cierra la garganta, me he caído encima de la sangre, me esfuerzo para intentar abrir la puerta, me ahogo, necesito salir, la exasperación me inunda, «por favor, déjame salir», intento decir, pero nunca logro hablar.

Cuando despierto, intento no hacer ruido, a pesar de que quería gritar a todo pulmón, respiro intentando calmar lo sobresaltada que estoy, me voy al baño y me ducho como lo usual. Cuando voy a la escuela, nada fuera de lo normal pasa, a excepción de una mirada muy extraña de parte de Mackenna, al salir de la escuela mi mamá me dice que me llevará a la comisaria, el detective quiere hablar conmigo, prometo hacer lo mejor para no explotar con él, una parte de mí se odia por haber tenido esperanza de que hubiera surgido algo.

—En su celular solo hablaba contigo, su madre y ciertas amistades, pero todo se ve normal —informa el detective Morales.

—O sea, que no tiene sospechosos aún.

—Estamos trabajando en interrogar a los trabajadores, como ya sabes no hubo testigos, pero estamos viendo las cámaras de afuera, cuadro por cuadro.

Esa parte de "como ya sabes no hubo testigos" lo dijo con un ligero tono de acusación, lo ignoraré, de pronto un hueco se me abre en el estómago, mi garganta se seca y por más que me duela tengo que preguntarlo, necesito saber.

—¿No descubrieron nada de la autopsia?

Lo agarro desprevenido.

—Bueno, realmente no arroja nada, al parecer Alisha no tuvo la fuerza para pelear, no le pudo hacer ni un rasguño, también creemos que el asesino usaba guantes porque no hay huellas en su cuello.

Me daba ganas de gritarle, si ella no tuvo la fuerza de pelear, no fue su culpa que la agarraran por sorpresa y no se pudiera defender, pero eso no cambiaría el hecho de que todavía no tienen nada.

—Solo encuentren a su asesino, por favor.

Eso es todo lo que digo antes de retirarme.

En la noche casi ni duermo, doy vueltas en la cama, dormir ya no es algo reconfortante, al cerrar los ojos siempre me aguarda un nuevo escenario, una nueva pesadilla, todas son diferentes, pero todas terminan en Alisha, muerta.

Hoy es viernes, tal vez dormí como cuatro horas, por primera vez no tuve una pesadilla, lo tomo como un buen comienzo del día, pero sé que no será uno bueno, cuando regreso de la escuela a las 5 tengo una discusión de plan con Isaac, luego lo más difícil, lo del bar, robar las grabaciones de cámaras no debe de ser tan difícil, «tampoco lo tomo como fácil». La escuela igual que ayer, sigo teniendo la sensación de que alguien me está siguiendo, igual que siempre la ignoro.

Hice algo que pensé que nunca haría, manipulé a mi papá, le dije que llevara a mi mamá a cenar para que hablaran de mí, que necesitaba que la convenciera de darme más espacio y cosas así, naturalmente me escuchó y para mi gracia mi papá estuvo de acuerdo. Él y mamá se irían a cenar, sé que mi papá convenció a mi mamá de que yo no saldría de la casa, espero que cuando regresen ya esté en la casa, si no perderé la confianza de mi padre.

Salgo de la escuela a las 3pm, soy una persona que camina lento, así que siempre llego a mi casa como a las 3:30 p.m., me tomo una ducha porque siempre termino sudada, hoy llego a casa prácticamente corriendo, me tengo que apurar, cuando llego son las 3:20 p.m., puede que me haya ahorrado solo diez minutos, pero para mí en esta situación es mucho, tengo que estar lista para cuando Isaac llegue, solo discutiremos el plan y nos iremos enseguida al bar.

Me baño, me aliso el cabello para luego hacerme unas ondas definidas, me maquillo un poco, en mis ojos me hago un delineado con sombra negra difuminado, me pongo labial rojo, por último me pongo el traje, son las 4:50 pm, busco mis tacones altos negros, me siento en mi cama para ponérmelos, justo cuando me los voy a poner entra Isaac, no me levanto, solo lo veo entrar, lleva unos pantalones negros y una camisa negra, las mangas de la camisa arremangadas hasta los codos, los primeros botones desabotonados dejando ver su cuello y un poco de su pecho, su elegancia se nota, nunca había notado lo alto que era o lo perfecta que sus facciones son, su mandíbula marcada. En sus manos tiene unos cuantos anillos negros y plateados también, noto que él también me mira.

—¿Qué pasa? —pregunto con voz firme.

—Nada... te ves muy linda, Jones.

—Gracias —le contesto—. Tú no estás mal —añado con voz burlona.

Él sonríe, camina y se sienta en la silla de mi escritorio, el plan era simple y lo repasamos, para cuando terminamos ya son las 5:30pm, se supone que lo del casino es como a las 7, pensamos que tardaríamos más en planearlo, igual tengo que terminar de arreglarme, se me había olvidado ponerme los accesorios, me levanto de la cama aún descalza.

—Espera a que me termine de arreglar.

Él se inclina hacia atrás en la silla, lo cual tomo como un "está bien", me voy al baño donde frente al espejo están unos cofres blancos pequeños y los abro, no tengo tantos collares, solo unos cinco, me voy por uno simple, es una cadena plateada con un diamante colgando en el medio, me la pongo, me lo había regalado Alisha en mis quince años, combato las ganas de llorar, respiro, hoy no es el día ni el momento para derrumbarse, me pongo unos pendientes plateados de diamantes que hacen juego con el collar, un anillo que consiste en una banda de diamantes, me la pongo en el dedo anular, uno con un solo diamante en el medio, en el índice, y si me tomé media hora en hacer esas decisiones, en mi defensa estaba intentando ganar tiempo, cuando salgo del baño, él me examina, voy a mi armario y agarro un bolso de mano negro. ¿Me vuelvo a sentar en la cama?

—¿Ahora qué? Falta una hora.

—Sabes algo que se llama tener conversaciones —me dice con su sonrisa petulante.

—De acuerdo, ¿qué estabas haciendo la noche que pasó?

Su sonrisa se borra, su cara cambió a una expresión que no puedo leer.

—Mira, sé que no te caigo bien, pero yo no fui.

—Entonces dime —insisto.

—Estaba haciendo algo personal que sinceramente no te incumbe —me contesta con un tono cortante.

No le contesto, me molesta que no me diga, si no tiene nada que esconder debería decírmelo, pero el problema es que yo también me guardo cosas, a mis padres nunca les digo de mis pesadillas, guardo mis sentimientos en una cajita, esperando a que nunca tenga que abrirlo por lo doloroso que será si alguna se abre.

—Perdón, ¿podemos hablar de otras cosas? —pregunta él.

—Sí.

—¿Qué te gusta hacer? —pregunta él.

—Leer, ver series y películas.

Él sonríe más.

—No me digas.

—¿Qué? ¿Qué clase de persona eres si no haces esas cosas? —Le entrecierro los ojos.

El ríe sacudiendo la cabeza.

—Ya me caes mal, si hubiera recibido mi carta de Hogwarts te lanzaría un *Avada Kedavra* —mascullo.

PENA Y MUERTE

—Hmmm, el odio no es la manera de los Jedí, Madeline.

La verdad me arrepiento de haber dicho que sí, hablamos durante cuarenta minutos sin parar, reí como no reí desde Alisha, este pensamiento me molestaba conmigo misma, todo esto hizo difícil que lo odiara, aún no me da buena espina, no bajaré la guardia, él la pudo matar, no dejaré que mis sentimientos se nublen por una conversación amistosa.

—Bueno —dice, mirando la hora en su celular—. Es hora de irnos, veinte minutos para las 7, ¿estás lista?

—Supongo —suelto con un largo suspiro acompañado.

Él se para de la silla, se para enfrente de mí y se agacha, agarra los tacones que dejé al pie de la cama, siento cómo paro de respirar, me quedo sentada observándolo, desliza mis pies por los tacones sin separar el contacto visual, sus ojos brillando, cuando termina de ponerme mis zapatos se levanta y estira su mano.

—Vamos.

Con una mano agarro mi bolso y con la otra le tomo su mano.

—Gracias —susurro.

Él asiente, salimos por la entrada principal, él tiene un carro estacionado al otro lado de la calle, camino junto a él.

—Pedí el carro solo para tu gracia, sé cuánto odias las motos —dice.

—Que considerado de tu parte —digo con un tono de sarcasmo.

Él me sonríe, no me percaté que le sonreía devuelta, «todavía me siento observada», él me abre la puerta del carro, cuando estamos ya ambos en el carro, intento no pensar en lo malo, si lo hago estoy segura de que tendré un ataque de pánico, sin embargo, teniéndolo o no, me siento asfixiada como si mi garganta se cerrara. «¿Cómo se habrá sentido Alisha al morir? ¿Sufrió mucho?», aparto el pensamiento de golpe, Isaac enciende el auto, pienso que va a arrancar, pero de repente se inclina hacia mí.

—¿Qué haces? —susurro sintiendo su aliento a menta en mi rostro.

Sus ojos recorren mi cara, mi corazón está a punto de estallar de los nervios, no me gusta lo cerca que está de mí, escucho un *click*, bajo la mirada a mi lado y me doy cuenta de lo que hacía, se acerca más a mí.

—Solo te ponía el cinturón de seguridad, Jones, tranquila —me susurra al oído antes de separarse y arrancar el auto.

Respiro profundo. Vamos en camino, pronto estaremos en la boca del lobo.

Cuando llegamos, Isaac me toma de la mano, me sobresalto, pero no lo aparto, estamos ya dentro, no puedo hacer una escena aquí, opto por la manera más civilizada que conozco.

—Quita tu estúpida mano de la mía. ¿Ok? —susurro en su oído.

Miro hacia al frente con una sonrisa falsa para que parezca que estoy a punto de entrar a divertirme, él no la quita, me llena de furia.

—Solo sígueme la corriente. ¿Sí? —me contesta murmurando.

Por más que no me guste la idea, asiento, hay una línea de personas frente a nosotros, conforme vamos avanzando me pongo más tensa, la fila se acaba y ya nos toca, una mujer, baja con un traje largo verde, morena de cabello negro, nos recibe.

—Bienvenidos —nos dice con una sonrisa de oreja a oreja y voz dulce—. ¿Apuesta o Casino? —pregunta en un tono bajo.

—Apuesta —responde Isaac con seguridad.

—¿Credenciales?

Isaac suelta mi mano, buscando algo en su bolsillo, veo cómo saca tres billetes de cien, se los da a la señora de manera discreta, quien podía jurar que sonríe cada vez más, regresa a mi lado y toma la mano otra vez.

—Disfruten —dice finalmente.

Suelto el aire que contuve, siento un peso irse de mi pecho, ya estamos dentro, lastimosamente entrar era lo fácil, nos sentamos en la barra, no hablamos hasta que vemos al señor de la barra con el que había hablado la primera vez que vine, Isaac me había dicho que se llamaba Edgar y que no solo atiende la barra, también es el dueño del lugar.

—Ya sabes qué hacer —me susurra.

Asiento con la cabeza, Edgar llegó con su sonrisa espeluznante, que me pone los pelos de puntas.

—Hola, primor, veo que seguiste mi consejo de no perderte —me dice ignorando completamente a Isaac.

Pongo mi mejor sonrisa.

PENA Y MUERTE

—Claro, pero esta vez vine con pareja —le digo, colocando mi mano en el brazo a Isaac, puedo notar cómo se estremece un poco ante el contacto.

Me mira sonriendo y coloca su mano encima de la mía, ahora era mi turno de estremecerme.

—¡Oh! Ya veo —dice con una sonrisa ancha—, así que, como tampoco vienes por el trabajo, ¿en qué te puedo servir?

—Yo un Whisky y ella un Martini —contesta Isaac.

Edgar levanta su vista de mí y la dirige a Isaac, su sonrisa desaparece por completo.

—Claro, Isaac.

Hace primero mi Martini, me lo pone en enfrente, no lo toco, cuando al fin le va a servir el Whisky a Isaac, este lo interrumpe.

—No, no, no... Quiero de los mejores —dice señalando los Whiskys que están en una vitrina cerca de los baños.

—¿Crees que los puedas pagar? —Enarca la ceja Edgar.

Isaac hace su clásica sonrisa engreída.

—Tú sabes que sí.

Sé que Isaac se la pasaba en este lugar, de hecho, creo que Edgar lo odia. Antes de que Edgar se fuera a la vitrina, finjo querer ir al baño.

—Voy al baño —le susurro en el oído a Isaac, lo suficientemente alto para que Edgar escuche.

En el área frente de los baños no hay cámaras, es un punto ciego y es algo que me parece ridículo, pero en estos momentos no me quejo, la vitrina con sus preciados licores también entra en el punto ciego, Edgar se nota un poco más entusiasmado con ir a la vitrina, mientras la abre me acerco con pasos lentos, finjo tropezarme con él, mi hombro se choca con el suyo, muevo mi mano en movimientos ligeros y agarro el juego de dos llaves que cuelga de su cintura.

—Lo siento —le digo mientras cierro mis manos en un puño escondiendo las llaves, le sonrío.

—No te preocupes.

Me mira con una sonrisa desde que sigo caminado hasta que entro al baño, «fue una sensación horrible», me quedo un rato en el baño, luego entreabro la puerta, Edgar ya no estaba, está ocupado atendiendo a alguien más, Isaac está tomando su

Whisky, salgo del baño, miro a mi alrededor para asegurarme que nadie me vea, saco el juego de llave y me dirijo a la puerta al lado del baño, tiene un letrero de "Solo personal autorizado", intento con la primera, no abre, la segunda sí, echo un último vistazo a mi alrededor y entro.

Hay unas consolas y tres pantallas que muestran lo que las cámaras graban en vivo, puedo ver todo el movimiento en el bar, me siendo en la silla, empiezo mi trabajo, saco un USB de mi bolso y lo meto en la abertura de la consola, abro una ventana que muestra muchas carpetas con fechas diferentes, empiezo a buscar el último viernes de la escuela, antes del verano, el último día que trabajó aquí, cuando lo encuentro guardo el archivo de ese día, pero una curiosidad me invadió, ¿qué pasó el jueves? ¿Habrá pasado algo con Isaac?, descargo también en el USB el archivo del día jueves antes de que muriera, recuerdo que ese día desapareció momentáneamente, me había dicho que tenía que hacer algo, necesito saber todo los acontecimientos posibles, descargo todo la semana antes del verano y la semana cuando murió, intento respirar lo más profundo para poder calmarme, mi cabeza gira con todas las posibilidades, el archivo tarda un tiempo, lo saco, lo guardo en mi bolso y miro por última vez los monitores, todo parece en orden, claro, aun así revisé antes de salir.

El baño y el cuartito donde estaba están tan cerca que parece que estoy saliendo del baño, en el camino tiro las llaves enfrente de la vitrina de licores de manera en la que cuando Edgar la encuentre piense que se le cayó mientras buscaba el Whisky de Isaac, el sonido de la caída de las llaves no sonó bajo las conversaciones y risas que inundan el lugar, me siento a lado de Isaac, él esboza una sonrisa, yo lo imito, Edgar nos estaba mirando de reojo, «vaya que de verdad no le cae bien Isaac», él saca dinero de su bolsillo trasero y paga las bebidas.

Se para, yo lo sigo, justo cuando nos dirigimos a la salida, una voz suena por atrás.

—¿Se van tan rápido? Ni apostaron. —Es Edgar.

Antes de que yo pudiera replicar Isaac lo hace, pone mano en la parte baja de mi espalda, me tenso, la mira por detrás, por arriba de su hombro, con una sonrisa pícara.

—Tenemos cosas más importantes que hacer.

La insinuación es clara, me molesta, pero cualquier cosa para salir de este lugar, salimos y la calma me invade, Isaac quita su mano de mi espalda y me volteo a verlo cara a cara.

—Lo tengo —digo con un tono frío—. ¿Cuándo lo vemos?

Duda antes de responder.

—¿Te parece después de clases el lunes?

Asiento, de acuerdo, era el día indicado, lo veríamos mientras que mis padres están en el trabajo, no puedo creer que lo lograra, aún siento adrenalina, tal vez después de todo sí logre resolver su asesinato.

—No lo veas sin mí.

Ni siquiera pensé en eso, estaba más enfocaba en mi triunfo.

—Ya sé.

—No te creo.

—Pues me creas o no, te vas a tener que aguantar porque soy yo la que tiene el USB —digo, mis palabras aún más frías que la noche.

Él hace una pequeña sonrisa.

—¿Qué te hace pensar que no te lo puedo quitar? —dice acercándose cada vez a mí.

—No lo harás —respondo sin tener que pensarlo, una parte de mí sabe que no se atrevería.

Nuestras caras quedan separadas solo por centímetros, no me muevo, no me puede ver titubear.

—Tienes razón.

Intento que no se note que su respuesta me toma un poco por sorpresa, se voltea hacia el carro, lo sigo en silencio, cuando llegamos a mi casa veo que mis papás no han llegado aún, por suerte. Me bajo del carro sin despedirme, prácticamente bajo para correr a mi casa, si se despide no lo escucho, todo se irá a la basura si mis padres llegan, entro a mi cuarto, me quito las prendas, me desmaquillo, me pongo unos pijamas, dejo el bolso en el armario con las puertas cerradas para intentar quitar la tentación de ver la grabación, doy muchas vueltas en la cama intentando que el sueño me concilie y me duermo.

Al día siguiente confirmo que mis padres no supieron nada y efectivamente todo es normal, creo que mi papá habló seriamente con mi mamá, juro que puedo sentir el aire a nuestro alrededor más ligero, casi como antes de que Alisha muriera.

Pasamos el fin de semana yendo al cine y riendo en familia, «todo está bien o por lo menos lo estaba hasta que llegó el lunes».

CAPÍTULO 9

Sí, como lo usual desperté con una de mis pesadillas, pensé que sería lo peor del día, «pero este día está lleno de sorpresas». Mantuve mi emoción de ver el video a raya, me llena de esperanza estar un paso más cerca a lo que podría ser un cierre, voy a la escuela, todo iba espléndidamente bien hasta la hora del receso.

Como hacía desde la muerte de Alisha me senté en una de las mesas solas, mi celular vibró y lo saqué para ver qué era, Mackenna había enviado un link a una publicación en el grupo de la promoción, cuando la abro mi respiración se detiene, sé que todos ven lo que ha enviado ella porque siento las miradas ardientes y acusatorias sobre mí.

La publicación es una foto mía y de Isaac, yo con mi traje y mi llamativo pinta labios rojos, Isaac con su camisa negra todo elegante. ¡Oh, no! Lo peor era que había otra publicación en la que salía una foto de cuando me probé el vestido con una sonrisa en mi rostro y así de fácil se manipuló toda la situación, al mismo tiempo todo se aclaró en mi mente, la sensación que tenía cuando me probé el vestido, cuando subí al carro de Isaac, «de verdad estaba siento observada», Mackenna hizo esto por pura venganza, el primer día de clase que la humillé frente a la clase y la expuse como una hipócrita, fingió disculparse y ahora me viene con esto. Mis mejillas ardían del enojo y vergüenza, ambas fotos estaban acompañas de una gran teoría de que Isaac y yo matamos a Alisha porque queríamos estar juntos y ella era un obstáculo, todo un chisme sacado de novela.

Mi mirada busca través de todos los ojos observándome, la localizo, Mackenna junto a Riley, quien tenía una buena cara de enojo contra su amiga lo cual me confirma que sus disculpas sí eran reales, lo cual no importa en este momento, me paro de mi asiento sin importar que hay gente a mi alrededor, camino hacia ella con furia emanando de mí. Por un segundo me quede mirándola frente a frente, ella me mira intentando contener su sonrisa triunfadora y luego hago lo que menos ella se espera.

La abofeteo, ella se toca la mejilla, la golpeé tan duro que su cabeza gira de lado, escucho un jadeo de sorpresa a mi alrededor junto con los murmullos, los ignoro.

—¿Qué te pasa?

La pregunta me enfurece más.

—No vuelvas a insinuar que yo la maté.

—¿O qué? —me dice con una voz retadora.

Intento calmarme, sé que me está provocando, sé que quiere que le responda: "O te las verás conmigo" o tal vez un "O te mataré", mis ojos se desvían mirando a mi alrededor y ahí se viene uno de mis peores errores, mis ojos se encuentran con Isaac, al no apartar la vista Mackenna, se fija a donde se dirige mi vista y lo ve.

—Awwww, los tórtolos se están buscando, siempre aliados, como dije —ahora sí sonríe—, todos sabemos que mataron a Alisha.

Ya no puedo aguantar, aprieto mis puños tan fuerte que mis nudillos se pone blancos, mi rabia se saca en Mackenna, esta vez no le doy una simple abofeteada sino un puñetazo en esa cara de engreída que tiene, estoy harta de pretender, no debería haberlo hecho, pero alguien la tenía que meter en sus casillas, es gracioso cómo decimos que haremos algo y hacemos todo lo contrario, se supone que me mantendría un perfil bajo y en vez de seguir este plan aquí me encuentro golpeando a una supuesta compañera de clase, lo cual tal vez me gane una suspensión, fue un acto impulsivo, en ese momento todo estaba nublado por mi ira, tanto que casi olvido que hay gente a mi alrededor observándome, hasta que todos corren a sostener a Mackenna, quien permanece en el suelo con la nariz sangrando, muy probablemente rota, mis nudillos me arden, cuando los miro están muy rojos y sangran un poco, no sé de dónde saqué la fuerza, pero sí la golpeé muy duro, ella levantó la mirada a mí con una marcada expresión de odio y malicia.

—Ven, es violenta —dice mientras alguien la ayuda a levantarse—, es la prueba de que ella la mató.

A continuación de mí sale una respuesta que me sorprendió que saliera de mi boca.

—¿Quieres una prueba de verdad? Yo te puedo enseñar algo violento.

Esa parte que había estado reprimiendo estaba a punto de salir a la luz, me acerco con pasos largos hacia Mackenna, decidida a darle la golpiza que tanto se merecía, cuando un brazo fuerte me detiene agarrándome por la cintura, me levanta, Isaac, puedo deducir.

—Suéltame, Gray —grito con exasperación.

Él me ignora cargándome fuera de la cafetería, me lleva hasta el gimnasio donde me había llevado no hacía tanto tiempo, cuando finalmente mis pies tocan el piso y él me suelta, me volteo para mirarlo a la cara, casi no puedo ver por mis ojos nublados por la lágrimas que no quería derramar, pero inevitablemente corrieron por mis mejillas, mi garganta se seca y mi voz sale rota.

—Déjame. ¿Sí?, por favor, déjame estar sola —le grito entre sollozos.

Él no se va, solo se para ahí, mirándome.

—Por favor —susurro mientras apoyo mi espalda en la pared detrás de mí—, solo quiero descansar.

—¿Descansar de qué? —pregunta con una voz genuinamente preocupada.

Una parte de mí no confió en él, pero solo quería decirlo, estoy tan cansada para pensar claramente ahora, solo quiero abrirme.

—Descansar de todo —digo, liberando la verdad que me atormenta—, estoy cansada, ya no puedo ni mantenerme de pie, pero lo hago por ella, por Alisha, quiero encontrar a quien lo hizo, ¡quiero verlo sufrir tanto como yo!

Mi espalda se deslizó por la pared, quedo sentada en el helado suelo, no tengo fuerzas para pararme, no quiero pararme, solo quiero admitir en voz alta lo que siento, aunque sea por una vez.

—Me odio a mí misma —suelto—, debí salvarla, debí hacer algo o tal vez si no me hubiera estacionado donde me estacioné o si hubiera sido más fuerte ella aún estaría conmigo, hubiéramos ido a la universidad juntas, vivido una vida feliz, ella era mi familia, también era una mentirosa, pero no la puedo odiar porque lo que ella me dio fue felicidad, durante toda mi vida ella siempre fue la que me sacó de los huecos emocionales en los que caía, ahora quién se supone que me ayudará, es egoísta, pero la necesito, la necesitaba —decir eso me hizo sentir como si sacara un peso de encima, suelto la última cosa que me negaba a admitir—, claro, tengo a mis padres, a mi madre, que se preocupa más por la estabilidad mental de sus pacientes que la de su hija, y a mi papá, que amo muchísimo, pero sinceramente lo único que hace en intentar permanecer neutro en todo, después de su muerte los dos se alejaron lo más que pudieron y solo conversamos cuando comemos, pero puedo ver la aflicción que les he causado, lo veo detrás de sus expresiones falsas que no me engañan, soy solo una carga para ellos en estos momentos.

    Abrazo mis piernas y hundo mi cabeza entre mis rodillas, lloro lo más fuerte que puedo, lo saco todo, mi mente vuela por todos los momentos perdidos que pudieron haber sido, pero ya no serán, ya que ella no está, una mano me levanta la cabeza suavemente, Isaac estaba callado frente a mí con los ojos llorosos, verlo así de vulnerable hace que mis dudas hacia él se vinieran abajo un poco, pone su mano en mi mejilla y con su dedo pulgar me seca las lágrimas.

    —Para de castigarte por lo que pudo ser —me susurra suavemente.

    Intento bajar la cabeza, pero él no me lo permite, con un movimiento sutil acuna mi rostro.

    —No es tu culpa, nunca lo fue, llora todo lo que necesites, pero debes de saber que Alisha te amaba y que te ocultó lo que hacía porque temía que la vieras con diferentes ojos, ella no hubiera querido que te culparas, ni que sufrieras.

    Esas simples palabras me hacen colapsar, Isaac se sienta a mi lado y hago lo impensable, me acurruco en su pecho a llorar, cierro mis puños en la tela de su camina acercándolo a mí, solo queriendo sentir su calor, la calidez y su olor, cierro los ojos, no sé qué está pasando por mi mente en estos momentos, pero prefiero no pensar en ello, él pone sus brazos a mi alrededor, abrazándome, confortándome, mientras una de sus manos acaricia mi cabello.

—Todo va a estar bien —me susurra.

Después de varios minutos así, él agarra mi mano golpeada, la examina, mientras lo hacía solté un chirrido de dolor por el ardor que producía que la tocara.

—Disculpa —dice soltando mi mano.

—Está bien.

Suena el timbre anunciando que el receso ya terminó, él se levanta y luego me ofrece se mano, la tomo, ya levantados, no tenía ni ganas de regresar a clases, bajo la cabeza atormentada por todos los posibles escenarios que pasarán cuando regrese, es algo con lo que no puedo lidiar ahora, parece que Isaac lo nota.

—Salgamos de aquí.

Eso me hace levantar la cabeza, saliendo de mis pensamientos, esta es la mejor salida, así que la tomo, asiento. Salimos del gimnasio, caminando en silencio por el pasillo vacío, no era un silencio incómodo, salimos por la entrada principal, hoy también tenía su carro, lo cual agradecí en secreto, no tengo ganas de montarme en una moto, subimos y ahí por fin hice la pregunta del millón.

—Ahora, ¿a dónde vamos? —pregunto con miedo a la respuesta.

—Tienes la mano lastimada y no quieres regresar a la enfermería de la escuela, ya de seguro llamaron a tus padres, así que sugiero que vayamos tal vez a un parque para poder vendar tus heridas.

Sé que el escogió el parque porque es un ambiente calmante.

—Eso estaría bien —admito.

Primero hacemos una parada en una tienda para buscar un kit de primeros auxilios, mi celular está sonando como loco con llamadas de mis padres, lo pongo en silencio, no quiero lidiar con esto ahora, luego vamos directo al parque en el centro del pueblo, cuando bajamos del carro, la brisa me pega enseguida, moviendo mi cabello suelto hacia atrás, el aire está fresco, haciéndome sentir ligera, mientras camino hacia adelante, Isaac camina a mi lado con el kit en mano, se adelanta y se sienta en una banca de metal, los árboles rodeaban todo, con arbustos llenos de flores, llenos de vida, el ambiente perfecto, me acerco lentamente sentándome a su lado, él se queda contemplando la vista, por unos segundo me vi distraída mirándolo, como si sintiera mi mirada se voltea, hacemos contacto visual, no quise romperlo, me encontré atrapada en todas los secretos que puede guardar en él, «¿mató él a Alisha? Ya no estoy segura. ¿Está ocultando algo? Seguro que sí», toca mi mano y otro chirrido de dolor sale, Isaac saca una botellita de alcohol.

—Esto te va a doler, pero no será mucho, solo respira profundo.

Obedezco, fue un dolor soportable, pero dolió, luego se encarga de empezar a vendar mi mano, mientras lo hace nuestras miradas se conectan una vez más, aunque él sigue vendando no aparta sus ojos caramelos de los míos, no puedo explicar la calidez que me transmiten, pero no solo es eso, hay algo en ellos que me transmiten una persona en soledad y sí, lo adivino todo por su mirada, los ojos de las personas transmiten muchas emociones, Isaac rompe el contacto visual para ver lo que estaba haciendo, ya mi mano estaba vendada, sus manos se mueven ágilmente, pongo mi mano encima de la suya.

—Gracias —le susurro sonriendo.

Él me devuelve la sonrisa, quito mi mano, él termina y suelta mi mano, la miro, es una vendada muy bien hecha.

—¿Dónde aprendiste a hacer esto tan bien? —pregunto curiosa.

Él se toma un tiempo en responder y cuando lo hace no me mira a los ojos al hablar, sino al vacío, como si estuviera perdido en sus pensamientos, su mirada es baja y triste.

—Mi mamá era una enfermera, ella me enseñó —contesta en seco.

—¿Era?

— No, no está muerta, simplemente ya no es enfermera —aclara enseguida.

—¡Oh!

No me atrevo a preguntar porqué ya no trabaja como enfermera, eso sería empujar la conversación a un tema que claramente es sensible.

—Bueno, ¿ahora qué?

—Ahora te llevo a tu casa.

—Donde mis padres estarán furiosos esperándome.

—Sí, pero tienes que regresar eventualmente.

—Cierto.

Suspiro, mirando mis manos que se mueven nerviosamente, esforzándome a no tener un ataque de pánico, Isaac pone su mano en la mía calmando mi movimiento, levanto la mirada hacia él.

—Vamos, te dejaré en tu casa y, después de la regañada, veremos el video de seguridad.

«El video», estaba tan envuelta en mis problemas que me olvidé del video, eso hace que me calme, la posibilidad de tener al asesino así de cerca me hace tomar valor.

—Vamos —digo firmemente más para mí que para él, para convencerme a mí misma.

En el carro, pensando claramente, me doy cuenta de todos los errores que acabo de cometer.

—Mierda —suelto entre dientes.

—¿Qué? —pregunta sin despegar los ojos de la carretera.

—Primero que todo agredí a Mackenna y luego me escapé del colegio contigo. —Hago un gran énfasis en la palabra "contigo" para que captara lo que intentaba decirle.

—Oh. Mierda.

Lo capto.

—Sí, la gente va a comprar la historia falsa de Mackenna ahora más que la golpeé por insinuarlo y será peor cuando alguien note que ninguno de los dos está en clase.

Me pongo las manos en la cara en frustración.

—No tendrán nada en nuestra contra —dice con confidencia.

—Tal vez para ti no, pero yo, ¡oh! yo soy la favorita.

—Solo di la verdad y estaremos bien, ambos.

—Ok.

Cuando llegamos a mi casa, siento como mi respiración se agita, miro a Isaac una última vez para decir una última cosa antes de tener que entrar en la discusión más grande de mi vida con mis padres.

—Te escribiré cuando mis padres estén dormidos, ellos no saben que entras por mi ventana, así que mientras no hagamos ruido podremos ver el video sin ningún problema.

Él asiente.

—Gracias... por todo —digo mientras abro la puerta y bajo.

Entro y, como esperaba, mis padres están esperándome, respiro profundo, preparándome para lo que se aproxima, mi madre está roja de la ira y mi papá tiene una cara de decepción inmensa que rompe mi corazón, yo traicioné esa confianza que teníamos, lo sé.

—MADELINE, ¿qué estás haciendo? ¿Eres consciente de lo que hiciste? —dice mi mamá gritando enojada.

—Lo siento, mamá.

—Hija, ¡le rompiste la nariz a la chica!

—Lo sé.

—¡La policía ya me llamó para decirme que quiere otra interrogación, pero ahora con el chico ese!

Eso era algo que ya me esperaba, pero lo que salió de mi papá no.

—Me decepcionas, me manipulaste para saliéramos de la casa, solo para salir con ese chico, no sabes cuánto me duele.

Rompo en lágrimas corriendo a sus brazos, lo abrazo lo más fuerte que puedo, pero él no me abraza devuelta.

—Papá, por favor, no es lo que piensas.

—¿Qué estabas haciendo con él?

—Nada, papá, no fue nada.

—No me digas que no fue nada, vi las fotos —pronuncia con una voz tan fría que me hace llorar con desesperación.

Ojalá pudiera decirle, pero no puedo, así que prefiero callar, en mi silencio mi padre sigue.

—¿Estás saliendo con él?

Eso hace que me separe de él, lo miro y hago un ruido de frustración.

—NO, no estoy saliendo con él, sé lo que las imágenes parecen, pero no es así, no puedo creer que piensen eso de mí, yo... yo.

Me cuesta respirar, y no logro terminar la frase entre los sollozos.

—Madeline, mañana hablamos de tu castigo. —Mi mamá dice finalmente.

Me limito a asentir con la cabeza, subo las escaleras y entro a mi cuarto cerrando la puerta y me recuesto en ella dejándome caer al suelo, miro al techo preguntándome: ¿dónde está Alisha? ¿Qué está haciendo el asesino? Rompí todo lo que tenía con mis padres solo para buscar a alguien que probablemente este feliz de la vida sin importarle el daño que les causó a personas como la Sra. Anna o a mí.

No puedo soportar la idea de saber que una persona tan repugnante está libre, ella tenía toda una vida por delante, toda arrebatada en menos de dos minutos, me levanto, harta, agarro mi lámpara con las que tantas noches Alisha y yo iluminamos nuestras pijamadas, todas las noches que reímos juntas, la tiro contra la pared y se rompe en mil pedazos, me la paso llorando durante la próxima hora, seguiría toda la noche llorando, pero no tengo más tiempo para autocompadecerme, saco mi celular y le escribo a Isaac que venga ahora, no hay tiempo que perder.

Ya mis padres se durmieron, cuando Isaac llega por la ventana, lo estoy esperando sentada en mi cama con el USB y mi computadora al lado, lo primero que él hace es examinar mi cuarto, que todavía tenía los trozos de lámpara rota en el suelo, él no hace preguntas, lo cual agradezco, se limita acercase y pararse frente a mí.

—¿Estás listo? —pregunto.

Él asiente, agarro la computadora poniéndola en mi regazo e inserto el USB con manos temblorosas, Isaac se sienta a mi lado, busco el archivo y abro el video del día viernes, el último día de clases, la última vez que fue a trabajar, un día antes de que el verano comenzara, mi corazón amenaza con salirse en el momento que pongo a rodar el video.

—Adelántalo a las 3:30 pm, a esa hora empezaban siempre sus turnos —habla Isaac.

Y así lo hago, adelanto la grabación, al principio pensé que tendríamos que ver más, que tardaríamos toda la noche viendo el video, en el momento que Alisha entró al bar, vi a la persona que caminaba detrás de ella y lo supe, no tenía que ver más para conectar los puntos, el hombre era alto y fornido, de alguna manera logro ver sus ojos grises, mis ojos se abren como platos.

—No puede ser —susurro.

—No sé cómo no me di cuenta antes.

—Sander es Elías Sanderson —digo por fin, aún en shock.

Nuestro profesor de Literatura, caminando detrás de Alisha, con una cara que definitivamente no era de gusto, estaba visiblemente enojado, ella estaba vestida con su ropa normal, se va saliendo del margen, Elías se queda sentado en la barra, moviendo la pierna de manera inquieta, cuando Alisha aparece de nuevo está vestida con un uniforme por lo que supongo que viene del baño, son unos jeans, los cuales ya llevaba puesto con una camisa blanca con el logo del bar en la parte delantera, se va detrás de la barra y le sirve un trago a Elías, quien lo toma de mala gana, empiezan a hablar normal, pero rápidamente todo se empieza a convertir en una discusión, él saca algo que pronto identifico como una chequera, Alisha risueña le pasa una pluma, él la toma bruscamente y escribe, luego le pasa el cheque a Alisha, quien lo revisa guardándolo en el bolsillo de su pantalón, luego ella sale de detrás de la barra para acercarse a Elías, que no hizo ni un solo movimiento, ella le susurró algo en el oído, para luego darle un beso en el cachete.

Veo de reojo a Isaac, intentando ver su reacción, él solo está ahí con una mirada inexpresiva, imposible de descifrar. Continúo viendo el video, después del beso, el profesor se para y se va del bar, Alisha solo se queda viéndolo irse con una sonrisa triunfadora más malévola que la de Mackenna, no había ni un rastro de la chica que era conmigo, ni un rastro de mi mejor amiga.

Pauso el video no queriendo ver más, ya tenemos lo necesario, no necesito ver cómo sigue con su día estafando a personas, ¿cómo las cámaras no la captaban mientras lo hacía? No sé. Miro a Isaac quien voltea para verme también.

—Ya tenemos a uno, pero no hay que descartar al misterioso.

—Cierto, tendremos que investigar bien esto de Sanderson —dice él.

—¿Qué haremos? No es como que podamos acorralarlo y hacer que nos diga la verdad y ya, Isaac —dudo sabiendo que lo que voy a decir va a ser duro—, ella y el profesor tenían algo, hay muchas razones por las cuales pudo ella haberlo chantajeado.

Juro que puedo ver por un segundo una ráfaga de tristeza en la cara antes de convertirse en piedra, de nuevo inexpresiva, se limita a responder seco.

—Sea lo que sea tenemos que descubrir qué era.

—Pero, ¿cómo?

—Tengo un plan peligroso.

—¿Qué tanto?

—Muy muy peligroso, si nos descubren podríamos ir a la cárcel sin escalas —dice él.

Pienso en lo mucho que puedo perder al hacer esto.

—Solo asegúrate que no nos atrapen.

Me limito a decir, solo espero que su plan esté bien planeado, sé que haré cualquier cosa por descubrir los secretos detrás de las reuniones de Alisha y Elías, una parte de mí ya tiene un poco de idea de qué se trata por la manera en que Alisha se le acercaba, pero la otra ruega que no lo sea, ya de por sí me enteré de que no era la persona que tanto juré conocer, solo para enterarme de que no solo estafaba sino que posiblemente engañaba a Isaac, lo cual me hace sentirme mal por él, pero también me da razones para dudar «¿qué tal si me mintió? ¿Si esto es una siempre distracción?». Maldición, esto es un juego de gatos y perros, y no sé quién es quién, para este punto, «¿él la mató porque ya lo sabía?». Me intento concentrar en lo que tengo en frente antes de seguir pensando en mis teorías.

Isaac me mira con el ceño fruncido, y así me doy cuenta de que lo estaba mirando fijamente, atrapada por mis pensamientos, me aclaro la garganta, incorporándome fuera de la cama.

—Bueno, hmmm, creo que deberías irte, creo que los dos tenemos mucho que procesar.

«O tal vez no. ¿Ya lo sabías?».

—Nos citaron a la policía mañana, irás, ¿no?

—Sí —contesta.

—Por favor, no le digas nada a la policía de lo que descubrimos hoy y mucho menos que Alisha trabajaba en un bar.

Sé que esto es muy estúpido considerando que ellos podrían ayudar, pero de verdad tengo el presentimiento de que involucrar a la policía solo manchará la imagen que la madre de Alisha tiene sobre ella más que resolver el crimen en sí, ni le dará un cierre, no quiero tener que hablar del tema hasta que sepa que tengo al asesino, ahí es que sí le diría a la policía y cuando sepa que estará encerrado, pudriéndose en la cárcel como se lo merece.

—No planeaba hacerlo.

—Espera, falta algo más, hay que tener una historia preparada para mañana.

Y así ideamos toda una mentira para mañana y, cuando terminamos, él empieza a salir de la ventana y le digo una cosa más.

—Después de la policía regresa, tenemos que hablar de muchas cosas, ven a las 12 de la noche.

Él solo asiente y sale por la ventana, tengo un plan que tal vez no llegue a nada, pero creo que estoy tan desesperada que lo intentaré, mañana después de la policía, el desesperado y completamente estúpido plan se llevará a cabo.

CAPÍTULO 10

Como supuse, me suspendieron por el resto de la semana, y sí, le rompí la nariz a Mackenna, las nuevas noticias son que por suerte el golpe no me rompió la mano ni nada, soló se hinchó, pero nada que el hielo no pueda arreglar, lo malo es que ahora no sé qué hacer, estoy intentando no preocuparme por el hecho de que esté en camino a la policía para ser interrogada, Isaac estará allí, sentada en el asiento de copiloto intento relajarme mirando el camino por la ventana, solo voy con mamá, quien se muestra más nerviosa de lo normal y por primera vez entiendo su preocupación, ahora sí la policía tenía el chisme de año, ya me imagino los titulares que podrían haber: "Chica asesina a su mejor amiga para quedarse con el novio, caso cerrado gracias a la policía local".

Cuando llegamos me bajo impaciente para acabar con esto, como de costumbre nos dirigimos al escritorio del detective Morales, que está sentado muy atento hablando con un chico, quien es obviamente nada más y nada menos que Isaac, paran de conversar.

—Hola, Madeline, toma asiento, solo estaba tomando la declaración de qué estaba haciendo el día del asesinato Isaac, pero ahora que estás aquí podemos empezar a hablar de la razón por la que están aquí. —Se detiene en seco para mirar a mi mamá—. Disculpe, pero necesito hablar a solas con su hija.

—¿Necesitaré llamar a un abogado? —pregunta mi mamá con una mirada asesina.

No habíamos tenido necesitad de un abogado, no lo veíamos necesario, pero ahora creo que va siendo hora de que mi madre me consiga uno muy bueno porque por lo que veo el detective Morales se le ve muy entusiasmado con la idea de dejarme en la cárcel y a Isaac también.

—Todo estará bien en cuanto cooperen.

Isaac y yo nos damos una mirada significativa, prácticamente nos estamos diciendo que estamos listos para la mentira que habíamos preparado tan solo el día anterior, tomo asiento y miro a mi madre asintiendo con la cabeza para que se marchara, ella estuvo a punto de protestar, pero cerró la boca inmediatamente para salir a esperar sentada en una de las sillas de la entrada, dejándonos solos, el detective Morales sonríe y ahí empieza.

—Entonces comenzamos —se apoya en su escritorio con los brazos cruzados—, ¿qué estaban haciendo en la foto que su compañera de clase subió? —me mira de arriba a abajo haciendo que me estremezca—, porque dudo que hayan ido así de arreglados solo para hablar.

La manera en la que subió la comisura de sus labios formando una sonrisa que me parecía perturbadora, me tenso, Isaac lo ve con una mirada fría.

—La invité a salir, pero no románticamente.

Sí, esta es la mentira que practicamos es la verdad distorsionada.

—Elabora —pide el detective.

En ese preciso instante decido intervenir porque Isaac tiene cara de que si seguía hablando con este hombre lo molería a golpes y sinceramente no lo habría culpado, es más, es probable que lo hubiera ayudado, el detective es una persona que no me agrada.

—Decidimos hablar sobre Alisha, queríamos ver si alguno sabía si alguien le guardaba rencor, usted sabe, eso de intentar conseguir información, íbamos vestidos de esa manera porque se supone que iríamos a un restaurante elegante, pero en el último momento nos dimos cuenta de lo incómodo que era estar en público con las miradas, que ya probamos muy bien que son muy capaces de manipular lo que ven en su propia visión, pero bueno, lo que le decía era que al final nos quedamos hablando un rato sobre Alisha sentados en mi patio —concluyo por él.

—No creo que digan la verdad.

Pues que mal porque ni en mi barriada, ni en mi casa hay cámaras para comprobar si estábamos o no en mi patio y nadie que pueda confirmar que estuvimos en un bar.

—No entiendo. ¿Por qué decidieron ir a un restaurante elegante para hablar de un tema así de delicado?

Esa era mi señal, empiezo a llorar, ya sabía qué hacer y no hay manera de que el detective se dé cuenta de que estoy llorando falsamente.

—Es que Alisha amaba ese restaurante y yo —corto mi voz entre sollozos—, yo quería sentir que estaba cerca de ella, sabe, y pensé que estar en ese lugar me haría sentir su presencia de nuevo hasta que me arrepentí.

Me pongo las manos en la cara llorando históricamente, no levanto la mirada hasta que siento la mano de alguien en mi espalda, la de Isaac, que me ofrece un pañuelo con una mueca triste, la tomo secándome las lágrimas.

—¿Ya terminamos? —pregunto mientras el detective me mira con una compasión que se ve falsa.

—No tienen evidencia para hacer nada, no creo que al juez le haga gracia que basen su investigación en los cotilleos de los adolescentes de un colegio —dice Isaac sobando mi espalda como un falso consuelo.

—Es cierto —admite el detective Morales—, no tenemos pruebas, pero aún no se cierra este asunto —dice con cara de "Sé que fueron ustedes"—, por el momento ya se pueden ir.

Siento cómo el alivio recorre mi cuerpo, sigo en el radar de la policía, pero esto es un pequeño avance, cuando salimos me dirijo a mi madre, la abrazo siguiendo mi farsa, mientras que Isaac sale por la puerta nuestras miradas se cruzan, después de eso me dedico a decirle a mi mamá lo que pasó y que solo quería ir a casa a descansar, al llegar a casa mi padre nos estaba esperando sentado en el sillón de la sala, mi mamá se sienta a su lado, me paro enfrente de ellos lista para lanzar otra mentira.

—Quisiera que me llevaran al cementerio, por favor.

Mi papá es el primero en reaccionar.

—Sí, sí claro, hija.

Me voy a mi habitación, agarro una mochila y meto todo lo necesario para empezar mi plan, mis padres me dejan en el cementerio y les digo que necesito un tiempo a solas, que me vinieran a buscar en una hora.

Y así lo hicieron, todo salió como lo planeado, mi bolsa está llena de mis implementos, listos para poner en marcha el plan que tenía preparado para Isaac, cuando llegamos mis padres quisieron hablar conmigo, supuse que era para hablar finamente del castigarme.

Intercambian miradas y mamá suspira.

—Solo deja tu celular, no queremos que te comunique con el muchacho —dice ella.

Apago mi celular, no lo necesito, ya ayer le había dicho la hora Isaac.

—Mira, Madeline, te amamos y apoyamos en todo, pero no puedes seguir hablando con el chico, te daremos tu espacio, pero no quiero que crucen ni una sola palabra, ¿entendido?

—Sí —miento.

—Y estás castigada por tiempo indefinido, solo irás de la escuela a la casa, te pondremos una niñera para que te busque a clases, no me arriesgaré a que te vayas caminando a verlo, te cuidará mientras nosotros lleguemos a casa del trabajo.

Logro ocultar mi disgusto.

—Lo entiendo.

—Escucha, te dejaremos la computadora, pero la revisaré todas las mañanas, revisaré que no te hayas comunicado con él y hay de que me enteré de que me desobedeces.

Asentí y agradecí mentalmente que no me quitaran la computadora, así aún podré revisar el USB completo, tengo que ver las grabación del jueves para ver si Alisha e Isaac hablaron, después de esta no tan agradable conversación subo a mi habitación, esperé y esperé a que fueran las 12, el tiempo corre más lento cuando estás apurada y es lo más frustrante, veo películas en mi computadora, cuando ya casi era la hora la apagué, mis padres ya están dormidos, aun así le puse seguro a la puerta por si acaso y me dispuse a ordenar las cosas, saco las dos botellas de vodka de mi mochila y las pongo en la alfombra, junto a los vasos de shots que robé de la cocina hace unas horas. Justo cuando acabo llega

PENA Y MUERTE

Isaac, ya no hay vuelta atrás, me mira confuso mientras escanea las cosas en el suelo.

—Las robé de mi padre, no las extrañara —digo.

Todo otra de la muchas mentiras que salieron de mi boca hoy, la verdad es que cuando mis padres me dejaron en el cementerio caminé, fui a un baño que encontré, me puse lentes de contacto azules y solté mi cabellos hacia adelante para cubrir un poco mi cara, luego fui a la licorería y con una identificación falsa que había encontrado escondida en la cajeta que me llevé de la habitación de Alisha compré dos botellas de Vodka, el señor se creyó mi mentira, bueno, ayudó un poco decir que hace unos meses me operé la nariz, pero el punto es que lo logré, la metí en la mochila que tenía y mis padres ni se dieron cuenta.

—¿Y a qué se debe esto? —pregunta curioso.

—Pues pensé ¿por qué no? Ayer te dije que vinieras para que habláramos del plan, pero realmente no lo quiero discutir hoy —suspiro porque lo que iba a decir ahora sí es verdad—, quiero descansar y no pensar en Alisha solo por una noche, pensar en algo que no sea el dolor que me causa su falta.

Nuestros ojos se conectan, se sienta en el suelo frente al licor sin romper el contacto visual, yo lo imito, sentados frente a frente, finalmente bajo la mirada para servir el vodka, él toma su vaso y yo no tomo el mío, el plan es emborracharlo lo más posible para sacarle la información y luego no se acordará de las preguntas ni de haber respondido, sí quería un descanso, pero no sería hoy, hoy hay un último interrogatorio que hacer.

Está a punto de tomar, se detiene y aleja los labios del vaso con una sonrisa.

—Solo tomo si tú tomas —dice.

Miro mi vaso y luego a él, nota mi momento de duda.

—Sé cuando una chica me quiere embriagar —hace una pausa acercándose a mí—, si quieres preguntarme algo, solo hazlo.

No me rendiré tan fácil, puede que sepa que quiero sacarle información, pero esto es un juego que pueden jugar dos.

—No sé de qué hablas —digo tomando el trago y lo dejo en el suelo para servir otra.

Se ríe con voz ronca antes de también tomar el suyo.

Decido que conversar es la mejor opción.
—¿Qué vas a estudias en la universidad? —pregunto.
—Medicina, cirujano. ¿Y tú?
—Psicología.
Ríe por lo bajo.
—¿Qué te parece tan gracioso, idiota? —pregunto a la defensiva.
—Nada es solo que me parece… irónico.
Puedo sentir la rabia correr por mis mejillas, de seguro ya estaba roja, pero me controlo, sé porqué lo dice, pero aun así pregunto.
—Irónico ¿por qué?
—Ahh, eso me recuerda que te tengo que felicitar por tu actuación en la comisaria —cambia de tema—, hasta yo me la creí y sabía que era falsa.
Tomo el vaso y lo estiro en forma de brindis.
—Es un don. —Tomo el shot y él hace lo mismo—. ¿Doctor? Pobre gente, espero que hayan disfrutado su vida porque estoy segura de que acabará en el momento que crucen la puerta a tu consultorio.
Esboza una sonrisa.
—Y pobres los que atiendas, terminarán peor que cuando entraron.
Le doy un codazo y ambos reímos, no sé porqué fue fácil hablar con él, simplemente lo era, pasamos toda la noche entre tragos y risas, no sé hasta cuando conversamos, sé que me dolía la barriga de tanto reír, rápidamente ambos quedamos ebrios, me sentía muy confusa, pero extrañamente alegre, sacudí la cabeza enfocándome, para recordar el propósito de esto, ¿iba a interrogarlo? Pero ¿por qué haría eso si él es tan agradable?, espera ¿qué?, definitivamente tomé de más, él no es mi amigo, «concéntrate».
—¿Qué es lo que haces los viernes? —Suelto casualmente, Isaac borra la sonrisa que tenía y la cambia por una mirada sombría.
—Por favor, no me preguntes eso.
—¿Por qué no? Solo es una pregunta.
Se empieza a parar más tambaleando que caminando hacia la ventana, lo detengo agarrándolo por la muñeca.
—Espera, perdón.
Se voltea y cuando nuestros ojos se encuentran puedo ver tristeza, pero solo por un segundo, no sé qué tenía que hacer el

viernes, pero es obvio que le afecta el tema. «¿Qué pasa si le afecta porque la mató y ahora se siente culpable?». Pero eso no explicaría qué hacía los viernes anteriores, nunca iba al bar los viernes y eso tiene una razón.

—¿Para qué sigas la interrogación? No gracias.

Ya mi plan se da por fracasado, como pensé, fue demasiado desesperado para funcionar.

—Mira, sé que no nos conocemos, pero puedes confiar en mí.

Pero aún me queda una última carta.

—Yo me abrí a ti, confié en ti y pensé que podrías hacer lo mismo. —Intento quitar la tensión con un comentario tonto—. Pero ¡ey! Si es algo inapropiado prefiero que te lo guardes.

Y funciona, una sonrisa se pinta en su rostro, se acerca tanto que siento su aliento en mi cara.

—Los viernes voy al médico con mi madre, ella está… No importa.

—¿Por qué?

Y ahí se cierra.

—Eso es algo muy personal, lo siento y sé que es importante la confianza si trabajamos juntos —suelta un suspiro largo—, no puedo decírtelo.

Una parte de mí se compadece por él, si decía la verdad, era por su madre, puede que sea una mentira más, pero no hablará de ello por más ebrio que esté. No sé si es él alcohol que corre por mis venas que me nubla, fue como si perdiera el control completo de mis extremidades, como si mi cuerpo se desconectara de mi mente y de lo racional, lo abrazo, noto cómo se sorprende por el gesto, pero lo regresa, sus brazos me envuelven hundiendo su cara en el hueco de mi cuello, mi estomago se revuelve.

No estoy segura cuánto tiempo estuvimos en esa posición, solo estoy segura que él necesitaba esto, se separa y me mira dándome una sonrisa.

—¿Seguimos bebiendo? —pregunto un poco nerviosa.

—Lo necesito.

—Somos dos —le respondo con la sonrisa que me contagió.

CAPÍTULO II

Mi vista está nublada y entrecierro los ojos intentando ver mejor, cuando mis ojos se adaptan desearía que no lo hubieran hecho, todo está oscuro a mi alrededor, estoy sentada y delante de mí Alisha me mira, de su boca sale sangre, no dice nada, solo me mira, lágrimas recorren mi cara, me acerco a ella y le toco la mejilla, esta parece reaccionar a mi tacto.

—¿Madeline? ¿Estás Ahí?

—Alisha, tranquila todo va a estar bien —le digo sollozando.

—Prométeme que no me vas a dejar sola, hace mucho frío aquí y tengo miedo —me dice, las lágrimas que salen de sus ojos hacen que mi llanto aumente, Alisha mira a su estómago, el cual tiene un cuchillo enterrado que no había notado antes—. Duele mucho, ¿por qué no me ayudaste? ¿Por qué?

—Lo intenté, te lo juro.

—Pues no fue suficiente.

Justo en ese momento el encapuchado aparece detrás de ella, le toma los brazos y la arrastra, me lleno de exasperación y siento cómo me asfixio, «no otra vez, por favor», intento moverme, pero es como si mis músculos se congelaran, los segundos pasan cuando veo al encapuchado de regreso con un cuchillo en la mano corriendo directo hacia mí, grito.

Me despierto jadeando, mi garganta está seca y arde, siento que mi cabeza me va a matar, miro a mi alrededor, noto que un brazo rodea mi cintura, aún estoy con la ropa de ayer en la noche, Isaac se levanta quedando sentado en la cama, tiene el pelo revuelto, está vestido también con la ropa de ayer, no recuerdo mucho después de que lo abrazara, él me mira confuso y pone su mano en mi mejilla, con su pulgar limpia las lágrimas que no noté que brotaban de mis ojos.

—¿Estás bien? —pregunta con voz ronca.

—Sí, solo fue una pesadilla, estoy bien.

Él deja caer su mano y me pregunto si él recuerda, así que reúno mi valor para preguntarle y lo hago.

—¿Qué pasó ayer?

—¿No recuerdas?

—Si recordara no estaría preguntando —digo con un tono burlón.

Él sonríe.

—Ok, ¿hasta dónde recuerdas, exactamente? —pregunta como si estuviera evadiendo responder.

—Hablamos y bebimos, luego nos abrazamos —digo—, tomamos más y ya, hasta ahí.

Él se muestra muy nervioso ahora, me pongo tensa, él se deja caer en la cama y se pasa la mano por la cara, me acuesto al lado de él, no sé qué me está matando más la curiosidad o el cansancio, se quita la mano de la cara y me mira.

—No sé qué hora era, pero sé que estábamos dormidos, me desperté cuando sentí que te levantabas, de la nada…

¿Qué? ¿Qué hice?

—Me besaste.

De repente la cabeza me duele más, no recuerdo haber hecho eso y por qué haría yo eso, ahora es mi turno de cubrirme la cara con la mano, la vergüenza me invade.

—Lo siento.

—Está bien, solo estabas ebria —responde y puedo notar su tono burlón.

—¿Te estás burlando de mí?

—No, no, para nada, Jones —dice mordiéndose el labio para contener la risa.

—No es gracioso, Gray —digo mientras le golpeo el hombro, pero no puedo evitar sonreír también yo.

Cuando paró de burlase, nos miramos fijamente, estamos tan cerca, sus ojos avellanan se ven tan brillantes, son hermosos, «no basta, concéntrate», intento luchar para buscar razones para sospechar de él y desearía no encontrar una, pero hay muchas, no puedo confiar en él, «¡Oh no! Mis padres».

Me levanto de golpe, empiezo a recoger las botellas del suelo, mi cabeza está a punto de explotar y quiero regresar a mi cama a dormir, pero no puedo, Isaac me sigue con la mirada desde la cama, cuando termino guardando todo en la mochila que use ayer, mi cuarto está como si nada, pero el olor de alcohol sigue impregnado en mi ropa, me tengo de duchar ya, miro el reloj de mi cuarto, es temprano, mis papás deben de estar dormidos aún, ellos siempre entran a mi cuarto a despedirse antes de ir al trabajo, tengo que ducharme y vestirme con pijama, fingir como su hubiera estado durmiendo todo el tiempo antes de que pasen.

—Isaac, te tienes que ir, mis padres no tardarán en despertar.

Él se levanta de la cama y camina hacia mí, quedamos frente a frente, mi estomago se revuelve, hace una pequeña reverencia con aden burlón y me sonríe.

—Adiós, Madeline.

No puedo evitar sonreír también antes de correr a bañarme, me baño rápidamente, me pongo una pijama y me meto en la cama, cierro los ojos, mi cabeza duele, pero es soportable, no puedo parar de pensar en todo lo que pasó, no sé qué pensar sobre Isaac, se supone que es mi enemigo y que debería odiarlo, pero es muy difícil de odiar, lo que complica que sea un sospechoso, no es fácil, no puedo descartarlo aún, no ahora que estoy tan cerca de él, sé que puedo sacar algo, solo necesito más tiempo y aclarar mi mente, justo en ese momento siento la puerta abrirse, son padres sacándome del hilo de mis pensamientos.

—Hola, cariño, buenos días. —Escucho la voz de mi mamá.

Abro los ojos fingiendo haber estado profundamente dormida.

—Hola, mamá —digo con una voz ronca fingida.

Mi papá está detrás de ella sonriéndome.

—Hija, lo estuvimos pensando y te llevaremos a un psicólogo.

—¿Qué? —pregunto atónita.

—Obviamente no voy a ser yo, pero uno de mis colegas te puede atender y es muy bueno, estarás en buenas manos.

—¿Por qué? Yo no quiero ir, estoy bien.

—Hija, intenté darte tu espacio para que tú sola vinieras a mí y te abrieras por tu cuenta, pero no está funcionando, estás empeorando.

—¿Empeorando? ¿Según quién? —pregunto a la defensiva.

—Según la niña que le rompiste la nariz, según la lámpara que destruiste, hija, no estás bien —dice con voz calmada.

Odio que tenga razón, sé que no estoy bien, pero no quiero ir a un psicólogo, es irónico como dijo Isaac, sacudo mi cabeza que aún tengo resaca y que estuviera agitaba lo empeoraba todo, así que me relajo, no estoy en condiciones en este momento para tener una conversación con mis padres, necesito descansar.

—Ok, mamá —digo sabiendo que en la tarde lo retractaría.

—Gracias, hija.

Mis padres se acercan a abrazarme, mi papá aún se muestra un poco cortante y no lo puedo culpar. Me siento bien, es la primera vez que mi mamá se muestra interesada en mí, lo cual me agrada, aunque sea para enviarme a un psicólogo, mi padre sigue actuando como neutro, pero no me puedo enojar con ellos, son mis padres y los amo, «la sangre siempre va primero ¿no?».

Cuando bajan, decido bajar con ellos, no tengo escuela, pero necesito agua, mi garganta me está ardiendo y cuando bajo supe que mi día no iba a mejor. Había un hombre alto de espaldas, lo único que veo bien era su cabello castaño oscuro casi chocolate, mis padres están frente a él con sonrisas cordiales que se borran por un segundo al verme, fuerza enseguida una sonrisa y habla dirigiéndose a mí.

—Cariño, ¿recuerdas lo que hablamos ayer?, este es Alexander y él se va a estar encargando de cuidarte mientras no estemos.

Sabía que mis padres iban a contratar una niñera, solo no pensé que lo harían tan rápido, a menos que ya estuvieran pensándolo desde hace un tiempo, Alexander se gira, sus ojos son verdes y su tez es bronceada con pecas, tengo el ligero presentimiento de que esto es más un guardaespaldas que una niñera, ¿un guardaespaldas en contra de Isaac? Es la única explicación que le veo porque el encapuchado no ha venido por mí, me molesta tener un niñero porque va a interferir con mi investigación y pensé que tendría más tiempo antes de que pasara.

Él camina hacia mí y me extiende la mano.

—Mucho gusto.

Estrecho su mano, no puedo evitar que un interrogatorio brote de mí.

—Alexander, ¿eres nuevo en el pueblo? Nunca te he visto, me parece extraño, digo, pareces de mi edad ¿no deberías asistir a la secundaria?

No lo pude evitar, pero tengo curiosidad, si viviera aquí, solo hay una secundaria, si él hubiera ido lo sabría, es solo una suposición, puede que simplemente estudiara en casa.

—No soy de por aquí, me mudé hace unos meses, me estoy quedando con mi tío y, por favor, llámame, Alex.

Estaba a punto de hacer la pregunta del millón cuando mamá me interrumpió.

—Bueno, ya nos tenemos que ir al trabajo.

No conozco a este chico, se acaba de mudar, y quiero preguntarle a mi mamá de dónde lo conoce, si tuvo alguna recomendación, cualquier cosa que me dé una garantía de que no estoy en peligro, la persona que me iba a cuidar es un completo extraño y, sin embargo, mis padres le están confiando que me vigile, aparte de todo, ¿por qué escoger a alguien de mi edad? ¿Por qué no un adulto?

Mi mamá se despidió dándome un beso en la frente, al instante que sale, mi padre se acerca a mí, me tenso, no me ha hablado realmente desde lo que pasó, me da un beso en la mejilla, me habla a susurros para que Alex no escuche y, como si leyera mi mente, contesta mis dudas.

—Tranquila, somos amigos de su tío, de hecho, tú lo conoces, pero el punto es que sé que es joven, lo contratamos porque conocemos a su tío, también porque tuvo un mes para establecerse y para que su tío lo pudiera transferir a la secundaria, él irá contigo cuando entres la próxima semana. —Su voz suena fría.

—Pero...

—Pero nada, Madeline, es para tener la seguridad de que no hablarás con ese muchacho en la escuela.

—Yo no haría eso —balbuceo.

—¿Crees que no sé qué lo intentarías? —me corta.

A eso no puedo responder porque era cierto, obviamente no perdería la oportunidad de hablar con Isaac de la investigación y menos ahora que sabemos lo de Sander.

—Eso creí —concluye con decepción.

Mi corazón se aprieta, tengo ganas de llorar por lo que le hice, aun así, me lo guardo, ya hice lo que hice, no lloraré por eso ahora.

Lo veo salir por la puerta, me volteo hacia el individuo detrás de mí.

—¿Quién es tu tío?

—¡Ey! Primero que todo una introducción no estaría mal.

Ya sabe mi nombre, no sé si quiere molestar o que resalte lo obvio.

—Lo siento, tienes razón. Mi nombre es Madeline, no sé cómo no se me ocurrió decirte mi nombre, no es como si no lo supieras ya.

—Bueno, Madeline, espero que nos llevemos bien porque pasaremos mucho tiempo juntos —responde sonriendo, ignorando mi comentario sarcástico.

—¿Sabes que? no tengo tiempo para esto —digo moviendo ligeramente la mano frente a su cara.

Me voy a la cocina, me toco la cabeza y me paso la mano por la cara, voy a la nevera, tomo un vaso y me sirvo agua, la tomo de golpe, de verdad necesitaba el agua, termino el primer vaso, tomo dos segundos para tomar el siguiente vaso, no bebía mucho, pero lo hacía en las fiestas, era muy raro que me emborrachase. Me sirvo mi tercer vaso y veo de reojo a Alex mirándome con curiosidad, lo ignoro, lo que me importa ahora es tener una aspirina para el dolor de cabeza, las saco de la gaveta de la cocina donde guardamos los medicinas que tenemos, saco dos y me las tomo con el agua.

Lo escuche reír a lo bajo, lo miro irritada.

—¿Qué pasa?

—Nada —dice recomponiéndose.

—Solo dime.

—¿Tus padres saben que te emborrachaste anoche?

Respiro profundo para no delatarme, lo miro con indiferencia.

—No sé de qué hablas.

Se pone un dedo en la barbilla como si pensara.

—No lo sé, será porque tienes ojeras, tomaste agua como si no lo hubieras hecho en un año y te tomaste dos aspirinas —dice enumerando con los dedos—, ¡ah claro! Casi se me escapa, que en los momentos en los que no has estado tomando el agua te masajeas la cabeza.

Si es cierto, me la he pasado haciéndolo.

—No es tu problema.

—Sí lo es —hace una pausa—, o podría no serlo, ayer no estabas bajo mi cuidado así que no tendría porqué decirles a tus padres.

Solo quiere ganar puntos y sinceramente no voy a protestar, cualquier cosa para que mis papás no se enteren.

—No juzgo —termina alzando las manos.

—Gracias—respondo de manera seca.

Me volteo para seguir moviéndome por la cocina, saco el pan y el queso de la nevera, tuesto el pan y hago mi emparedado, me siento en la barra de la cocina en una de las sillas altas, estoy a punto de dar el primer mordisco cuando Alex se sienta junto a mí.

—Sé que me tienes que vigilar, pero ¿no puedes irte a la sala a ver televisión o algo?

—No.

—¿Por qué no? —pregunto un poco sacada de mis casillas.

—Porque no te voy a dar oportunidad de irte por la puerta el segundo que me distraiga, así que gracias, pero mejor me quedo aquí, por algo me pagan.

Era cierto, no lo había considerado, me podría marchar cuando él fuera al baño o a la sala, si era lo suficientemente discreta, pero no soy tan tonta como para intentarlo, si me lograra escapar él le diría a mis padres y me iría peor. Decido ignorarlo con la esperanza de que, si lo hacía, desapareciera por arte de magia, seguí comiendo incómoda por la sanguijuela que me está vigilando fijamente.

Terminando de comer me paro y me voy a sentar en el sillón de la sala, Alex me imita, voy a tomar el control de la tele cuando él me lo arrebata.

—¡Ey! —protesto.

—Primero que nada, hay una regla que se me olvidó decirte, no lo has notado, así que como tu humilde servidor te diré, tus padres escondieron el teléfono de la casa, así que no te molestes en buscarlo, solo yo sé dónde está.

Intento esconder mi enojo, sin ese celular, ahora si que no podría hablar con Isaac.

—Está bien por mí, ahora dame el control remoto.

Me lo da.

—¿Qué veremos? —me pregunta gracioso, está disfrutando esto, de eso no hay duda.

—Una película.

—Wao, que informativa que estás hoy.

Ruedo los ojos y me dispongo a ponerla, él no se queja de mi elección, es una película de acción y misterio, «la ironía es lo mío hoy en día». Después de dos películas decido de que es tiempo de buscar mi computadora para ver mis redes sociales, las cuales no he revisado desde lo de Mackenna. Me paro, empiezo a caminar cuando Alex me detiene agarrándome la muñeca.

—¿A dónde vas?

—A buscar mi computadora, ya regreso, tardo menos de diez segundos.

Suelta el agarre.

—Estaré contando.

Subo corriendo, no queriendo poner a prueba qué tan en serio habla, tomo mi computadora y bajo, me siento y enciendo la computadora, entro. Tengo millones de mensajes, los reviso con lágrimas amenazando por salir, siento la mano de Alex en mi hombro, me giro y me encuentro con su mirada de preocupación.

—¿Qué pasa? ¿Estás bien?

—S-sí, yo. —La voz me tiembla.

Él mira la computadora en mi regazo y la toma, volteo para ver su reacción.

—Qué mierda es esta —maldice en voz baja.

Hay muchos mensajes, unos son cosas como "Espero te mueras", "No solo asesina sino también puta", me arde el pecho, pero no me permito llorar, respiro profundo, tomando la computadora devuelta.

—No deberías seguir viendo eso.

—Solo dame un segundo —siento que mi garganta se cierra, sale como un susurro.

Voy pasando los mensajes rápidamente hasta que veo uno que me llama la atención, es de Riley, dice: "Espero estés bien, lo siento por Mackenna", por alguna razón esto me hace sentir un poco aliviada es bueno saber que tal vez fuera hay gente que aún cree en mí, me da esperanza.

Entro a mis fotos publicadas y presiono en la foto en la que estamos Alisha y yo sentadas bajo un árbol en un parque, nos veíamos tan felices, los recuerdos me inundan, el olor del césped, la brisa que nos pegaba en la cara, nuestras risas cuando se nos voló la canasta vacía en la que habíamos traído la comida, cómo la perseguimos corriendo hasta que perdimos el aliento y nos derrumbamos en la pasta fresca. Recordarla forma una pequeña sonrisa en mis labios, la extraño, pero no todo es malo, me gusta recordarla sin tener que llorar, me gusta sonreír al pensar en ella.

—¿Ella era Alisha?

Volteo, Alex mira la foto fijamente.

—Sí.

—Lo siento.

Eso me toma desprevenida.

—¿Por qué?

—Por lo que debes de estar sufriendo —responde mirándome.

Sonrío, tal vez sí podamos ser amigos después de todo.

—Gracias —susurro sonriendo.

Decido no ver los comentarios de la foto, sería masoquismo, tomo la decisión que me parece la mejor por el momento, cierro mis redes, en un futuro pueda que las abra de nuevo.

El día continúa normal, leo un libro mientras que Alex ve tele, luego le arrebato el control y vemos tele juntos, todo va mejor de lo que pensé. Si estuviera en la escuela a esta hora saldría, como no lo estoy, me levanto a la cocina para comer, me caliento restos de una pasta que encontré en la nevera, al terminar decido que es tiempo de hacer algo muy importante y para hacer eso tengo que subir a mi cuarto, respiro profundamente.

—Estoy segura que mis padres te informaron que no tengo celular y necesito hacer una llamada urgente —no quería pedirlo, pero tenía que hacerlo—, por favor, necesito usar el teléfono de la casa.

—Sabes que no puedo hacer eso.

—No es para llamar a Isaac, es para llamar a la mamá de la que era mi mejor amiga. ¿Ok?, solo quiero saber que ella sepa que yo no la maté —digo siendo sincera.

Alex me contempla durante unos segundos, antes de pararse y regresar con el teléfono en la mano, estira la mano para dármelo y lo tomo.

—Estoy confiando en tu palabra, puedes ir a tu habitación y cerrar la puerta, te daré privacidad, subiré en cinco minutos y si no estás...

—Entiendo, gracias.

Tomo el celular y subo a mi cuarto con una sensación de alivio y nervios, necesito hacer esta llamada, «¿Y si Anna no quiere saber nada de mí?». No la he visto desde que se mudó, no se mudó lejos, sigue en el pueblo, tiene que seguir de cerca la investigación, solo se mudó de casa por los recuerdos que le propagaba la casa y la soledad que habitaba en ella ahora, busco el papel en donde tengo anotado el número, después del incidente con Mackenna decidí escribir en una hoja su número, pero no había reunido el valor para llamarla aún, también escribí el de Isaac por alguna emergencia.

Marco los números con una mano temblorosa, después del segundo tono responde.

—¿Alo?

—Hola, Sra. Anna, es Madeline.

Hay un momento de silencio.

—Madeline.

—Sí, yo... solo quería hablar con usted por todo lo que está pasando.

Otro silencio.

—Le juro que no fui yo, yo nunca le haría daño, usted sabe eso ¿verdad? —digo intentando aguantar las lágrimas.

—No sé qué creer, quiero creer que no fuiste tú, de verdad que lo estoy intentando, pero... solo no me llames, por favor, necesito tiempo, esto es muy difícil para mí. —Es todo lo que dice, antes de cerrar.

Supe más que nunca que tengo que encontrar el asesino, no la culpo por querer que no la llame, no puedo evitar sentir que alguien me está inculpando. Me sobresalto al escuchar unos golpes en la ventana de mi habitación, mi corazón late a toda fuerza al ver quien es, corro a la ventana y la abro.

—¿Qué haces? No puedes estar aquí, Isaac —susurro.

—Hola a ti también, Madeline.

—Lo siento, no puedo hablar ahora ¿ok?

Me ignora por completo y entra.

—Estás loco, ¡vete!

—Calma, Maddie.

—No me llames así.

—De acuerdo, cariño.

Estoy a punto de contraatacar cuando me corta.

—Solo vine a contarte cómo iba la situación en la escuela, pensé que te gustaría saber.

—Sí.

Tengo aún como tres minutos antes de que Alex venga, no me puedo arriesgar tanto, me giro caminando hacia la puerta, le pongo seguro y me volteo hacia Isaac de nuevo.

—Sé rápido, por favor.

Asiente.

—Mackenna no pudo ir a la escuela, eso está claro, la gente me miró raro, nada que no pueda soportar —pausa y suspira—, tu casillero tenía escrito "asesina" en él y habían recortes de periódicos de hoy en el que contaban la actualización en la investigación de su asesinato, incluyendo el escándalo de las fotos, pegados en las paredes, todos pidiendo justicia. Hay muchos rumores corriendo por la escuela, más y más teorías.

Es como si todo lo que me temí se volviera cierto, mi mirada se nubla por las lágrimas contenidas, parpadeo varias veces intentando que desaparezcan, de pronto Isaac pone su mano en mi cachete, nuestras miradas se entrelazan.

—Está bien llorar.

Las lágrimas salen, apoyo mi cabeza en su pecho, apenas me siento capaz de sostenerme de pie, Isaac pasa su mano por mi cabello consolándome, siento cómo mis murallas se derrumban abrazándolo. Sí, él había llegado a ser algo como un amigo, pero eso no significa que no lo entregaría a la policía si él lo hizo, si lo hizo lo entregaría sin dudar, no he olvidado mi propósito y no pienso hacerlo, *«o eso espero»*.

—Madeline, hay algo que te tengo que decir sobre Sander.

—Cerraste la puerta con llave —la voz de Alex se corta al ver lo que está pasando—, pero qué carajo.

Me separo de Isaac bruscamente, Alex sostenía un set de llaves que supongo le ha dado mi mamá en caso de que yo me encerrara en el cuarto, maldigo no haber pensado que mi madre le habría dado las llaves.

—Alex, yo… No es lo que parece.

—Lo has llamado.

—NO.

Isaac parece tan confundido, me mira y no sé si me lo imaginé, pero veo en sus ojos como si estuviera dolido, no sé quién piensa que es Alex.

—Lárgate —dice Alex dirigiéndose a Isaac.

—¿Y tú qué haces aquí?

—Soy la persona que tiene que cuidar a Madeline de ti precisamente, así que te sugiero que te vayas, ya.

Isaac me mira buscando una protesta de mi parte que no va a llegar.

—Será mejor que te vayas —digo con la voz ronca por estar llorando.

Abre la ventana para salir de nuevo cuando toco su brazo, subo la cabeza y lo miro.

—Lo siento —susurro.

Volteo a ver a Alex que miraba cómo Isaac salía de la ventana, cuando desaparece cierro la ventana, respiro hondo antes de girarme a enfrentar las consecuencias de lo que acababa de pasar.

—Explícate —dice Alex con voz firme.

—Sí llamé a la mamá de Alisha y si quieres comprobar puedes revisar el número que marqué y llamarla tú —me seco las lágrimas y me paro recta—, aunque dudo que responda cuando vea de quien es el número.

Noto cómo su expresión se suavizaba.

—¿Y qué hacía él aquí?

Me estaba contando cómo iban las cosas en la escuela.

—Madeline, es duro de creerlo cuando los vi abrazarse.

—¡Sí! Es cierto nos estábamos abrazando. ¿Y qué? —exploto—, me estaba consolando porque él es el único en este maldito pueblo que no piensa que yo la maté. Ya te dije qué vino a hacer, no lo estaba planeando. ¿Ok?

Alex baja la mirada examinando sus manos, pensando.

—Sabes que tengo que decirle a tus padres.

Camino a él, la desesperación me gana.

—Por favor, no hagas eso.

—Madeline...

—Ya de por sí mis papás no confían en mí, no lo empeores, te lo suplico.

Él suelta un suspiro sonoro.

—No lo sé...

—Está bien.

Paso por su lado para salir, pero Alex toma mi brazo deteniéndome.

—Ok.

—¿Ok? —pregunto.

—No le diré a tus padres, pero si vuelve a pasar...

—Te lo prometo —lo corto, por impulso, lo abrazo—, gracias, gracias, gracias.

Él se ríe.

Seguimos el día como si nada hubiera pasado, cuando mis padres llegan Alex se limita a decir que todo estuvo bien, se despide de mis padres y luego se dirige a mí, me da un abrazo y me susurra al oído:

—Madeline, por favor, no sigas viendo a Isaac, no va a terminar bien.

Yo finjo una sonrisa ante el comentario, ya que mis padres nos observaban atentamente, después de que se va, mi mamá me hace toda clase de preguntas sobre si me cayó bien, me pregunta qué habíamos hecho en todo el día, yo le conté omitiendo los detalles del pequeño altercado con Isaac, subo a mi habitación, no sé qué voy a hacer con toda esta situación, sé que el resto de la semana será tranquila, lo sé porque no habrá escuela involucrada en ella.

CAPÍTULO 12

Como pensé el resto de la semana no pasó nada relevante, aparte de mi constante enojo por no poder hacer nada al respecto de Sander, no sé cómo, pero voy a lograr hablar con Isaac, sea como sea. Hoy tengo que ir a la escuela y no estoy muy emocionada que digamos, pero he decidido algo, si ellos insisten en vigilar lo que hago, mirándome cada paso que doy, será mejor darles algo que ver.

No voy a darles la satisfacción de verme caer, nada de lo que yo haga hará que me vean diferente, no hasta que encuentre al asesino real. No me voy a quedar sentada bajando la cabeza, solo porque ellos quieren que lo haga, yo sé mi historia, ellos no, es tiempo demostrar que me vale lo que piensen.

Voy a mi armario, me pongo un vestido negro, que se ajusta a mi cuerpo, me llega arriba de las rodillas, sin mangas, con unas botas con tacón negro y una chaqueta de jeans, me acerco al espejo, me siento bien con mi vestimenta, inspira seguridad que es mi punto, no demostrarme con miedo, no creo que se suponga que use este tipo de vestidos para ir a la escuela, no importa, ya le pegué a una estudiante, romper las reglas de vestimenta no va a hacer daño, esas estúpidas reglas que nunca entendí, no sé cómo vestirse, como así puede hacer daño, pero ya eso es otro tema. Me pongo rímel, tomo unas gafas de sol negras. Me tardo mucho esperando a que mis papás griten que ya se van y que Alex ya ha llegado, cuando finalmente lo hacen, bajo, Alex está parado delante de las escaleras esperando, al verme, escanea mi vestimenta, pero no dice nada al respecto. Solo aclara su garganta y habla.

—¿Nos vamos?

—Sí —le digo, no he desayunado, pero no me apetece.

Subo al carro deportivo negro que está afuera estacionado.

—¿Es tu carro?

—Sí, bueno, mi padre me lo compro.

—Oh.

En el camino me pongo a pensar en la conversación que tuve con Isaac, casi olvido que me dijo que había algo que tenía que decirme de Sander, no tengo ni la menor idea de lo que será, encontraré una manera de hacerlo.

Saco el labial rojo que había guardado en mi bolsa, el que sé que probablemente me vayan a mandar a quitar, pero ese es el plan, subo los lentes de sol a mi cabeza para poder ver mejor lo que hago, Alex despega los ojos de la carretera al ver lo que estoy haciendo

—¿Labial rojo? No creo que eso este permitido.

—Yo tampoco —respondo sonriendo.

Él se ríe y continúa manejando.

Nos estacionamos, me pongo mis lentes y respiro profundo.

—¿Lista? —pregunta Alexander.

Sonrío y asiento.

—Claro.

Salgo del carro y comienzo a abrir paso a la escuela con Alex junto a mí en todo momento, entramos, como si sintieran mi presencia se voltearon a verme, no titubeo, mantengo la cabeza en alto, llego a mi casillero, esperando algo escrito en él y sorprendentemente no lo hay, me siento aliviada, saco mis libros, espero a Alex que ya le habían asignado un casillero, escucho los susurros a mi alrededor.

La primera clase es la de Elías Sanderson, lo cual me pone nerviosa, empujo todo pensamiento de Sander, solo por el momento tengo que fingir que no sé nada.

Entramos al Salón, el profesor aún no ha llegado, todos voltean a verme de arriba a abajo, los ignoro y me permito mirar alrededor, Isaac está sentado en la silla de siempre, evitando mi mirada, para mi sorpresa Mackenna está en la clase, tiene un tipo de gaza en la nariz cubriéndola, con un color rosado con un tono un poco morado debajo de sus ojos, nuestras miradas se encuentran, puedo ver el odio en sus ojos, por un segundo puedo ver miedo, pero se esfuma rápidamente, se para y se acerca a mí.

Mackenna sonríe como puede, Alex sigue detrás de mí como una estatua.

—Tranquila, solo quiero que te disculpes —dice Mackenna con una voz dulce.

Eso me toma desprevenida, no lo muestro.

—¿Que me disculpe? —pregunto con voz neutra.

Puedo ver por el rabillo del ojo que todos están intentando grabar disimuladamente, ellos esperan otra pelea.

—Sí —responde.

Suelto una carcajada, mientras me quito los lentes, me volteo a donde Alex.

—¿Me puedes sostener esto por un momento? —pregunto riendo.

Él asiente, diciéndome con los ojos que no me meta en problemas, lo ignoro encachando mi lente en su camisa y me volteo hacia Mackenna que está confundida.

—¿Qué es tan gracioso?

—Que pienses que me arrepiento.

—¿Qué?

—Que no me voy a disculpar por golpear a una víbora como tú —le digo sintiendo el veneno en mis palabras.

A nuestro alrededor algunos se ríen, las mejillas de Mackenna se encienden.

—¡Ah! Por cierto, linda nariz —digo haciendo una reverencia.

No le doy tiempo de hablar, le paso por al lado para ir a mi asiento, Alex se sienta a mi izquierda, me atrevo a mirar hacia Isaac, quien me mira con una sonrisa divertida antes de voltear a ver al Profesor Elías que acaba de entrar al salón, la campana suena anunciando el inicio de la clase.

—Buenos días —anuncia su llegada.

Escuchar su voz me da escalofríos, «después de todo pudo haber sido él».

Todos regresan a su asiento, Elías mira todo el salón, su mirada recae en Alex.

—Hoy se nos une un nuevo estudiante —dice con una sonrisa—, Alexander va a estar con nosotros este año, espero que lo reciban bien.

Alex asiente como saludo, el profesor se queda mirándome, trago grueso

Aclara su garganta antes de hablar

—Señorita Jones, lo siento, pero necesito que vaya al baño a quitarte ese labial, no está permitido usar ese tipo de maquillajes.

Me paro en el camino, Elías escanea mi ropa.

—Y no la enviaré a la dirección, pero sí le daré un aviso, la manera en la que está vestida no es apropiada.

—¿Y por qué será eso? —Mis palabras salen con calma, lo cual me sorprende considerando la rabia que estoy sintiendo.

—Puede resultar distrayente.

—No veo cómo mi labial o mi "vestimenta" los está obligando a verme.

Él se queda callado, así que lo tomo como una pequeña victoria, las miradas me siguen, pero me arriesgo a mirar a Isaac de manera sutil, asiento y salgo, espero que capte la indirecta, siempre supe que me mandarían a quitarme el labial, Alex no me puede seguir, es la perfecta oportunidad para que Isaac pida permiso para ir al baño.

Entro al baño y me empiezo a quitar el labial. Después de cinco minutos, la puerta del baño se abre, Isaac entra y cierra la puerta con seguro.

—Me alegra que captaras la indirecta —digo sonriendo.

—Montaste todo un espectáculo allá.

—¿No te enteraste? Es mi nueva especialidad —digo con sarcasmo.

Él se acerca a mí, no retrocedo, su mirada se oscurece.

—¿Recuerdas lo que iba a decir de Sander?

Asiento.

—Hay algo que no te he dicho, no lo había pensado relevante hasta que vimos el video, no te lo dije enseguida porque no quería creer que era verdad, pero…

—¿Pero?

—Elías Sanderson es mi tío.

Fue como si el mundo se parara, quería decirle algo, pero las palabras no se formulaban.

—Di algo, por favor.

—¿Elías? ¿Sander? ¿Es tu tío?

—Nadie lo sabe, no es algo que a mi papá le guste mencionar.

—¿Por qué? —Me atrevo a preguntar.

—Porque se convirtió en un profesor cuando en mi familia es casi una obligación estudiar negocios para tomar nuestros puestos en la compañía familiar.

Alguien empieza a tocar la puerta.

—Madeline —la voz de Alex retumba detrás de la puerta—, si no abres la puerta en este instante la voy a derrumbar, te lo juro.

Miro a Isaac que se pasa la mano por la cara frustrado.

—Hazlo —dice casi en un susurro—, abre.

Me acerco con manos temblorosas a la manecilla de la puerta, cuando abro la puerta me encuentro con la cara enojada de Alex, me mira por un segundo antes de mirar detrás de mi hombro, entra sin despegar su mirada de Isaac y vuelvo a cerrar la puerta.

—¿Qué están haciendo? —pregunta Alex.

—Alex, no te metas —responde Isaac.

Me quedo paraliza al oír la familiaridad con la que se hablan.

—Ayer no te dije nada, pero ya te advertí que te alejaras de ella.

—Espera, ¿se conocen?

Los dos se quedan quietos mirándome.

—¿Que si se conocen? —repito.

—Madeline, eso no es importante.

—¡¿Que si se conocen?! —lo corto perdiendo la paciencia.

—Alex es mi primo —dice finalmente Isaac.

No, no, no, esto no puede estar pasando, mi cabeza está dando vueltas, esto no puede ser posible, el universo está jugando conmigo, me estoy tambaleando, me sujeto del lavamanos para no caer, mis piernas no me responden, lo último que veo es a Isaac agarrándome para no caer, mis ojos se cerraron.

CAPÍTULO 13

Mis ojos se abren y lo primero que veo es a Alex frente a mí claramente preocupado, siento cómo una mano me toca la cara suavemente, volteo y es Isaac, él está en el suelo sosteniéndome, mi cabeza descansa en su pecho, miro a mi alrededor, sigo en el baño.

—¿Qué paso? —pregunto confundida por sus expresiones.

—Te desmayaste —responde Isaac con voz suave.

—Solo ha sido por un minuto —afirma Alex—, igual debería llevarte a la enfermería.

—No —decimos Isaac y yo al unísono.

Pensamos lo mismo, al parecer Alex no, quien nos dedica una mirada de exasperación.

—No podemos, ¿cómo vas a explicar que estaba en el baño de mujeres con ustedes dos entablando una linda conversación mientras deberíamos estar en clas... —Intento aclarar hasta que la garganta se me cierra.

Lo último que recuerdo es... ¡Oh! Esto no puede estar pasando, primos, son PRIMOS.

—Son primos —susurro, parándome del suelo, me marea un poco el movimiento brusco con el que me paro.

Isaac se para rápido, sus manos sostienen mis brazos para que no me caiga.

—Tranquilízate.

No voy a decirle que confié en él, porque realmente no fue así, aun así me arde el pecho, «¿él solo me iba a decir de Sander no de

Alex?», necesito una explicación y ya, pero con la persona que estoy realmente enojada es Alex, él tuvo toda la semana para decirme, él vio a Isaac, obviamente es consciente de que su primo estaba atado conmigo en una investigación y no dijo nada, Isaac no me puedo verme hasta hoy, «tal vez si no hubieran interrumpido me lo hubiera dicho», de igual manera terminé sabiendo.

—Explíquense, porque estoy segura de que mi mamá no hubiera contratado a Alex sabiendo que ustedes son familia.

—Ahora no podemos, no deberíamos tardarnos tanto, no creo que la gente sea tan tonta como para no conectar punto A y B, van a notar que no estamos.

Asiento con la sangre hirviendo. Estuvimos de acuerdo que teníamos que salir por separado y esperar para que no fuera tan obvio, Isaac sale primero, Alex no quiere arriesgarse a dejarme sola con su primo, lo cual me parece poco coherente, «¡es su primo!», se toma muy en serio el trabajo, me niego a dirigirle la palabra, cuando sale el, me quedo impaciente esperando y contando en mi mente por lo menos que hayan pasado dos minutos.

Al ir al salón los nervios se comen mi estómago y eso combinado con que no comí, no me sienta nada bien, primero que nada, estoy nerviosa por Sander, sé que no debería, pero que sea el tío de Isaac me pone los pelos de punta, dos personas de las cuales sospecho son familia, «o tal vez tres», no sé qué pensar de Alex, «no, Alex, no lo haría, aparte él llegó no hace mucho», no tenía relación con Alisha. ¿O sí? NO. En el hospital me explicaron que mis ataques de pánico pueden ser ocasionales o frecuentes, agradezco que esta revelación no me ocasionara nada, la última vez que tuve un ataque lo pude manejar, así que creo que estoy bien, por ahora.

Entro al salón, el profesor Elías para de escribir en el tablero, volteándose hacia mí al igual que todos.

—¿Está bien? Se tardó mucho. —No creo que los demás noten la ligera acusación en su tono.

Me forzó a sonreír.

—En mi defensa fue usted que me pidió que me quitara el labial, usted fue el que decidió quitarme tiempo valioso de aprendizaje. —Me río un poco—. No sabía que los labiales afectaran el aprendizaje, pero como dicen, en la escuela se aprenden cosas nuevas todos los días. ¿No? —El sarcasmo es evidente.

Me voy antes de que abra la boca, todos los del salón me miran sorprendidos. Los ignoro, «ya era hora», Alex me mira preocupado, me encuentro con sus ojos, le dedico una sonrisa amarga, él lo nota de inmediato y se vuelve a girar, como era de esperarse el profesor sigue la clase como si nada. En el recreo Alex se mantiene detrás de mí, siguiéndome como una sombra, me siento en la mesa de siempre, el frente a mí, comemos en silencio hasta que escucho los murmullos de un grupo de chicas y chicos cerca murmurando sin vergüenza, están cerca, pero parece que no les importa que pueda escucharlos, dicen: "De seguro ella la mató junto al chico nuevo y el Isaac, no es coincidencia que los tres desaparecieran en clase de Literatura", que ellos sepan eso me da un poco igual, mientras que mi mamá no se entere todo está bien y no tienen pruebas, se va a quedar como un rumor nada más, nadie nos vio, la conversación no para ahí: "¿Viste cómo vino vestida? No tiene vergüenza, mata a su amiga y se aparece como si nada", Alex observa atentamente mi reacción, le tiro una mirada de advertencia, me paro, camino con la cabeza en alto directo así donde ellos, lo notan y paran de hablar, siento a Alex detrás de mí, no importa, no haré nada malo, me paro frente al grupo.

Ellos se quedan pasmados, sonrío.

—Hola —saludo—, me está fascinando su conversación y pensé en unirme, es que están hablando tanto de mí que me pareció grosero no venir.

—Yo... a —intenta decir uno de los chicos.

—No, está bien, continúen.

Espero sabiendo que no dirán nada.

—Eso pensé.

Me volteo y regreso a la mesa.

Cuando la escuela terminó noto que la gente ya no me veía tanto, ok, bien, esto es un avance. Alex conduce a casa, subo las escaleras a mi habitación sabiendo que me seguirá, cuando entra cierro la pueda detrás de él, le señalo silla del escritorio para que se siente, obedece, yo me siento en los pies de la cama. Isaac aparece a los pocos minutos, respiro profundo abriendo la ventana.

—¿Estás bien? —pregunta entrando.

—Necesito una explicación —digo sin dar rodeo—. ¡Oh! Espera déjame intentar adivinar lo más obvio, Alex vive con el profesor Elías.

Miro a Alex en busca de una respuesta directa de él.

—Sí —Alex confiesa asintiendo con la cabeza.

Me giro a Isaac de nuevo para que hable.

—La razón por la que tu mamá no sabe que Alex y yo somos primos es porque mi tío y mi padre no se hablan desde hace mucho tiempo, ni siquiera se mencionan como familia —dice Isaac.

Confieso que me da escalofríos escuchar a Isaac referirse a Sander como tío y ahí es cuando me golpea la realidad, mi pecho se encoge, estaba tan concentrada en mi enojo con Alex que se me olvidó algo importante, me acerco a Isaac.

—¿Por qué no me dijiste cuando lo vimos en la cámara de seguridad? —pregunto seria.

—No quería pensar que fuera verdad, yo... Madeline, es mi tío y mi exnovia, todavía no sé qué pensar.

Y lo entiendo, sin embargo, no evita que duela un poco, asiento asegurando que entiendo, su rostro se relaja.

—¿Por qué no se hablan? —pregunto.

—Bueno, mi familia tiene una compañía de construcción grande y se podría decir que es más un deber que una tradición estudiar ingeniería y arquitectura, se supo que como una empresa familiar todo debemos poner nuestra parte y trabajar ahí —noto un poco de tristeza en su voz—, mi abuelo se enojó cuando mi tío decidió estudiar para ser profesor, se volvió la oveja negra de la familia, mi papá no le dirigía la palabra tampoco y cuando lo hacía era para discutir, eventualmente mi tío se cansó, se cambió el apellido y se fue de la casa.

Casi siento lastima por Elías, casi.

—A mi papá no le importo la decisión de mi tío y cuando le dijeron que se tenía que ir por temas de expansión de la constructora se tuvo que mudar y yo no quería ir Japón con él, me dejó con Elías, sabía que me podría cuidar y mandar a la escuela —concluye Alex mirándome, luego se voltea a Isaac—. Por cierto, ¿cómo está el tío James?

—Ya lo conoces, como siempre —responde Isaac.

Ok, son tres hermanos, James Gray, el papá de Isaac, Elías, quien hasta donde yo sepa no tiene hijos, y el papá de Alex. Eso está claro, pero aún hay más.

—Eso no explica cómo terminaste trabajando aquí y por qué no me dijiste antes —interrumpo.

Era cierto que mis padres lo conocieron en la reunión de padres de familia y recuerdo que me dijeron que les caía muy bien, hasta salieron a comer una vez, pero al parecer se volvieron "amigos", ahora todo tiene sentido, mi papá me dijo que yo lo conocía, claro que lo conocía, es mi profesor de Literatura.

—Fue más una coincidencia, yo estaba en el supermercado con el tío Elías, para mi suerte de verdad este pueblo no es tan grande, nos encontramos con tu madre, que al parecer se llevan muy bien, tu madre le preguntó quién era yo, blah blah blah, mi tío le dijo que iría a la escuela muy pronto, a tu mamá le pareció buena idea que yo te cuidara, para mi sorpresa mi tío estuvo de acuerdo, supongo que para que te mantuviera alejada de Isaac, tal vez si se preocupa por él y no quiere que él se vea envuelto en la investigación, no lo sé. No te dije porque no me pareció muy relevante —dice Alex con un tono tranquilo, intentando restarle importancia a la discusión.

—¿NO te pareció relevante? —pregunto levantando la voz en furia que los deja los dos sorprendidos.

—Sabía que iba dañar todo desde el principio.

Y es cierto, si me hubiera dicho que eran primos hubiera pensado que Isaac lo había enviado a espiarme o algo. Sinceramente no veo una razón para gritarle, sí estoy enojada, pero tengo que pensar con la cabeza fría, no sé si confiar en Alex, sin embargo, de alguna manera nos puede ayudar en la investigación.

Camino hacia Isaac.

—No puedes volver a guardarme más secretos, ¿eres consciente de que esto pudo afectar la investigación?

—Sí —contesta.

—¿Qué investigación? —pregunta Alex.

No soy estúpida, no hubiera hablado abiertamente de esto si no fuera porque quería que preguntara.

—La investigación de la muerte de Alisha.

—¡Ah! Por eso es que se la pasan reuniéndose en secreto, espera, ¿en que afecta esto en la investigación?

Antes de proseguir con mi plan necesito hablar con Isaac.

—Alex, ¿podrías dejarnos hablar, a solas?

Lo veo a punto de protestar.

—Por favor.

Él suspira y sale de la habitación.

—¿Qué estás haciendo? —pregunta apenas que la puerta se cierra.

—Sé qué hacer. ¿Ok?, solo mencioné la investigación frente a él porque sé que se interesaría, él vive en la casa de Sander, lo podemos usar para nuestra ventaja.

Él parece digerir la información.

—Ok, te escucho.

—Primero necesito que me digas el plan que nos podía meter en problemas.

—No es el mejor plan, pero pensé que podríamos citarlo en un lugar donde nadie nos vea, lo atraemos diciéndole que tenemos pruebas de su delito, le mandaríamos un mensaje con una parte del video de seguridad, lo amenazamos diciéndole...

—Que revelaremos el video a menos que nos encontremos —concluyo por él.

—Exacto, cuando llegue lo podemos dormir con cloroformo, cuando esté inconsciente lo amarramos a la silla y lo interrogamos, con un modificador de voz no distinguiría las voces.

—Y cuando terminemos lo amenazamos para que no mencione nada de esto a la policía, lo dormimos de nuevo y salimos del lugar.

—Mi cerebro empieza a pensar en el plan, es perfecto, si somos cuidadosos no sabrían que fuimos nosotros.

Isaac me sonríe y yo le sonrío de vuelta, entiendo porqué le gustó a Alisha.

—¿Qué con lo de Alex? Es tu turno de decirme tu plan.

—Creo que podemos convencer a Alex de meternos en la casa, antes del interrogatorio debemos tener más pruebas que solo el video de seguridad, si miente necesitamos saberlo, tal vez encontremos algo en su casa, algo de Alisha, la libreta de cheques.

Él asiente.

—De acuerdo, ¿cómo lo convenceremos?
—No creo que sea necesario, ya está interesado, ¿confías en él?
—Sí, no creo que él supiera de Alisha.

Yo no estoy segura, pero de una manera tenemos que entrar, ir con Alex es la mejor opción. Abro la puerta para que Alex entre, cuando entra pasea la mirada entre Isaac y yo.

—No estaban haciendo nada extraño, verdad —pregunta entrecerrando los ojos.
—Claro que no— respondo rodando los ojos— Alex, Elías Sanderson es un sospechoso.
—¿Nuestro tío? — abre los ojos como platos.
—Si, los vimos discutir en una cámara de seguridad.
—¡Qué carajo! No, no, él no haría eso.

Miro a Isaac por apoyo, él entiende y suelta un suspiro sonoro.

—Alisha estaba chantajeándolo —dice Isaac.
—Espera, ¿tu exnovia y nuestro tío?

Puedo ver en los ojos de Isaac, aunque su cara permanezca neutra.

—Aún no sabemos porqué o con qué lo chantajeaba, y en eso entras tú —continúo por Isaac.
—¿Yo? —Alex me mira como si me hubiera salido otra cabeza.
—Sí, ¿crees que puedas meternos en su casa?

Él me analiza por unos segundos antes del voltearse a Isaac.

—¿Estás seguro de que pudo ser él?
—Sí —responde Isaac antes de bajar la cabeza.
—De acuerdo, cuenten conmigo.

«Pensé que sería más difícil».

—Podemos ir mañana mismo— comenta Alex
—Hay un pequeño detalle. —«Es un detalle un poco riesgoso».
—¿Qué detalle?

Isaac me mira confundido, sin embargo, no dice nada, él tampoco sabe del detalle.

—Él tiene que estar en la casa.
—¿Qué? —pregunta Alex atónito.
—Estás loca. —Finalmente habla Isaac.
—No, necesitamos que esté porque tenemos que revisar su celular, debe de tener mensajes con Alisha.

Ambos me miran por lo que se siente como una eternidad.

—Creo que sí podemos, puedo esperar a que se duerma, ustedes esperen fuera de la casa, los meteré en la casa —me mira y pronuncia las siguientes palabras con tono de advertencia—, el celular va a estar en su cuarto —pausa—, con él a dentro durmiendo.

Hace un énfasis en lo último.

—Tomaré el riesgo —le digo.

Después de discutir unos detalles, Isaac se va, Alex y yo nos quedamos solos en el cuarto.

—Perdón —dice.

—¿Por qué?

—Por todo, mi tío…

—No te disculpes, está bien, aparte no sabemos aún si fue él.

—Tienes razón, solo es tan…

—Irreal —termino por él.

Asiente.

Cuando mis padres llegan repetimos la típica rutina de despedida, yo subo a mi cuarto preparándome mentalmente para lo que va a pasar mañana. Espera, no, no, cómo se me pudo olvidar algo tan importante, los videos de seguridad, corro a buscar el USB, lo pongo en mi computadora, decido ver primero el día jueves que descargué, me no veo nada en la cámara principal del bar, sigo viendo, finalmente Alisha entra, la mayoría del video es sentada, luego llega Edgar y conversan por un buen rato, adelanto la grabación, cuando terminan de hablar, ella se para para irse, pero Edgar la detiene, este le da una bolsa de basura, ella se ríe, pero no se queja, veo cómo va a sacar la basura, la cámara la pierde de vista, busco la grabación del callejón, me quedo helada, la muestra a ella, bota la basura en un contenedor, todo se ve normal hasta que en el margen aparece Isaac, Alisha se voltea, la conversación comienza normal y civilizada, maldigo a mis adentros que las grabaciones no tengan sonido, luego todo cambia para mal, Isaac le empieza a gritar, Alisha también, ella se le acerca con una sonrisa filosa, le dice algo, no sé qué, pero después de eso ella salió sin mirar atrás, a Isaac no le gustó eso para nada, porque golpeó la pared con un puño antes de salir del margen.

Cierro la computadora, mi cerebro grita, «*Lo sabía, lo sabía*», y no hay un tono de victoria en él.

CAPÍTULO 14

Casi no dormí, no podía parar de pensar en Isaac, sabía lo que tenía que hacer, llegué a pensar que él no lo había hecho, por un segundo me dejé engañar por la ilusión que él me vendió, recuerdo que antes de todo siempre lo venía hablando con sus amigos, no sé qué pasó en el verano, pero eso cambió, ahora no sé qué pensar y me dolía, me dolía que por más que lo había considerado como mi amigo, si es necesario lo entregare, yo me metí en esto para tener justicia por mi amiga y eso es lo que voy a hacer.

La escuela fue normal, lo que es normal ahora, nada que no se pueda soportar, no podía hablar con Isaac y, por primera vez, fue algo que agradecí, Alex estaba actuando como si nada hubiera pasado, lo cual es bueno, llegamos a casa, vemos películas, mis papás llegan, y ahora es cuando todo comienza.

Como a las 1 a.m, mis papás ya están en el quinto sueño, me pongo unos jeans negros, con una camisa verde azul oscuro, a mis padres les había dado por estar entrando en mi cuarto a veces a revisar que siguiera aquí, esperemos que hoy no sea un día de esos, por si acaso, acomodo las almohada en mi cama y lo cubro con mis sabanas simulando un cuerpo, Isaac llega a mi ventana, abro, ninguno habla, no podemos, me estoy escapando de la casa y no puede hacer ni un ruido, es algo vital, lucho con las ganas de gritarle, tengo miedo, salgo de la ventana, ambos quedamos parados en el tejado, Isaac baja primero, se agarra del borde donde termina el tejado y se tira, mi corazón se me iba a salir del pecho, es mi turno, me agarro del borde y cometo el error de mirar hacia abajo, sé que no está lejos, pero viéndolo desde este punto de vista no me inspira confianza, cierro los ojos.

—Solo suéltate, yo te atrapo. —Oigo la voz de Isaac en un susurro.

No confío en él después del video, pero no tengo opción, muerdo mis labios para evitar que escapara un chirrido, impulsada por la adrenalina me lanzo, es tan rápido que no lo noto, mis latidos se estabilizan, noto los brazos de Isaac alrededor de mi cintura, mi espalda pegada a él, su respiración en mi cuello.

—Ya puedes abrir los ojos —susurra en mi oído.

Los abro, volteo mi cara para poder ver a Isaac, él no me suelta.

—Deberíamos irnos ya. —Mi voz es estable.

—Sí.

Me suelta lentamente, camino detrás de él, hoy trajo su moto, la estacionó a unas calles, me da un casco, noto otro en su mano, me sonríe cuando me ve mirándolo.

En el camino disfruto de la brisa, cierro mis ojos intentando no sentir el peso de la traición, no tiene sentido que sienta eso, cuando los abro sé que llegamos porque él se baja, me quito el casco y miro a mi alrededor, hay varias casas.

—La casa de mi tío está a unas calles.

No nos podíamos estacionar delante de la casa obviamente.

—Solo esperemos a que Alex me llame —sigue Isaac.

Yo no le digo nada, le doy la espada mirando las casas, el silencio reina, hasta que él lo rompe.

—¿Estás bien?

Asiento, él no me cree, me odio a mí misma por dejar que me conociera.

—Dime qué es.

—Tú. —Exploto volteándome, quedando cara a cara.

Su cara refleja dolor, pero lo ignoro, otra pantalla de seguro.

—¿Qué?

—Vi las cámaras de seguridad, vi como discutieron, el día antes de que a ella la asesinaran.

No puedo ignorar lo que está frente a mis ojos, una cosa era creer que era el asesino sin tener pruebas, pero esto, esto son pruebas, pelearon un día antes de su asesinato.

—Si la mataste, voy a hacer que te pudras en prisión o tal vez te mataré.

Esa última parte me sale como un torbellino de mi boca, si se lo decía de verdad o no, no importa.

—No hagas eso.

—¿Hacer qué?

—Llamas a alguien hipócrita y tú también lo eres.

Estoy a punto de abrir la boca y explotar cuando dice algo que me deja atónita.

—Me estás acusando a mí, asumiendo de la misma manera que ellos te hicieron a ti.

—Eso es completamente diferente.

—Cuando todo apuntaba a ti, la única que estuvo con ella, nunca te acusé, sabía que tú no confiabas en mí, al principio lo entendí, pero ahora tenemos una alianza y tú a la primera oportunidad me acusas.

—Entonces explícame, dame una razón para creerte, ¿qué estabas haciendo el día que murió? ¿Y por qué discutían? Tienes razón estoy siendo hipócrita, pero ¿cómo esperas que confíe en ti cuando sigues ocultándome información?

Él se queda callado, su pecho sube y baja rápido.

—Te prometo que te lo contaré, solo, por favor, confía en mí por esta noche, después tú puedes decidir por tu cuenta —dice él, su cara es neutra, pero su voz suena un poco suplicante.

Asiento y como cuestión de destino su celular comienza a sonar, él contesta.

—Ya vamos —dice antes de cerrar.

Camino con él, llegamos a una casa de dos pisos de un color amarillo suave, es muy linda, subimos los escalones para llegar a la puerta, tiene dos sillas con una mesa a la derecha, debe de ser muy lindo desayunar viendo el jardín, el aire fresco llena mis pulmones, hay dos carros estacionados, la puerta se abre, Alex se asoma y se hace a un lado para que entremos, pasamos, adentro todo está oscuro, hay solo una luz y viene del celular de Alex, Isaac también prende la luz del suyo.

—Isaac, ya conoces la casa —susurra—, deberíamos dividirnos.

—Sí, tú ve con Madeline, yo puedo revisar solo, ustedes arriba y yo abajo.

No puedo pelear con él en este momento, quiero ir con él para asegurarme que no me guarda nada de lo que encuentre, pero antes de que pudiera protestar se va, Alex me toma mi mano guiándome arriba, intento no tropezar con los escalones, subimos en silencio, paramos al frente de una puerta.

—Esta es la habitación de mi tío, está durmiendo, yo no sé qué estás buscando así que no creo poder ayudarte, vas a tener que entrar a solas —susurra, toma mi mano y deja su celular—, solo ten cuidado de no apuntar la luz en su cara.

Respiro profundo y abro la puerta con cuidado, cerrándola detrás de mí, lo primero que noto es un pequeño escritorio lleno de papeles, camino casi sin respirar, Sander está en la cama boca abajo, llego al escritorio, los papeles son todos de la escuela, ejercicios calificados, todo normal, dejo las cosas como las encontré, abro uno de los cajones lentamente, dentro hay lápices y... bingo, una chequera, la agarro, sigo viendo en el cajón, no encuentro más nada, reviso cada página buscando la fecha del cheque de Alisha, la encuentro, siento como si mis ojos se me fueran a salir, apago la luz para tocarme foto, no me lo puedo llevar porque lo sabría, guardo el cheque sin parar de pensar en la cifra, Elías debe de haber heredado plata de la familia porque no creo que con un sueldo como profesor pudiera pagar eso, *50 mil dólares*, camino intentando esconder un poco la luz del celular, pero dejando unos rayos de luz sutiles escapar para no quedar completamente a oscuras, hay una mesita de noche al lado de la cama y ahí está su celular, lo prendo, intento entrar, tiene contraseña, «mierda, mierda», me lo meto en el bolsillo, me paralizo cuando veo cómo Elías se remueve en la cama, no se despierta, salgo lo más rápido y sigilosamente posible, Alex me espera del otro lado.

—Necesito un lugar para revisar esto —le susurro sacando el celular y enseñándoselo.

Él asiente y me toma la mano, caminamos a una puerta que está cerca, entramos, Alex prende la luz, tapo mi cara con mis manos enseguida, la luz arde, cuando mis ojos se adaptan, antes de regresarle su celular, le mando la foto del cheque a Isaac y luego la borro de la galería, le regreso su celular y miro a mi alrededor, es una habitación gris, hay una cama con sabanas negras y un escritorio con una computadora.

—¿Es tu habitación?

—Sí, no tengo mucho, este era el cuarto de huéspedes.

Tomo el celular de Elías y se lo doy.

—¿Sabes la contraseña?

Él sonríe.

—Tienes suerte de que meto mis narices en lo que no me incumbe, sabía que lo ibas a necesitar, así que cuando lo abrió me fije en su contraseña —comenta mientras desbloquea el celular.

—Gracias.

Me lo da, no pierdo ni un segundo y entro a los mensajes, busco el nombre de Alisha, lo encuentro enseguida, la última vez que se hablaron fue… el lunes de la semana en la que murió, leo los mensajes.

"No te daré más, te di suficiente".

"Eso no es nada y ya sabes que voy a hacer si no consigo mi plata".

Elías no le respondió el mensaje, subo más, encuentro algo que me da nauseas.

"Hola guapa, ¿cuándo nos vemos?".

"Solo espera me deshago de Isaac y voy a tu casa".

"Así me gusta".

Es un mensaje viejo, Alisha engañó a Isaac con su tío, «de verdad no la conocía», si me hubieran dicho esto hace unos meses me hubiera reído en su cara diciendo que ella nunca sería capaz de esto, apago el celular sabiendo suficiente, solo quedan las siguientes preguntas: ¿Qué tenía exactamente Alisha en él? Y ¿Qué haría él para que no saliera a la luz?

—¿Encontraste algo?

—Sí, creo que ya es suficiente. —Me detengo abruptamente cuando escucho una puerta abriéndose.

Alex guarda el celular en su pantalón.

—Alexander, ¿estás despierto? —La voz de Elías suena cerca.

No hay tiempo de esconderse, Alex me sorprende cuando me toma por la cintura, sus labios tocan los míos, sé lo que está haciendo, así que no rompo el beso, tomo su cara en mis manos, profundizando el beso. Elías carraspea, nos separamos, fingiendo estar sorprendidos.

—Alexander, ¿me puedes explicar qué está pasando aquí?

—Tío, yo, Madeline y yo solo estábamos… Lo siento.

—No creo que a tus padres les guste saber que te estás escapando en las noches —dice dirigiéndose a mí.

—Por favor, no le diga y-yo —empiezo a decir con voz asustada.

—No lo mencionaré solo por mi sobrino, pero que no se vuelva a repetir.

Asiento mirando al suelo.

—Alexander, supongo que tú la trajiste, así que lleva a la señorita de vuelta a su casa, luego tú y yo hablaremos de esto.

—Sí, tío.

Elías sale de la habitación, me atrevo a mirar a Alex.

—¿Cómo se supone que regresemos el celular ahora? —pregunto susurrando.

Él me mira, los nervios me atacan, no sé qué va a pasar si Elías descubre que tomamos su celular, pero nada bueno sería. Saca su celular y empieza a escribir algo.

—¿Qué estás haciendo? —pregunto nerviosa.

—Le estoy escribiendo a Isaac que salga de la casa que nos encontremos a unas cuantas calles de tu casa.

Asiento

—Pero primero, el problema del celular—pausa y me mira detenidamente—, vas a tener que confiar en mí.

—Lo hago. —Lo cual es más o menos a verdad, igual no tengo opción.

—Bien, mi tío debe de estar en su habitación, así que no puedo entrar ahora, voy a dejarlo en el suelo fuera de su cuarto para que piense que se le cayó.

No es el mejor plan, pero está bien, Alex toma mi mano y un escalofrío me recorre, nos besamos, no había tenido mucho tiempo de procesarlo, lo ignoro, este no es el momento, salimos del cuarto, no hay nadie en el pasillo, la puerta del cuarto de Elías está abierta y las luces de abajo de la casa encendidas, debí de suponer que después de atraparnos besándonos no nos dejaría solos así como si nada, Alex se acerca a mi oído y me susurra.

—Nuevo plan, baja y dile a mi tío que fui al baño, yo dejaré el celular en su lugar.

Asiento a pesar del nudo que se me forma en la garganta al saber que tendré que estar a solas con Elías, Sander, el tío de Alex y Isaac o como sea. Bajo y a los pies de la escalera está él.

—¿Y mi sobrino? —Si está enojado no muestra nada.

—Está en el baño, me dijo que lo esperara abajo.

—Señorita Jones, no sé qué está haciendo, pero sea lo que sea, pare.

—¿Qué?

—No se haga la inocente, si acepté que Alex la cuidara fue por un favor a sus padres a quienes estimo mucho.

Estoy segura de que fue por algo más que eso, pero no lo digo.

—No para que usted jugara con mis sobrinos —continúa.

No puedo creer lo que estoy escuchando.

—Yo no estoy jugando con sus sobrinos.

Él no dice nada más al escuchar las pisadas de Alex bajando.

—Vamos. —Es todo lo que dice antes de tomar mi mano y llevarme hacia la puerta.

Al abrirla nos detenemos al escuchar la voz de Elías a nuestras espaldas.

—Te voy a estar esperando, sé cuánto tiempo de debería de tomarte llevarla y regresar —advierte.

Salimos y Alex cierra la puerta detrás de él, saca la llave del auto de su bolsillo, me dirijo al carro que ya conozco, el de Alex, al lado hay otro que es un auto blanco, supongo que de Elías. Me subo, suelto todo el aire contenido en mis pulmones, «lo logramos». Alex se sube y enciende el carro, sin decir ni una sola palabra, él empieza a manejar y no aguanto el silencio, sin embargo, no sé qué decir, ¿cómo es que la policía no vio los mensajes de Alisha a Elías si revisaron el celular? Llegamos rápido a donde Isaac, él está parado al lado de la moto.

Bajamos del carro.

—¿Qué pasó? —pregunta enseguida.

—Nos atraparon, pero no sospechó nada. —Alex me da una mirada significativa, soy la primera en cortar la mirada, él continúa—. Me dijo que la llevara a casa.

—¿Así, nada más?

Me atrevo a hablar.

—¿Podemos hablar mañana? No creo que sea buena idea hablar de eso aquí, tenemos que hablar de muchas cosas.

Isaac asiente.

—La foto.

—Sí... lo siento.

Isaac se queda callado y veo a Alex con la intención de preguntar ¿qué foto?, lo miro haciendo un sutil movimiento de cabeza para indicarle que este no es el momento, él asiente.

—Yo la llevo —habla Isaac.

—De acuerdo, yo tendré que dar unas vueltas para que sí se crea que la llevé a casa.

Isaac me da el casco, lo tomo y, antes de subir a la moto, miro a Alex.

—Gracias.

Él me sonríe, luego su sonrisa desaparece de golpe, puedo ver cómo se tensa, no sé si nuestra amistad será igual después de lo que pasó, no quiero que cambie, para mí el beso fue por salvar el plan y espero que también significara lo mismo para él.

—Lo que paso... —comienza él como si leyera mis pensamientos, suspira—, solo quiero que sepas porqué lo hice, las cosas no tienen que cambiar, sigo siendo tu amigo...

Eso me hace sonreír, noto la mirada ardiente de Isaac en mi nuca, la ignoro.

—Sé porqué lo hiciste, no pasa nada.

Me monto poniéndome el casco, Isaac me mira unos segundos antes de imitarme. Cuando llegamos, él estaciona la moto a unas calles de nuevo, el camino a casa es silencioso, mi estomago se empieza a revolver, no había pensado en cómo iba a subir por la ventana, no sé cómo Isaac lo hace, pero a mí me iba a costar, él es lo suficientemente alto para agarrar el borde del tejado y subir, yo no.

—Yo te ayudo a subir.

Se para frente a mí, pone sus manos juntas y me indica que ponga mi pie en sus manos para tomar impulso, respiro profundo, hago lo que me dice, cuando tomo el impulso agarro el borde del techo, quedo colgando, me impulso con mucho esfuerzo, casi me cuesta respirar, lucho para que mis brazos no cedan, me impulso hacia arriba, mi estomago queda en el borde del tejado, la otra mitad de mi cuerpo aún colgando y me permito respirar un momento antes de volver a impulsarme, finalmente lo logro, envidio lo rápido que sube Isaac, él solo hizo un salto pequeño para agarrar el borde del techo y sus brazos lo subieron rápidamente, hasta que quedó frente a mí, yo tengo la respiración entrecortada y él está frente a mí como si nada.

Abro la ventana y entro, detrás de mi Isaac, se queda parado mirando por lo que parece una eternidad.

—¿A qué se refirió Alex? —pregunta cortando el silencio, con un susurro

—Deberíamos hablar de ello después.

Mis papás no se van a levantar por unos susurros, ya nos hemos embriagado y no ha pasado nada, mis padres nunca se enteraron, pero de verdad no quiero tener esta conversación ahora.

—Solo quiero saber.

Asiento.

—Me besó —suelto.

Silencio, un silencio nos enterraba, puedo ver algo de dolor en sus ojos, no, debí de haberlo imaginado, solo debe de estar sorprendido.

—Fue solo porque escuchamos a Elías viniendo. —Siento la necesidad de clarificar.

—¿Así que él piensa que estabas ahí porque ibas a tener sexo con Alex?

—Básicamente.

Me tapo la cara con las manos.

—Ven mañana, por favor, tenemos que hablar, aún me debes una explicación.

—Tienes razón —susurra mientras se pasa la mano por el cabello frustrado—. Buenas noches, Jones.

Y así nada más desaparece por mi ventana.

CAPÍTULO 15

Mi día es normal, Alex y yo olvidamos lo que sucedió, hablé con él y le dije que necesitaba hablar un tiempo a solas con Isaac, él entendió, yo subí a mi cuarto y él se quedó abajo viendo la tele, no puedo evitar que los nervios me coman, estuve empujando todo pensamiento de Isaac después de que se fue, camino de un lado a otro hasta que escucho un golpe en la ventana, paro abruptamente y miro sabiendo quién es.

Le abro para luego alejarme.

—Explícate —le digo queriendo llegar al grano.

—Hola, Isaac, sí espero estés bien —ironiza.

—Por favor. —Me sorprende lo suplicante que salen las palabras.

Me siento en la cama mirando mis pies, no levanto la mirada hasta que siento el colchón hundirse a mi lado, Isaac se sentó junto a mí, sus ojos están brillantes.

—Sí, estábamos discutiendo.

—¡Oh! Créeme, eso me quedó claro.

—Déjame terminar —me dice suavemente antes de continuar—, ella rompió conmigo, sin ninguna razón, y ella…

—¿Ella? —le animo a seguir.

—Ella corto todo lazo que teníamos a la hora de las estafas, se negó a seguir trabajando conmigo.

—Entonces la mataste, ¿por venganza?

Le sale una risa ronca.

—Tu imaginación no para de sorprenderme.

—Bien, entonces dime, porque solo me estás dando más razones para sospechar.

—Sí, la odie a veces, pero no la mataría.

—¿Eres consciente de lo que está saliendo de tu boca? Y si tanto la odiaste, ¿por qué ayudarme a buscar al asesino? Al menos que solo fuera para distraerme. —Me paro poniendo distancia entre nosotros.

Él intenta acercarse.

—Madeline.

—¡No! Aléjate.

Alex entra al cuarto al escuchar mi grito.

—¿Que está pasando?

—Nada —dice Isaac de inmediato.

Yo sigo arrinconada, abrazándome.

—¿Cómo que nada? Estaba gritando, Isaac.

—Que la besaras no significa que te le tengas que pegar. Vete. Ya. —Ignoro lo celoso que sonó, no es posible, él no... no, solo está jugando con mi mente.

Alex me mira en busca de respuesta, respiro, necesito una respuesta.

—Vete, está bien.

—¿Segura? —Su preocupación no pasa por desapercibido, sé que él se preocupa por mi bienestar.

Asiento, él mira a Isaac antes de salir del cuarto.

—Yo no la maté y te ayudé porque a pesar de todo yo sí la quise, antes de todo, el jueves fue el último día que la vi.

—¿Entonces por qué no me dices que estabas haciendo el viernes? —Mi voz sale acusatoria.

Su cara se oscurece.

—Estaba con mi mamá.

—Que conveniente —susurro.

—Jones, estaba con mi mamá en su quimioterapia.

Mi corazón se detiene, levanto la mirada, en sus ojos veo el dolor.

—¿Qué? —Es lo único que sale como un susurro casi inaudible.

—Mi mamá tiene leucemia, la acompaño todos los viernes a sus quimioterapias, yo necesitaba este dinero para pagarlas, pero yo no la maté.

Eso no tiene sentido, por qué pagaría él por las quimios si es millonario, ve la confusión en mi cara y continua.

—Mi papá y mi mamá se conocieron en el hospital, mi papá era un paciente y mi mamá como enfermera lo atendió —dibuja una sonrisa triste—, se enamoraron, yo nací, todo iba bien —la sonrisa desaparece tan rápido como llegó—, luego empezaron las peleas y terminaron, nunca estuvieron casados, mi padre se quedó conmigo y mi madre estuvo de acuerdo, ella me dijo que era lo correcto, que ella no me podría dar la vida que yo me merecía, siempre la visité, luego descubrimos que tenía cáncer, mi papá se negó en pagar la quimioterapia —ríe falsamente, sus ojos están aguados—, dijo que su deber era conmigo no con ella, se negó a darme plata para ayudarla, ni un centavo de su bolsillo saldría para ayudarla.

—¿El dinero que usaste en el bar, la noche que fuimos, era tuyo? —pregunto suavemente.

—Sí... yo ahorré todo lo que pude, todo lo que ganaba de las estafas iba para una cuenta que abrí para ella.

No supe qué decir, se me hizo un nudo en la garganta, mi pecho dolía, sentí una presión.

—¿Sabes qué es lo peor? —pregunta riendo de nuevo, una risa de dolor—, yo tengo una cuenta de banco que mi papá me hizo, él monitorea cada centavo que saco, cada transacción, si intentara pagar con esa plata él se enteraría, puede ser que sea a mi nombre, pero él la maneja, él aprueba todo el dinero que sale de ella, sé que abrió la cuenta para satisfacerme, él es mi padre y se lo agradezco, pero —su voz sale rota—, fue más como tortura, todo ese dinero y no lo puedo usar para mi mamá.

Me quedo congelada en mi lugar, analizo la información, «confió en él».

—Lo siento.

—¿Por qué?

—Por no confiar en ti. —Doy un paso al frente, él no se mueve, así que camino hasta que estamos frente a frente, tomo su cara en mis manos, lágrimas escapan de sus ojos, las seco con mi pulgar—. Y lo siento por tu mamá.

Su dolor me llega, es la primera vez que lo veo tan vulnerable, siento la necesidad de querer que no le duela, aunque sepa que no es posible, me lastima verlo de esta manera, lo abrazo esperando poder ayudar un poco, él me abraza de vuelta, escondiendo su cara en mi cuello, sus lágrimas caen en mi hombro, paso una mano por su espalda, mi otra mano se mueve pasando los dedos por su pelo intentando consolarlo, su respiración calienta mi cuello, intento no llorar por todo lo que le pasó, nos quedamos así por un buen tiempo.

—Confío en ti —susurro.

Él levanta su cabeza sin romper el abrazo, sus ojos aún están rojos, acerca su rostro al mío, su respiración acaricia mi cara, nuestras respiraciones se mezclan, no tengo tiempo para reaccionar cuando estampa sus labios sobre los míos, en el momento que sus suaves labios tocan los míos pierdo la noción de lo que estoy haciendo, respondo el beso, primero son movimientos suaves y cariñosos, nuestros labios moviéndose en perfecta sincronía, hundo mis dedos en su cabello, el beso se vuelve rápido y lleno de deseo, ¿qué estoy haciendo? Él es el exnovio de mi difunta mejor amiga, hace segundos lo estaba acusando de asesinarla, pero no puedo evitar lo bien que se siente besarlo, «no, esto no está bien».

Me separo, doy unos pasos hacia atrás, él me mira confundido, sus labios rojos por el beso, nuestras respiraciones aceleradas.

—No vuelvas a besarme —digo intentando estabilizar mi respiración.

Él se me acerca de nuevo.

—¿Por qué no, Madeline? —pregunta con voz ronca.

—No está bien —susurro.

Justo en ese momento para mi gracia entra Alex con su celular en mano.

—Oigan, voy a pedir algo de comer ¿quieren?

Nosotros no decimos nada.

—¿Están bien?

—Sí —contesto.

Isaac no mira a Alex solo a mí, me abrazo a mí misma como si me protegiera de lo que siento ahora.

—Pediré una pizza, Madd. ¿De pepperoni?

Asiento, intentando actuar normal.

—De acuerdo —dice mientras que marca el número saliendo.

Mantengo mi mirada en el suelo.

—¿Te puedo hacer una pregunta? —Me atrevo a hablar.

—Adelante. —No sé si está enojado, su voz no me dice nada y su expresión tampoco.

—¿Qué hacías? ¿Cuál era tu participación en las estafas? —Levanto mi cabeza para mirarlo.

—No cambies el tema. —Me sorprende cómo esboza una sonrisa.

—No cambies el tema, TÚ.

—Bueno, Alisha miraba las cartas disimuladamente y teníamos un sistema de señas en donde ella me decía que tal estaban los otros jugadores, si estábamos por perder sacaba una carta de mi manga que me haría ganar, me ganaba el dinero. A veces hacíamos estafas tontas, me integraba en un grupo de caballeros de buen dinero y apostábamos a que no me podía ligar a la mesera, claro que yo ganaba porque la mesera era Alisha, eso es una de las muchas cosas que hacíamos. Alisha a veces repartía las cartas y me favorecía.

Entiendo lo que me dice, lo que no entiendo es cómo las cámaras no los captaron a ambos, recuerdo que él me había dicho que las manos de Alisha era agiles, pero no soy tan ingenua como para pensar eso realmente, solo decidí pasarlo por alto, ahora es mi oportunidad de preguntar, cuando abro mi boca algo me hace clic en el cerebro.

—Edgar sabía de sus estafas —afirmo.

Él me mira con sorpresa, como si no esperara que yo adivinara eso, lo asumo porque vi a Edgar, vi cómo habló de Alisha siendo muy buena, vi cómo odiaba a Isaac, él es el dueño del local, la única manera que esas estafas pasaran por alto sería que él estuviera enterado o hasta involucrado.

—Sí —contesta Isaac saliendo de su sorpresa—, cuando yo me uní a las estafas él no estaba muy feliz que digamos por dividir las ganancias en tres, pero lo permitió, Alisha puede llegar a ser muy persuasiva, aun así, Edgar me tiene resentimiento, es un hombre muy codicioso

Tiene sentido, siento que hay algo que estoy olvidando revisar, necesito pensar como Alisha…

Mi mente no había visto la posibilidad de que Alisha escondiera cosas en su decoración, es posible, no lo he tocado lo que me llevé, lo único que revisé fue el álbum, no tuve la fuerza para revisar lo demás, voy al armario.

—¿Qué estás haciendo? —pregunta él.

Cojo la caja donde había guardado todo, la saco y la pongo sobre la cama, respiro profundo antes de quitar la tapa.

—Son las cosas de Alisha.

Él no dice nada, saco las cosas, la nostalgia me invade, la ignoro intentando no llorar, saco el álbum, el libro favorito de Alisha, más libros, un cofre que le había regalado para su cumpleaños, reviso el cofre primero, lo abro sabiendo lo que va a estar adentro, pegado en la tapa por dentro tiene una foto de ambas en unos trajes azules frente a la casa, me quedo mirando la foto hasta que siento la mano de Isaac en mi hombro, lo miro, él seca con su pulgar delicadamente la lágrima que no noté que me salió, vuelvo mi atención al cofre, tiene unos anillos, nada importante, paso a revisar todos los libros, Isaac me ayuda, ojeo cada página en busca de algo, no encontramos nada, por último, su libro favorito, paso mis dedos por la portada de tapa dura, cierro los ojos por un segundo, mi memoria viaja fácilmente.

Alisha está sentada al lado de la ventana leyendo un libro, la miro, su perfil está iluminado por el amanecer, la luz ilumina su cabello castaño, una sonrisa baila en sus labios mientras lee entretenida.

—*¿Qué lees?* — *pregunto, aún sentada en el escritorio haciendo mi aplicación para la universidad.*

Ella sonríe mostrando sus blancos dientes.

—*¿Qué crees?*

—*¡¿De nuevo?!*

—*Sí, que te puedo decir* —*se lleva el libro dramáticamente al pecho*—, *creo que estoy enamorada.*

Yo río mientras ella muy feliz me interpreta su escena favorita revoloteando por toda la habitación.

Abro los ojos y el libro, ojeo las páginas, solo encuentro post-its con anotaciones, nada fuera de lo normal.

—No hay nada —suspiro y me tiro a la cama tapándome la cara con las manos—, de verdad pensé que habría algo.

No sé qué pensé que encontraría, miro a mi lado, la caja y los libros regados a mi laso, si yo fuera Alisha… yo.

—Oh. —Me siento rápidamente, tomo el libro favorito de Alisha de nuevo.

—¿Qué pasa? —pregunta Isaac confundido.

Abro el libro, como es de tapa dura cuando se abre tiene un hueco en la espina, miro por él, *o sí*. Me paro, voy al baño y busco mi pinza de sacar cejas, salgo del baño con ella en la mano, estoy sonriendo, Isaac no entiende nada de lo que está pasando, pero igual me da una sonrisa con el ceño fruncido, tomo el libro, con la pinza despego la cinta adhesiva que está pegada en la hueco de espina, cuando lo saco lo veo, en la cinta está pegada dos cosas, un USB chiquito y una tarjeta SIM, Esto responde mi duda: «¿Cómo es que la policía no vio los mensajes de Alisha a Elías si revisaron el celular?». Así.

Voy al escritorio y enciendo mi computadora, meto el USB, me muestra un archivo, no sé qué es, pero el nombre en él me deja helada, «qué carajo».

—Pruebas en contra de William Morales —leo en voz alta.

CAPÍTULO 16

No entro al archivo aún, miro a Isaac, que está igual de impactado que yo, esto solo puede significar algo.
—William Morales era el misterioso que Alisha chantajeaba —digo en voz alta.
Tiene sentido, William Morales es el jefe de la investigación, recuerdo cómo intentó llevarse la caja, él no sabía que el USB estaba aquí, pero sí sabía que eran las cosas de Alisha, él quería encontrar esto, como detective revisó la casa de Alisha y no pensó en los libros.

Lista de sospechosos:
Edgar
Elías Sanderson (Sander)
William Morales
Isaac

Mi cabeza definitivamente va a explotar, entro al archivo, Isaac por arriba de mi hombro, entro al archivo sin saber qué esperar, son transacciones para William de nombres que no logro reconocer, son transacciones viejas, voy al internet para buscar uno de los nombres, «¡Oh!, esto si le da una motivación para matarla», el hombre que busqué era un empresario que fue acusado hace años por lavado de dinero, pero fue liberado por falta de pruebas, «falta de pruebas».
—Me tienes que estar jodiendo —digo sin poder parar de reír a carcajadas—, me estás diciendo que lo único que tenía que hacer era sobornarlo.

—¿Qué?
—El bastardo acepta dinero a cambio de manipular o perder evidencia.

Paro de reí y todo lo que queda es rabia.

—Él va a pagar por lo que hizo.

—No sabes si la mató —me recuerda Isaac.

—Es cierto, pero este archivo es suficiente para que vaya a la cárcel.

Me levanto, camino de un lado al otro, necesito aclarar mi mente, esto es más de lo que pensé.

—¿Qué haces?

No respondo, cierro los ojos sin parar de moverme por el cuarto, ¿cómo Alisha consiguió esto? No es posible, la única manera de tener esto es que ella hubiera visto la computadora del Morales, ¿por qué haría ella eso? No tiene sentido, nadie despierta y decide husmear en la computadora de un detective y aparte de todo haber sido exitosa, pero ¿por qué lo escogería a él? Me refiero, no es como si ellos se conocieran, la mayoría de las transacciones están hechas hace… me detengo en seco, abro los ojos.

—Ocho años.

—¿Qué? —pregunta Isaac confundido.

—Ocho años, la última transacción de ese archivo fue hecha hace ocho años.

Isaac me mira aún sin entender a qué me refiero.

—El papá de Alisha era policía, murió hace exactamente ocho años.

—Alisha debió de haber encontrado el USB de su papá.

Asiento.

—Ella siempre iba al ático para ver las cosas de su papá, debió de encontrarlo entonces.

Para este punto creo que Alisha o era una persona con un deseo de muerte o una maníaca por el dinero porque meterse con un policía es muy peligroso, hasta hacerse metido con Elías es peligroso pudo haber contratado un sicario, con la cantidad de dinero que le dio a Alisha no creo que le hubiera sido difícil pagar uno, Edgar es el que menos pienso que lo haya hecho, con ella muerta él no recibiría su dinero extra, lo descarto, todo se reduce a dos sospechosos, «por ahora».

—Debemos de interrogar a Elías primero y luego enfrentar a Morales, ya tengo un plan para eso. —«Uno muy, muy peligro», me abstengo de mencionarlo.

—Madeline, hay que ir con calma, esto es algo muy delicado, hay que pensar con la cabeza fría si queremos que las cosas salgan bien.

—¿¡Crees que no sé eso?! Estamos tan cerca.

Isaac se me acerca y pone sus manos en mi hombro.

—Lo sé.

—Necesitamos pruebas de que Alisha chantajeaba a William.

—La tarjeta SIM— susurra, mientras la despega del pedazo de cinta al que seguía adherido, toma su celular y sin hesitar saca su tarjeta para remplazarla con la que encontramos.

—¿Qué estás haciendo?

—Creo que es tiempo de agendar nuestra pequeña reunión con Elías.

Obviamente no podemos ver las conversaciones viejas, pero tener esta tarjeta significa que implicaría imponer más miedo en Elías, Alisha le escribía a él con el número de esa tarjeta, así que ya me imagino el miedo con el que se encontrará cuando le llegue una notificación de una muerta que le escribió.

Lo veo conectar el celular a mi computadora, descarga el video que guardé de la cámara de seguridad en donde se ve claramente Alisha y Elías y lo manda junto a otro mensaje.

"Sé de ti y Alisha, nos vemos en el cementerio donde está ella, si no, este video sale a la policía".

Camino inquieta por la habitación esperando una respuesta, después de aproximadamente diez minutos llega una respuesta.

"¿Quién eres?".

Que pregunta más estúpida, claramente no le vamos a decir y él debería de saber eso.

"¿SÍ O NO? Responde o el video se enviará".

No responde, miro a Isaac que no se ve nervioso.

— ¿Por qué no estás nervioso? Este es tu tío.

—Sí, pero ahora esto no es solo sobre quién mató a Alisha, como tú misma lo dijiste también es sobre mi tío y si puede ser un asesino o no. Que me ponga nervioso no va a hacer que la respuesta llegue más rápido —dice con una voz calmada.

Justo cuando iba a abrir la boca para responder el mensaje llega. "De acuerdo, ¿Cuándo?".

Sé que no va a escapar, la curiosidad mata al gato, va a querer saber quiénes tienen una copia del video que podría hacer que terminara en la cárcel, mandamos la hora y día de la reunión.

—Voy abajo —le digo antes de salir sin esperar respuesta.

Estar solo con él ahora no es una buena idea.

Me siento junto a Alex en el sillón intento distraerme viendo lo que fuera que estaban dando, es difícil ya de por sí sin contar a Alex que para de mirarme, suelto un suspiro y me volteo a él.

—¿Qué?

Sonríe.

—Así que se besaron —afirma, no pregunta.

Me quedo atónita, estoy a punto de preguntar cómo sabes, cuando él como si viera la pregunta en mis ojos contesta.

—¡Oh, vamos! ¿Crees que no noté los labios hinchados y las respiraciones aceleradas? ¡No estoy ciego, Madeline! —continúa asqueado.

Me tapo la cara con las manos mientras él ríe.

—Solo fue un beso, no puede ser más, terminó lo que sea que fue eso —bufé.

—Claro, claro —se burla.

—Estoy hablando en serio.

—Donde fuego hubo cenizas quedan.

—Pues las aspiro.

Él se ríe a carcajadas por mi comentario estúpido y no puedo más que unírmele, hasta que Isaac entró a la sala y nos miró extrañado.

—¿De qué hablan?

Alex intenta parar de reírse.

—Nada —contesto reprimiendo una risa.

Ya no sé si aguante y, al ver a mi amigo intentar no reírse, termino riendo más.

—Madeline. —Intenta Alex hacer que pare porque está a punto de estallar en risa él también.

Isaac se sienta a nuestro lado sin entender nada, se ve adorable con el ceño fruncido.

—Son raros —murmura.

Lo cual solo empeora el ataque de carcajadas y al final sin entender nada también empieza a reírse, es la primera vez en la que me sentí feliz después de su muerte, Alex es mi amigo y Isaac... Bueno, Isaac es algo, después de eso hablamos un rato y coordinamos qué pasaría exactamente con el tema de Elías, Isaac desapareció para cuando mis padres llegaron y pronto Alex también, dejándome sola en mi cuarto divagando en lo que haríamos mañana.

«Mañana interrogaremos a Sander».

CAPÍTULO 17

Hoy no es un día bueno, mi madre pensó que era buena idea ir al psicólogo justo hoy, sabía que iría a uno, solo no esperé que fuera tan pronto, no estaba mentalmente preparada para darme cuenta que tendré que abrirme a un extraño y es una idea que no me apetece, lo único que me tiene en parte eufórica y nerviosa es que hoy es el día en el que interrogaremos a Elías Sanderson, nuestro profesor de literatura, tío de Alex y Isaac, o recientemente desenmascarado como Sander, cabe resaltar que al parecer era más amistoso de la cuenta con mi difunda mejor amiga, la cual resulta que no era la persona que creí que era, la tenía pintada en un altar, era mi familia, no quería que lo que descubrí afectara como la veía, pero ya es tarde, puedo decir oficialmente que no la conocía realmente, no quiero admitirlo en voz alta, lo haría más real, me gustaría gritar que la odio, «no puedo», la amo, a pesar de todos los descubrimientos, la amo como una hermana, o al menos amé la pantalla que ella me mostró.

Hoy Alex solo me llevó a la escuela y mi mamá me recogió para ir con el dichoso psicólogo.

—¿Tengo ir? —pregunto con esperanza que escuchara la suplica en mi voz.

Me mira mal.

—Madeline, es por tu bien.

Suelto un suspiro cerrando mis ojos, intentando calmarme, pasamos el resto del viaje en silencio. Llegamos a un edificio alto y blanco, entramos, es un lugar agradable, subimos al elevador para ir al último piso, el piso 10, mi mamá me deja en la puerta.

—Te amo —me susurra mientras depositaba un beso en mi frente.

Por más que no quiero estar aquí respondo con mi mejor cara, sé que mi mamá hace esto porque lo cree como lo mejor.

—Y yo a ti —digo con una sonrisa forzada mientras abro la puerta a mis espaldas.

Al entrar el olor a lavanda invade mi nariz, las paredes son blancas, con algunos cuadros en tonos azules, hay un escritorio de madera blanca al fondo de la habitación, llena de papeles bien organizados en pilas, un sillón azul oscuro y frente al sillón, un señor con cabello café, ojos caramelos y una sonrisa blanca, me recibe.

—Hola, Madeline. —Su voz es suave.

Es un señor que se ve que es un poco mayor que mi mamá, vestido con una camisa celeste y unos pantalones negros, se ve muy elegante.

—Hola —saludo casi en un susurro.

—Mi nombre es Marc Quiston, pero llámame solo Marc, si así lo prefieres claro.

Me esfuerzo en no mostrarme nerviosa, me pide que me siente en el sillón y así lo hago.

—Así que, cuéntame. ¿Tienes alguna persona cercana como tu apoyo emocional? Esta situación es algo que no deberías pasar sola.

Podría responder Isaac, pero por obvias razones mi respuesta es…

—No realmente, solo mi amigo Alex, mi mamá lo contrató para cuidarme, pero aún no me siento cómoda hablándole sobre lo que pasó.

Y es cierto, no he hablado con Alex de ella, la única vez que hablamos del tema fue cuando él vio una foto de Alisha, en cambio con Isaac sí, me abrí con él una vez.

—Entiendo. ¿No tienes algún familiar? —continúa insistiendo.

—Sinceramente nunca he hablado con la familia de mi mamá, ya que viven del otro lado del mundo, los de mi papá viven un poco más cerca, igual no me siento abierta a hablarlo con ninguno de ellos, sé que son mi familia, pero… —suspiro—, no sé cómo explicarlo.

—No te sientes cómoda ni en confidencia con ellos, no son tus mejores amigos.

Asiento, me hubiera gustado que fuera una mentira, me llevo bien con mis primos y tíos, tal vez simplemente sea porque no los veo lo suficiente.

—Alisha lo era —sigue.

Me tenso al instante, sabía que esto iba a algo, por algo me trajeron.

—Ella era tu mejor amiga, te abriste a ella y la perdiste, ¿cómo te sientes al respecto?

¿Esto era un chiste? ¿Qué cómo me siento al respecto? Se me hace un nudo en la garganta.

—Triste —contesto sabiendo que no será suficiente, si me pone a hablar más allá de eso es probable que me ponga a llorar.

—¿Triste? No puede ser solo eso, la viste morir. ¿No es así?

No respondo.

—Viste a su agresor.

«¿Agresor?»

—¡A su asesino! —grito sin poder evitarlo.

El odio corre por mis venas, él ignora mi comentario y sigue hurgando la herida.

—¿Y qué hiciste cuando lo viste? ¿Nada? La viste morir y ¿solo te sientes triste?

Me levanto de un salto, las lágrimas escapan de mis ojos sin poder evitarlo.

—¡No! No solo triste.

—¿Entonces cómo?

Me paso la mano por la cara frustrada

—¡Culpable! ¡Ese desgraciado estaba frente a mí y no pude hacer nada! —Mi voz se rompe—. ¡La extraño! ¡La amaba como mi propia sangre!, ¡solo quiero despertar de esta pesadilla y ver que ella esté junto a mí! ¡Lo cual no va a ser posible porque no la pude salvar! ¡Y sobre todo estoy enojada!

—¿Con quién? –pregunta con voz suave.

—¡Con ella! ¡Me prometió estar conmigo siempre, éramos ella y yo contra el mundo! ¡Enojada con su asesino que le arrebato la vida y el futuro! ¡Ni siquiera pude despedirme de ella! ¡No pude decirle cuánto la amaba! ¡No le pude decir todo lo que significaba para mí! ¡Ella era mi única amiga! ¡La única que me hacía reír a carcajadas, a la que le confiaba todo! ¿¡Qué se supone que hago ahora que no está?! —Me tapo la boca sin creer lo que acaba de salir de ella.

Me lo llevaba guardado por tanto que dolió decirlo en voz alta.

—Casi todo el mundo piensa que la maté, su mamá no me quiere ni hablar —continúo ahora mi voz en un susurro.

Me respiración está descontrolada por los sollozos.

—Está bien —asegura—, sentirse como lo estás haciendo, te duele, pero no olvides que lo que le pasó a Alisha no es tu culpa.

El resto de la sesión no fue tan mal, sequé mis lágrimas, me paré recta y me compuse, hablamos sobre lo que pasó ese día, no solté ni una sola lágrima más, las guardé para cuando estuviera sola en mi cuarto y no ocupada investigando el asesinato, que es mi prioridad.

Me despido de él y salgo del cuarto, mi madre me esperaba ahí, como algo normal, me pregunta cómo me había ido, le digo que bien sin ningún otro detalle, se supone que lo que pasó en esa habitación era algo que no saldría de ahí.

Lo que hicimos en la casa de Alex nos ayudó mucho, aunque no lo parezca, ya tenemos suficiente información para no ir completamente a ciegas al interrogatorio, lo suficiente para que parezca que nosotros manejamos las cartas, cuando en realidad no sabemos ni la mitad de lo que se encuentra en ellas.

Tenemos pruebas de manera que podemos chantajearlo, tenerlo en nuestro poder, tenemos todo para que se sienta enjaulado, nadie nunca lo tuvo como sospecho, digo «¿por qué lo harían?». Pero esto cambia todo y eso nos da la ventaja.

Cuando llegamos a casa me voy directamente a mi habitación, espero con ansias la noche, Alex no sabe lo que vamos a hacer, solo le dijimos que nos avisara cuando Elías saliera de la casa, alrededor de las 1 am Isaac llega, salgo por la ventana, no hablamos, solo nos limitamos a caminar hacia su moto.

Llegamos al cementerio, no nos hablamos mientras pasamos por las lápidas, necesito que obtengamos más pruebas, unas que sean válidas para la policía, grabaremos la interrogación que le hagamos, pero si descubrimos que es culpable la enviaremos como anónimos, de alguna manera en la que no rastreen nuestra localización, el problema de todo esto no es eso, sino que creo que hay posibilidades que intenten invalidar la evidencia de la interrogación, alegando que respondió lo que queríamos escuchar por miedo a lo que le hiciéramos, si esto llegara a ocurrir, tenemos los mensajes, el cheque, todo esto incluyendo los videos de seguridad, sería suficiente para poner en evidencia a Elías, lo tendrían que investigar.

Llegamos a los límites del cementerio, donde está el inicio de un bosque frondoso. Nos escondemos en la penumbra, cuando la silueta de un hombre alto aparece, *Elías*, me tenso inmediatamente, aquí es donde empieza lo difícil, miro a Isaac, esta oscuro, pero lo pude ver asentir, dirijo mi vista a la figura de nuevo, siento a Isaac moverse detrás de mí, unos segundos después otra silueta aparece detrás de Elías, con un movimiento rápido Isaac pone el paño en la boca de Elías, él se remueve y forcejea, logra darle un costado en las costillas a Isaac y escucho un quejido leve de su parte, los movimientos de Elías se van haciendo torpes y poco a poco se reducen a nada.

Isaac lo acuesta en el piso con delicadeza, me acerco, Isaac no se mueve, me paro a su lado, miramos el cuerpo tirado, pongo una mano en el hombro, su hombro, él voltea a mí.

—Es hora —susurro.

No sé cómo se siente él, no debe de ser fácil de hacerle esto a tu tío, pero no tenemos tiempo que perder, no me puedo arriesgar a que sus sentimientos personales arruinen esto, no cuando el efecto del cloroformo puede desaparecer, necesitamos amarrarlo ya, después habrá tiempo para preguntarle cómo se siente, tomo la mochila que tenemos y saco las cuerdas, se las paso.

Después de amarrarlo en contra de un árbol, sé que no se va a poder escapar, Isaac lo amarró enrollando la cuerda por su dorso alrededor del tronco, igual pienso que podría escapar, tomo la iniciativa de terminar yo, tomo el resto de la cuerda y miro a Isaac porque sé cómo se va a ver lo que voy a hacer.

—Confía en mí —le digo mirándolo fijamente con miedo a su reacción—, no le haré daño —susurro.

Él me mira unos segundos antes de asentir.

Me acerco al inconsciente y amarrado Elías, coloco la cuerda alrededor de tronco y lo cierro con un nudo para luego agarrar el resto de la cuerda y amarrarlo en el cuello de Elías, dejándolo lo suficientemente suelto para que pudiera respirar con normalidad y moverse un poco.

—Amarraste su cuello al tronco —susurra Isaac.

—Sí, de esta manera si intenta soltar las cuerdas de su mano se ahorcará y...

—Aunque se desamarre las manos o lo demás, no podría escapar, no se podría soltar ni mover hacia adelante, se estrangularía —termina por mí.

—Sí —digo con la cabeza en alto.

Él me mira sorprendido, no noto nada más, no está enojado ni nada, solo... sorprendido. Isaac me da mi pasamontaña, me cubro el rostro y nos quedamos en silencio hasta que Elías empieza a mostrar señales de estar despertando, tenemos solo un modulador de voz, ya habíamos hablado que yo sería la primera en interrogarlo, así que me pongo el micrófono de diadema que viene conectado al modulador, acomodo la diadema y mantengo mis manos a los lados intentando no ser inquieta, Elías tiene los ojos entrecerrados, paseando su mirada entre Isaac y yo.

—¿Elías Sanderson o solo Sander? —pregunto con mi voz saliendo en un tono grave y un poco robótico.

Él se mueve un poco e intenta mover su cabeza hacia adelante y suela un quejido al notar la cuerda alrededor de su cuello haciendo presión.

—¡¿Qué carajos?! —grita.

No puedo evitar que una pequeña sonrisa se apodere de mi rostro.

—Sander será, así que vayamos al grano, usted tenía una relación con la difunta Alisha Anderson, ella lo chantajeo —afirmo omitiendo que no sé exactamente que tenía en su contra, si usaba un video de sus encuentros, conversaciones por mensaje o fotos—. Tenemos eso muy en claro, ¿qué estaba haciendo usted el día que ella fue asesinada?

—Eso no te importa —jadea intentado ver cómo escapar sin ahorcarse en el intento.

—No sé si te has dado cuenta, pero no tienes poder en esto, responde o los videos de seguridad irán a parar a la policía, no voy a repetir mi pregunta dos veces.

Él se toma su tiempo antes de responder.
—En mi casa.
—Bien, finjamos que te creo la mentira, tenemos el video de seguridad, sabemos que tú y ella tenían una relación.
—Ella sabía que mi familia es rica, quería mi plata, era una maldita.
Evito mirar a Isaac.
—¿Qué tenía ella exactamente en tu contra?
No responde.
—¿Seguro que te quieres hacer el duro? Puedo enviar ya mismo el video a la policía —aseguro amenazante.
—Ella nos grabó, dijo que lo enseñaría a la junta escolar, me revocarían la licencia, podía ir a prisión. —Aprieta los dientes con rabia.
No tengo que preguntar a qué se refiere con que los grabó, Alisha los grabó teniendo relaciones, lo chantajeó y tomó su dinero.
—¿Tienes las grabaciones? —pregunto sin estar segura de la respuesta.
—Después de sacarme toda la plata me la dio, pero no dudaría si la perra tiene una copia.
Isaac me quita de la cabeza el micrófono y se lo pone él.
—¿Desde cuándo tú y ella mantuvieron una relación? —pregunta.
—Ella tenía algo con mi sobrino, después de unos cuatro meses ella me buscó y empezó todo. —No hay ni una emoción en sus palabras.
Traicionó a su sangre y no le importó.
—Vamos a preguntar una vez más. ¿Dónde estabas la noche de su muerte?
—¡Ya les dije! ¡No estoy mintiendo! —Explota—. ¡Estaba en mi casa!
—¿Quién puede corroborar eso?
—Nadie —susurra agitado—, estaba solo.
Isaac asiente, se quita el micrófono y se acerca para susurrarme en el oído.
—Creo que ya terminamos.

No espera a que responda, toma el pañuelo y cubre la boca de Elías con él hasta que queda inconsciente de nuevo. Lo desamarramos en silencio y nos vamos dejándolo ahí tirado debajo del árbol, nos apresuramos a subir al carro.

El punto de esto no fue solo escuchar sus respuestas, grabamos la interrogación como evidencia, en ella sale diciendo abiertamente que Alisha lo extorsionó y eso son razones suficientes para que la policía lo investigue. Tengo que seguir investigando y, en caso de que haya sido él, la grabación va a ir directo a la estación.

No hablamos en todo el camino, me ayuda a subir por mi ventana, ya dentro de mi habitación me atrevo a hablar.

—Tú le dijiste a Alisha de tu familia y que él era tu tío —afirmo.

Él me mira y veo dolor en sus ojos, traición.

—Sí.

—Lo siento —susurro.

—¿Por qué?

—Siento que Alisha te haya engañado, tú estás aquí ayudándome a buscar a su asesino, ella fue horrible contigo y aun así quieres que tenga justicia.

Él se acerca a mí, no retrocedo, está tan cerca que nuestras narices se tocan.

—Por más mala que ella haya sido la quise y no merecía lo que le pasó —susurra antes de darme un beso en la comisura de mis labios—, buenas noches, Jones.

Y así sale por la ventana.

CAPÍTULO 18

Hoy no tenía ganas ni de desayunar, pero mi mamá insistió en que comiera, dijo que no podía ir a la escuela con el estómago vacío y así lo hice, no queriendo repetir mi desmayo anterior.

Voy a la escuela como si nada de lo de ayer hubiera ocurrido, hoy tengo clases con Elías.

No dejo que los miedos me estresen, hoy es un día normal, la única diferencia es que ayer se podría decir que "secuestré" a mi profesor de literatura , las primeras clases son lo normal, a la hora de la clase de Elías me tensó involuntariamente al entrar y verlo ya en su escritorio con la mirada puesta en una hojas, parece que nota mi presencia porque me mira y levanta la mirada, y se encuentra con la mía, yo sigo mi camino, no prestándole atención, al segundo de contacto visual que hicimos, el timbre suena anunciando el inicio de la clase y el profesor Sanderson se para en la mitad del salón.

—Pongan la tarea que les pedí en el escritorio, no hay excusa para nadie, no me interesa que tan ocupados estuvieran por la noche, debieron de ser responsables —dice y no paso por alto ni que me da una ligera mirada, ni la frase llena de una indirecta.

Él sigue la clase como si nada, claro que su mirada se clava como dagas en mi de vez en cuando.

«No, no, no. Lo sabe». Respiro profundo y me enfoco en la clase. El tiempo pasa más lento de lo normal, después de lo que parece una eternidad el timbre suena, justo cuando estoy a punto de salir del salón, el profesor Sanderson decide hacer su movida.

—Señorita Madeline, por favor, quédese, tengo que hablar con usted un momento. —Su voz peligrosamente suave.

Alex y Isaac, que estaban de camino a la salida, desaceleran el paso y me miran detenidamente, asiento con la cabeza sutilmente, ellos captan la indirecta, no sin antes hacerme un pequeño gesto para hacerme saber que estarán afuera esperado. Supongo que ya sé porqué me ha estado echando esas miradas asesinas durante toda la clase. Me paro frente a él, cuando el salón está completamente vacío él es el primero en hablar.

—Sé que fuiste tú, sé todas las cosas que estás haciendo —me dice pronunciando las palabras lentamente—, para, si no quieres que esto termine mal.

—¿Me está amenazando? —pregunto con un tono calmado.

—No, te estoy advirtiendo.

Me río.

—No, yo tengo las riendas, no tú, yo sé lo que hiciste con Alisha —le digo con una sonrisa.

Le pongo la mano en el pecho de manera amenazante, ignorando mi corazón acelerándose.

—¿Qué crees que pasaría si se enteraran que dormiste con una estudiante? Una menor de edad, ¿qué le pasaría a tu carrera? No creo que quieras averiguarlo, le recomiendo que cierre la boca si no quiere que se me escape algo —continúo, no dejo ver ni un rastro de temor.

Me acerco a su oído y susurro.

—Como intentes escapar del pueblo haré que todo el puto país te busque por asesinato, sabes que tengo pruebas —él se tensa, pero sigo con mi amenaza—, a quien crees que le creerán, al profesor que se acuesta con la estudiante o a mí, solo te estoy advirtiendo.

Le enseño quién tiene el poder aquí, Isaac y Alex entran, me separo de Elías sin borrar mi afilada sonrisa.

—Ya sabes —digo firmemente.

Elías se queda congelado, camino no sin antes detenerme cuando Elías tira una última ofensa.

—Eres una maldita zorra.

Suelto una carcajada, miro por encima de mi hombro.

—No. Soy una mujer que sabe lo que quiere y lo consigue.

Salgo sin decir unas palabras más, entro al baño y reviso rápidamente que no haya nadie para verme en este estado, como no había nadie le puse seguro a la puerta antes de salir corriendo para hincarme a vomitar todo mi desayuno en la bacinilla, mi respiración está acelerada mientras me recuesto en la pared del baño, mi estomago revuelto con la imagen de Elías y Alisha, ¿cómo mi amiga pudo haber estado con él? No entiendo cómo llegué aquí, no saber quién realmente es mi amiga ya no me importa, la justicia era mi objetivo, oigo como alguien toca la puerta, no tengo ganas de abrir, pero escucho la voz insistente de Isaac y Alex, me paro con dificultad, intentando estabilizar mis ahora temblorosas piernas, abro sin siguiera ver sus expresiones y me giro hacia el lavado.

—Ponle seguro —susurro.

Escucho el "click", prendo el agua y me la echo en la cara intentando controlar las ganas de vomitar que aún tengo, me enjuago la boca también, suelto un suspiro antes de voltearme a los chicos que no han parado de mirar cada paso que daba.

—¿Qué? —pregunto un poco irritada por el silencio.

—Nada —responde Isaac con los brazos cruzados—, solo queremos saber que te dijo.

—Me "advirtió"—hago las comillas con mis dedos—, que parara de investigar su relación con Alisha y yo lo amenace —suelto como si no fuera nada.

Ellos me miran perplejos.

—Lo amenazaste —repite Alex.

—Lo amenacé —afirmo.

Veo cómo Alex se queda con la boca abierta e Isaac intenta reprimir una sonrisa.

—Bueno, ahora que sabe, solo hay que controlarlo —continúo.

—Creo que Alex y yo podemos con eso, es nuestro tío después de todo.

Asiento, siento cómo el peso de en mis hombros se libera un poco, mi cabeza me duele un poco y siento mi vista borrosa por un segundo, cuando mis ojos logran enfocarse desearía que no lo hubieran hecho, detrás de Alex y Isaac veo al encapuchado, su rostro aún borroso, me tenso enseguida conteniendo la respiración sin apartar la vista, Isaac, confundido, mira detrás de él para luego voltearse hacia mí de nuevo sin entender qué veo, estoy teniendo una alucinación otra vez, pensé que después de la del funeral no tendría más, que solo me había pasado por el estrés o algo así, intento apartar la mirada, pero no puedo, la figura del encapuchado no se mueve, lo recorro con mi vista, me detengo abruptamente soltando todo el aire en mis pulmones al ver el cuchillo ensangrentado que carga en su mano, bajo la vista a mis manos que parecen estar llenas de sangre, escucho un grito que suena a Alisha acompañado de susurros repitiendo "¿Por qué?", pongo mis manos alrededor de mis oídos intentando silenciarlos, "No me salvaste" dice el ultimo susurro

Alex se intenta acercar preocupado, me alejo antes de que me tocara, no despego la vista del encapucho que ahora está apuntándome con el cuchillo, mis ojos se nublan, cierro mis ojos intentando controlar mi temblor.

—No es real, no es real, esto no el real —me repito susurrando.

Un dolor punzante aparece en mi pecho, lo último que necesito ahora es un ataque de pánico, pongo una mano en mi pecho intentando calmarme y respirar, no lo logro, no puedo respirar, el temblor en mis manos se descontrola, no encuentro mi lugar feliz, intento contar, pero no logro concentrarme en los números.

Una mano se posa en mi cara obligándome a abrir los ojos.

—Todo está bien, estás a salvo —me susurra dulcemente, acunando mi cara entre sus manos, secando con sus pulgares las lágrimas que se me escaparon.

Asiento, concentrándome en sus ojos, todo estará bien, pienso intentando controlar respiración acelerada, «sé fuerte». Isaac me abraza.

—No tienes que ser fuerte frente a mí —susurra en mi oído como si me leyera el pensamiento.

Hundo mi cara en el hueco de su cuello, finalmente suelto mi llanto, los brazos de Isaac me aprietan más duro y desliza su mano por mi espalda, después de un minuto me separo de él.

—Gracias por… eso —digo un poco apenada por esta escena.

Alex se nota un poco incómodo, como si intentara fingir que no nos ve.

Me lavo la cara y me la seco, me volteo, ellos solo me miran.

—¿Qué fue eso? —pregunta Alex, noto la inquietud en su voz, haciendo que esboce una sonrisa triste.

Suspiro.

—Lo primero fue solo una alucinación —digo intentando restarle importancia.

—¿Solo una alucinación? —repite Isaac con una mueca de confusión.

—Sí, yo… es la segunda alucinación que tengo, no es nada, lo segundo fue un ataque de pánico causado por alucinar con la figura del hombre que mató a mi mejor amiga, ah claro y las voces —digo todo muy rápido.

—¿Las voces? —Alex abre los ojos como platos.

Genial, ahora pensarán que estoy loca.

—No pasa nada, es solo la voz de Alisha —digo haciendo un movimiento de mano.

—Okay, espera, ¿me estás diciendo que estabas alucinando y escuchando voces? No intentes restarle importancia a esto, Madeline —argumenta Isaac luciendo alarmado por lo que les dije.

—Miren, no hay necesidad de hacer drama por esto, repito, solo me ha pasado dos veces, tal vez sea el estrés o que no he dormido bien —digo no queriendo seguir con el tema.

—Madeline… —continúa él.

—Por favor.

Él asiente.

—No le digas nada de esto a mi madre, ya tengo suficiente con que me mandara a un psicólogo —digo dirigiéndome a Alex.

Él sonríe.

—Claro, no queremos que te envíe a un loquero —se pone la mano en el pecho dramáticamente—, Dios sabe qué pasaría si pudiera ver la tele sin ti como una garrapata que adivina todo lo que pasa o sin que le grites a la película. Ver una película es paz —suelta un bufido—, aburrido.

No puedo evitar soltar una risa corta, agradezco que me haga reír.

—Ahora salgamos de aquí —digo.

Ya en casa subo a mi habitación, tenemos que acelerar la investigación, puedo descartar a Edgar por muchas razones, primero que todo, vi la grabación del viernes, él estuvo en el bar todo el día, en ningún momento se fue y en caso de que hubiera contratado a alguien no tendría sentido, no hay razones para que él la matara, de hecho su muerte podría hasta llegar a ser una perdida, aun cuando Alisha dividía el dinero en tres, dinero es dinero, claro que cuando Isaac y Alisha terminaron el dinero regreso a ser dividido en dos, eran más ganancias para Edgar.

Sabiendo ya todo lo que tenía Alisha contra Elías Sanderson es un sospechoso que no hay que descartar.

El que más se lleva mi sospecha es William Morales, él tiene recursos y es un detective que casualmente está a cargo de la investigación, él se ha esforzado mucho para que yo parezca culpable, no me han llamado más a la comisaria, pero no significa que haya desistido.

Me cambio de ropa, me pongo una falda blanca cómoda y suelta que llega más arriba de mis rodillas y una camisa de color azul y unas botas del mismo color que mi camisa, bajo las escaleras y me encuentro a Isaac y Alex sentados en el sillón de la sala viendo la tele, voltean a verme al escuchar mis pasos, Isaac me mira de arriba abajo, su mirada se detiene en mi cara, viendo fijamente mis ojos, soy yo quien desvía la mirada para encontrarme con la cara de desconcierto de Alex.

—Voy a salir —digo firmemente antes de que pregunte.

—¿A dónde? —pregunta con la ceja enarcada.

—No les voy a decir —contesto secamente—, lo único que tienen que saber es que regresaré como en una hora.

Isaac sale de mirarme a estar confundido también.

—¿Qué vas a hacer? —pregunta.

—Ya les dije —me interrumpe.

—Que no nos vas a decir —termina por mí.

—Exacto.

Suelta un suspiro.

—Solo mantente segura. ¿Sí?

Asiento, Alex voltea a ver a Isaac con el ceño fruncido, pero no espero a que diga nada, porque salgo de la casa, camino hasta estar en un lugar donde pueda pedir un taxi, al hacerlo le digo la dirección. En menos de diez minutos me encuentro frente a la comisaria, William Morales y yo tenemos una conversación pendiente.

Entro y camino hacia donde se encuentra la secretaria.

—Hola, me gustaría hablar con William Morales.

—Él está ocupado por el momento con una investigación —responde sin separar la vista de los papeles de su mesa.

—Dígale que es Madeline Jones.

A la mención de mi nombre la mujer levanta la vista y se da cuenta de quién soy enseguida.

—Claro, ya le aviso

Marca un numero en el teléfono que hay en su escritorio y la escucho hablarle a el detective anunciándole que estoy afuera, no me sorprende lo rápido que aparece.

—Señorita Madeline —dice acercándose a mí—. ¿A qué debo el placer?

—Quería hablar con usted. ¿Tiene tiempo libre para ir a comer? Es importante —le aseguro.

Él me mira durante lo que parece una eternidad antes de responder.

—Vamos —dice mientras abre la puerta por mí.

Aparentando seguridad salgo, lo siento caminar detrás de mí, con su mirada clavada en mi nuca, me volteo abruptamente y él se detiene antes de chocar en contra de mí.

—No vine en carro —comento.

Él entiende lo que le digo y empieza a caminar frente a mí hacia su carro.

—¿A dónde?

Le digo el nombre de un restaurante que no está muy lejos, él abre la puerta por mí y yo entro, en el camino vamos sumidos en el incómodo silencio, y, apenas llegamos, nos dieron una mesa.

—Quería hablar con usted sobre la investigación —digo pareciendo triste.

—¿Sí? —pregunta intrigado.

—Yo... yo siento que alguien me está siguiendo y no me siento segura.

«Dame lo que quiero», pienso, «ojalá esto funci*one*», él pone lo que supongo que es una falsa preocupación.

—¿Hace cuánto sientes esto?

—No lo sé, tal vez una semana después de lo que pasó.

Que empiece el show, lágrimas empiezan a salir junto a unos sollozos, tomo la mano que tiene en la mesa y le doy un apretón.

—Estoy muy asustada —susurro.

Él me regresa el apretón, esto es lo que quiero, que piense que estoy apoyándome en él durante esta situación, lo que me ayuda a conseguir…

—Toma mi número de teléfono personal, escríbeme cuando sientas que esto pasa —dice mientras sin soltar mi mano saca de su bolsillo una pluma y escribe su número en una servilleta.

»… Esto.

—Muchas gracias. —Guardo la servilleta y me seco las lágrimas con mi mano libre—. Y lo siento por siempre comportarme grosera con usted durante nuestras conversaciones.

—No te preocupes, lo entiendo.

—Recordé algo de esa noche, puedo identificar que era un hombre.

Suelto una pequeña información que no es relevante y claro falsa, lo hago pensar que confió en él, que piense que tiene el poder sobre mí. Quiero que crea que soy débil y no capaz de estar investigándolo.

Él asiente.

—Si recuerdas algo más, por favor, no dudes en decirme.

—Sí, detective.

—Llámame solo Will.

Esbozo una pequeña sonrisa que él me responde, en lo que resta del almuerzo él me pregunta cosas de cómo me va en la escuela y eso, admito que es un poco incomodo al principio, pero yo me encargo de que se vuelva una conversación amistosa, se ofrece a llevarme a casa y no me puedo negar porque insiste.

Me quito el cinturón de seguridad y voy a salir cuando él me detiene por la muñeca.

—Si necesitas algo, estoy para ti —me dice mientras sonríe.

Le doy un beso en la mejilla, veo que está sorprendido antes de esbozar una sonrisa aún más grande, piensa que me podrá manipular más fácil de lo que pensaba.

—De acuerdo.

Salgo del carro y entro a la casa, cuando me volteo me encuentro con un molesto Alex y Isaac.

—¿Era ese William Morales? —pregunta Isaac de brazos cruzados.

Asiento y hace lo que menos me espero, suelta una risa, se acerca a mí y me da un abrazo, luego pone sus manos en mis hombros.

—¿Y tú por qué estás tan feliz? —pregunto confundida.

—Sí. ¿Por qué? —pregunta la voz de Alex detrás de él.

—Te conozco, sé que seguramente te estás intentando acercar a él para manipularlo.

Sonrío, me gusta que me conozca.

—Sí —afirmo.

Se lleva una mano al pecho.

—Estoy tan orgulloso de ti, cabeza dura.

Sí, últimamente he estado descubriendo al verdadero Isaac, que le encanta molestarme, por cierto. Le pego en el hombro por llamarme así, lo que hace que solo se ría más.

—Vamos, te mereces escoger la película que vamos a ver hoy.

—Uff, gracias, no puedo más con las selecciones de Alex.

—¡Ey! Mis películas son las mejores —reclama Alex.

—No, no lo son, son muy depresivas, eres masoquista.

—No voy a negar esas acusaciones, solo quiero decir que son arte.

Reímos.

—No es mi culpa que tú y Isaac tengan el mismo gusto en películas, no me sorprende que se entiendan, los dos están mal de la cabeza —entrecierra los ojos hacia nosotros—, no supero que se rieran de una película tan triste —masculla.

Río ante el recuerdo de esto, Alex nos puso una película de romance donde al final uno se sacrifica para salvar al otro, él estaba ya rojo de tanto llorar y en cambio Isaac y yo lo estamos de tanto reír viéndolo.

—Es que fue tan cliché y predecible. —Ríe Isaac.

Le pincho una mejilla a Alex.

—Es que te ves tan adorable cuando lloras.

—Lo sé, soy naturalmente hermoso —dice él, ignorando el sarcasmo en mi voz.

—Claro, tan adorable llorando que hasta se le salían los moquitos al pobre niño. —Isaac lo molesta.

Yo río fuerte.

—La única manera que llore es ver "Star Wars, Episodio III: La venganza de los sith"—llevo una mano a mi corazón—, como arde.

—Duele —confirma Isaac.

Alex nos mira como bichos raros.

—Bueno, bueno, suficiente, me voy a bañar y regreso para que veamos la película.

Subo por las escaleras, no estoy apurada porque hoy mis papás nos dijeron que llegarían tarde, por lo que luego de ducharme podremos ver la película sin apuros, me lavo el cabello, lo seco un poco con la toalla antes de envolverme con ella, camino fuera del baño y me sobresalto al ver a Isaac entrar a la habitación con unas Dalias rojos, son mis flores favoritas.

—¿Qué haces?

—Te había comprado esto.

Me acerco a él y las tomo, son hermosas.

—Gracias —susurro—, ¿a qué se debe esto?

—Quiero que sepas que me gustas… mucho.

Siento que mi corazón se quiere salir, él me mira hacia abajo, lo que hace que su cabello esté en su cara, por impulso se lo quito de. rostro, él se sorprende, bajo la mano.

—Lo siento. No debí de hacer eso, es solo que me gusta que me mires a los ojos cuando hablas, así sé si dices la verdad.

Él sonríe.

—Déjame cambiarme.

Él asiente, yo tomo mi ropa y voy al baño a cambiarme, al salir la habitación está vacía, por un segundo me asusta que se haya ido, sin embargo, luego lo veo sentado en el tejado viendo el cielo, salgo y me siento junto a él, él se voltea y al verme esboza una sonrisa.

—Esto si es muy cliché —se burla.

Río.

—Sí que lo es.

PENA Y MUERTE

Toma mi mejilla, siento el metal frío de sus anillos en mi piel, me besa, suavemente, un beso lleno de emoción, sus labios rozan los míos con movimientos suaves y delicados.

—Te dije que no me volvieras a besar, Gray —susurro contra su boca con una sonrisa en mi rostro, me acerco y le susurro en el oído—, gracias por no hacerme caso.

Dicho eso pongo mi mano en su cuello y esta vez soy yo quien lo besa, nuestros labios se mueven en sincronía, el roce de nuestros labios acelerándose cada vez más, lo que empezó por un beso suave ahora es uno lleno de anhelo, entrelazo los dedos en su cabello, profundizando el beso, siento sus manos ir a mi cintura, atrapo su labio entre mis dientes antes de volver a besarlo con la misma intensidad, su lengua invade mi boca, cuando nos separamos nuestras respiraciones están aceleradas, él cierra los ojos y pega su frente a la mía con una sonrisa jugando en sus labios, me da un beso en la comisura del labio.

Entramos la habitación después de un rato, no me siento culpable de que me guste Isaac, lo cual me sorprende, esto es lo que quiero. Sé que Alisha y él fueron novios, pero la vida es corta y lo que siento por Isaac es algo que no puedo manejar, no voy a pasar todo este tiempo negando algo que ya sé que es inevitable, me gusta mucho Isaac, no sirve que me sienta culpable, no es como si se le estuviera arrebatando a alguien, por primera vez en mucho tiempo me voy a poner a mí misma primero que Alisha, tengo derecho a ser feliz.

Isaac toma mi mano y me jala, nuestros pechos chocan, pone sus manos en mi cadera. Se inclina.

—Quiero ser tu novio —susurra en mi oído.

—Y yo quiero que lo seas— contesto

Él alza la cabeza y me mira a los ojos, sonríe al igual que yo, me abraza levantándome del suelo y me da una vuelta, nos reímos antes de que me deje en el suelo de nuevo, estamos a punto de besarnos de nuevo cuando Alex entra por la puerta.

—¡Oigan! Estoy muy feliz por ustedes, pero ya bájenle a su emoción dos rayitas, no quiero presenciar eso —dice con una mueca.

—¿Nos estabas escuchando? —pregunta Isaac divertido.

—Claro, Romeo, como más se supone que me entere de la telenovela de su romance.

—Chismoso —suelto intentando parecer seria, sin lograrlo.

—Así me quieres —dice mientras vuelve a salir.

Isaac y yo reímos.

—¿Cómo sabías que las Dalias rojas son mis flores favoritas?

—Hice una investigación.

—Con eso te refieres a que Alex te dijo —digo recordando como hace unos días me había preguntado.

—Tal vez lo haya mandado sutilmente a preguntarte.

Sonrío.

—Bajemos antes de que el señorito haga otra aparición —comenta Isaac.

—Sí.

Voy a salir cuando me detiene por la muñeca, me gira y me besa.

—Solo necesito decirlo en voz alta una vez —susurra.

—¿Qué cosa?

—La palabra que afortunadamente ahora puedo decir…

—¿Y eso sería?

—Novia.

Sonrío, poniendo mis brazos alrededor de su cuello, él besa mi nariz, para luego bajar a mis labios.

—¡No me hagan subir con un cubo de agua fría! —Escucho la voz de Alex abajo.

Suelto un suspiro haciendo reír a Isaac.

—Terminaremos esto luego, novio.

CAPÍTULO 19

Me levanto sudando, veo el reloj, son las 4 a.m., mi respiración está entrecortada, siento un miedo incontrolable, miro alrededor de mi cuarto, todo está sumido en las penumbras, aun así logro ver una silueta negra, me congelo, no, no, no, no otra vez, como si mi cuerpo entrara en shock me quedo quieta aún cuando la silueta se me acerca, "PARA DE BUSCAR", escucho una y otra vez.

Supongo eso fue un sueño, no recuerdo lo que pasó después de eso, me levanto de la cama, la sensación de miedo no me deja en ningún momento, reviso la hora y me doy cuenta de que ya es hora de ir a la escuela, me visto, desayuno, bajo, como lo habitual ya Alex está esperándome sentado en el sillón.

Hoy no tengo clases con Elías, lo cual me da un pequeño respiro, cuando toca el timbre, el del receso, voy a la cafetería sola porque Alex me dice que va a ir al baño y que lo espere en la mesa de siempre, claro, ojalá pudiera sentarme también con Isaac, lo cual no es posible, no podemos ser vistos en público juntos, la escuela parece haber olvidado de un momento a otro mi existencia, pero no podemos arriesgarnos.

Intento no estar pensando mucho en Alisha, aún duele, lo entiendo, todo el mundo muere en algún momento, al fin y al cabo el aire que respiramos es prestado, nuestros cuerpos y pertenencias son todas prestadas, la diferencia es que a algunos se las quitan antes, otros son arrebatados, como Alisha, hubiera preferido pasar el regalo del tiempo con mi familia disfrutando la vida, la corta vida, la vida que puede parecer larga, pero no lo es, todo lo que hubiera querido hacer, cantar karaoke, viajar con mi mejor amiga, con Alisha, cómo me gustaría poder olvidar este dolor, ojala pudiera dejar todo esto atrás, «pero no puedo, no lo haré», y sé que aun si resuelvo esto, y sigo con mi vida, no encontraré una mejor amiga como Alisha, «nunca habrá nadie como Alisha».

Soy sacada de mis pensamientos por la persona que menos me esperaba ver, Riley, no me cae mal, de hecho, me parece una persona muy gentil, aun así, me saca de onda que ella se acercara a hablarme.

—Hmm, hola, Riley.

—Hola, Madeline, escucha, sé que Mackenna ha sido una... ¿Cómo decirlo?

—Una ¿imbécil?

Ella sonríe como si le hiciera gracia

—Sí, eso, no vino a decirte que la perdonaras ni nada, solo pensé que deberías saber algo muy importante, Mackenna no tomó las fotos y si ella no las tomó fue alguien más, alguien te está siguiendo—. Empieza a balbucear nerviosa.

—Espera. ¿Qué? ¿Mackenna no tomó las fotos?

—Sí, eso fue lo que dije, estaba enojada por lo que te hizo y hablé con ella, le pregunté que por qué te había seguido, ella me dijo que no te siguió, recibió un mensaje con las fotos y un mensaje que decía "Pruebas de que Madeline mató a su mejor amiga, deberías publicarlo, ella es un peligro para la sociedad" o algo así justo a la teoría que público.

No sabía que decir, ¿qué mierda? La única persona que pudo hacer esto es William, él siempre estuvo empeñado en hacerme la culpable, el detective puede muy bien espiarme, sé por un hecho que no nos siguió al bar, pero en mi casa sí sentí que alguien nos vigilaba, el maldito debió de tomar la foto y las envió a Mackenna sabiendo que yo tenía un altercado con ella, pero ¿cómo supo que Mackenna me odiaba? ¿Pudo haber sido Elías? Fue justo en su clase que pasó eso, tal vez quería estar seguro de que no conectaran nada a él, ¿pero por qué le haría eso a su propio sobrino?

—Gracias, es de mucha ayuda la información.

—Claro —dice un poco incómoda por mi silencio—. Ya me voy, adiós.

—Adiós.

Me quedo mirando la mesa, me sobresalto al escuchar un golpe en la mesa.

—Quiero papas fritas, aliméntame. —Es Alex.

Levanto la mirada.

—¿Estás bien? —pregunta cuando no hablo.

Sacudo mi cabeza para concentrarme, este no es el lugar para hablarle de esto.

—No es nada, si quieres toma las mías, no tengo hambre. —Le ofrezco de mis papas, ya perdí el apetito.

—Definitivamente no estás bien, tú nunca compartes tus papas. NUNCA.

—Solo no tengo hambre —digo intentando poner una sonrisa que sale como mueca.

—Sabes que puedes hablar conmigo, vamos ya para este punto soy tu mejor amigo —dice.

—Este no es el momento, luego en la casa hablaremos.

—Wao, eso sonó como si estuviéramos casados y fueras a pedirme el divorcio —dice en burla y luego serio—, espera, debería advertirle algo a Isaac, que feo de tu parte, Madeline, apenas y le dijiste ayer al muchacho que son novios, no puedes romperle el corazón.

Suelto una carcajada.

—Pelearemos mucho por tu custodia —digo con sarcasmo.

Él sonríe.

—No es eso —digo ahora seria.

—Uff, menos mal, no sirvo mucho para consolar personas.

—Alex.

—¿Sí?

—Sí eres mi mejor amigo.

Su sonrisa se ensancha.

El día pasó rápido, como lo usual, Isaac llega a casa al mismo tiempo que nosotros, bajamos del carro, él está recostado en la puerta, nos acercamos.

—Hola, Jones —dice con una sonrisa.

—Gray.

Sin aviso previo, se acerca a mí y me da un beso corto en los labios.

—Hola, Alexander, que bueno es verte, primo bello —ironiza Alex abriendo la puerta—. Odio estar soltero —bufa.

Río mientras entramos a la casa, en la sala ellos se sientan en el sillón, yo camino de un lado a otro, sintiéndome como un animal enjaulado.

—¿Puedes parar de caminar de un lado a otro? Me estás mareando. —Alex se queja—. ¿Estás bien? Pareces estresada.

Paro.

—¿Cómo te diste cuenta, Sherlock? No lo había notado, solo camino de un lado a otro para relajarme —digo con claro sarcasmo.

—¡Ey!

—Lo siento.

—¿Esto tiene que ver con lo que me dijiste que no podíamos hablar en la cafetería? —pregunta.

Asiento y respiro profundo.

—Riley me dijo que Mackenna no tomó las fotos.

—¿Qué fotos? —pregunta Alex.

—Las fotos de nosotros dos que se filtraron en internet —contesta Isaac por mí.

Alex forma un "o" con la boca al notar de qué estamos hablando.

—Dijo que alguien le envió las fotos a Mackenna por mensaje diciéndole que las publicara para desenmascárame como la asesina de Alisha, junto a la teoría que ella subió con la foto.

—William Morales —susurra Isaac.

—Pensé lo mismo, no estoy segura, ¿cómo sabría él que Mackenna me odiaba? Tuvo que haber visto nuestra pelea en el salón para saber.

—¿Estás diciendo que pudo ser Elías? —pregunta él.

—Estoy diciendo que no estoy segura, cuando todo eso pasó él ni siquiera era un sospechoso, tal vez lo hizo porque supo que podría ser conectado a Alisha y quería que alguien ya fuera culpado.

Ellos se miraron entre ellos, esto debe de ser difícil para ellos, Elías Sanderson siempre será su tío.

—Puede ser —dice Isaac finalmente.

PENA Y MUERTE

Necesito hablar con Alex.

—Isaac, ¿puedes ir arriba? Quiero hablar a solas con Alex un momento.

—Tranquilo, primo, prometo no robártela —dice Alex con una mano en el pecho dramáticamente.

Isaac le pega en la nuca con una sonrisa divertida antes de subir, cuando escucho la puerta de mi cuarto cerrarse me siento en el sillón junto a Alex.

—Sé que esto es difícil, solo quiero pedirte perdón por ponerte en esta situación.

Él me da una sonrisa triste.

—Madd, una parte de mí te está ayudando porque quiere saber que su tío no es un asesino y la otra porque realmente te quiere ayudar, no tienes que disculparte por algo que yo quiero hacer.

Lo abrazo.

—No te pongas muy sentimental, perra, ya sabes que soy blandito —se burla.

Río separándome de él.

—Voy arriba.

Subo y entro a mi cuarto, Isaac está acostado en mi cama mirando al techo con ambas manos detrás de su cabeza, me voltea a ver en cuanto entro, me da una sonrisa ladeada.

Me acuesto encima de él apoyando mi mejilla en su pecho, siento sus brazos rodearme y besa mi cabeza, pongo mi mentón en su pecho para poder ver su cara.

—¿Issac?

—¿Sí, cabeza dura?

—No me llames así. —Lo miro con cara de poco amigos.

Ríe suavemente haciendo que su pecho vibre.

—De acuerdo, Jones —dice, aunque estoy segura que lo seguirá haciendo.

—¿Te puedo hacer una pregunta?

—Ya lo hiciste, cariño.

—Otra pregunta.

Asiente.

—¿Cómo está tu mamá?

Él se tensa.

—¿A qué se debe la pregunta?
—Solo responde.
Suelta un suspiro, él a veces viene a mi casa los viernes, aunque se va temprano para llegar a las quimios de su mamá.
—Está bien dentro de lo que cabe —responde después de un rato—. Aún tengo dinero del bar, pero pronto se acabar, quiero intentar volver a hablar con mi papá, pero no creo que logre mucho.
No puedo hacer nada para ayudarlo, lo cual es frustrante, lo único que puedo hacer es ser su apoyo. Pongo una mano en su mejilla.
—Todo va a estar bien —le susurro.
Toma mi mano, sus suaves labios tocan mi piel, besando mi palma.
—¿Cómo vas con William? —pregunta cambiando de tema.
Me incorporo parándome de la cama, saco mi celular, marco el número de William y lo llamo, Isaac me observa confundido desde la cama.
Al segundo tono responde.
—¿Alo? —Escucho la voz de William.
—Hola, Will, es Madeline.
—¡Oh! Hola. ¿Algo paso? —pregunta preocupado.
—No, no, eso no es por lo que te llamo, solo quería ver si podíamos vernos mañana, hablar contigo me sirvió mucho —miento a la perfección.
El ríe un poco.
—Claro, me parece bien, si me permites decirlo también disfruté de tu compañía.
Suelto una risita que obviamente es falsa.
—Perfecto, escríbeme para que veamos los detalles, nos vemos.
—Adiós.
Cierro, miro a Isaac y le doy una sonrisa ladeada.
—Respondiendo tu pregunta, me va bien.
La suelta una risa.
El día siguiente me vestí lista para salir con William, lista para comenzar un plan que sé que es riesgoso y toma tiempo, primero, me haré su amiga, luego viene lo difícil… Me pongo mis botas altas, un jean negro, una camisa de seda blanca de tiras, sujeto mi

cabello en una cola alta. Me voy en taxi al centro comercial en el que quedamos de ir (obviamente no el mall en el que Alisha murió, no creo poder volver ahí), cuando llego me voy a la heladería en la que me dijo que estaría esperando.

Lo veo yo primero, no voy a mentir, es un hombre atractivo, usa unos pantalones negros y una camisa blanca con las mangas recogidas hasta sus codos.

—Hola. —Le sonrío en cuanto me acerco.

—Madeline, ¿cómo estás? —pregunta con entusiasmo.

—Ahora mucho mejor.

Él ladea un poco la cabeza, dándome una sonrisa, él piensa que me tiene en la palma de su mano. Bien. Tomo su mano, lo cual lo deja con una expresión de sorpresa antes de volver a su sonrisa, lo jalo a la heladería.

—Vamos, necesito helado.

Él ríe encantado.

Mientras comemos helado, charlamos, no es difícil hacer conversación con él, estoy haciendo lo mejor para ocultar mis verdaderas intenciones.

—¿A qué universidad quieres ir? —pregunta.

—No estoy segura, pero sí sé qué carrera quiero estudiar. —No le digo cual.

—Vamos, no te hagas de rogar —dice riendo.

—Psicología —contesto con una sonrisa.

—Interesante carrera.

—Sí, encuentro el pensamiento humano algo de lo que aprendes todos los días, ayudar a las personas a lidiar con sus problemas es lo que quiero, irónico considerando que a mí no me gusta ir.

—No me extraña, siempre fuiste una peleadora.

Río.

—Sí que lo soy, qué puedo decir, no puedo morir sin dar pelea antes.

Y tú morirías en una cárcel de ser por mí, así que prepárate…

CAPÍTULO 20

Ya han pasado aproximadamente tres semanas en las que he hablado con William varias veces todo como si fuéramos buenos amigos, he ido al psicólogo algunas veces, pero no hablo como lo hice el primer día que fui, solo le cuento cómo me fue mi día, omitiendo los obvios detalles de mi investigación y mis tardes con mi novio.

Hoy decidimos descansar de la investigación, lo cual agradecí, yo estoy sentada en el sillón leyendo con las piernas encima del regazo de Isaac.

Bajo mi libro y lo miro con el ceño fruncido.

—¿No te aburre que yo esté leyendo y tú no estés haciendo nada? —pregunto un poco apenada, llevamos como dos horas aquí, en mi defensa es un libro muy adictivo.

—Claro que no, me gusta verte leer, te ves adorable cuando de la nada te quedas boquiabierta o le gritas al libro —dice con una sonrisa—, aparte me gusta hablar de tus libros.

No puedo evitar dejar el libro a un lado para abrazarlo, pongo mis manos en sus mejillas sonriendo como una estúpida, lo beso de manera tierna y nos quedamos así por un tiempo hasta que el beso paró de ser tierno, su lengua haciendo roce con la mía, intensificando el beso, nuestra respiraciones se aceleran, él termina conmigo encima, sentada a horcajadas, besándolo y acariciándolo, sus manos en mi cintura, bajo mis labios a su mandíbula dejando pequeños besos, hasta bajar dejando mordiscos en su cuello, él jadea mientras mis manos se deslizan por debajo de su camisa tocando su pecho desnudo, él juega con el borde de mi camisa antes de quitármela, sus manos de mueven paseándose por la desnudez de mi espalda y deteniéndose justo donde está el cierre de mi sujetador cuando escucho un fuerte carraspeo.

—Búsquense una maldita habitación, esta es la sala, inadaptados —se queja Alex.

—Mierda —maldigo.

Me pego a Isaac intentando cubrirme, no llegó a quitarme el sujetador, lo cual en este momento agradezco, aun así, me siento descubierta, obviamente no quiero que Alex me vea así, Isaac al instante me abraza con un brazo mientras el otro toma mi camiseta del suelo.

—Alexander, vete, por favor.

Alex se va sin quejarse.

Me pongo la camisa que Isaac me tiende rápidamente, escucho el grito de Alex.

—¿Ya están decentes? —pregunta.

Estoy irritada de que nos hayan interrumpido, seguimos en la misma posición, pero por lo menos ya estoy completamente vestida.

—Sí —suelto de mala gana.

Por alguna razón me da gracia la cara de enojo de Isaac, se ve tierno con el cabello revuelto y el ceño fruncido, no puedo evitar darle un corto beso en los labios.

—DIOS, ya bájate de mi primo.

Río un poco mientras que me bajo de encima de Isaac.

—Espero que tengas una buena razón para interrumpir —se queja Isaac.

Alex rueda los ojos y se acerca a mí.

—Alguien te mandó flores, las dejé en la encimera de la cocina.

—¿Flores? —pregunto confundida.

—Sip.

Me paro ignorando la mirada de los Gray siguiéndome, llego a la cocina y tomo la tarjeta con la que vienen.

—¿Qué carajo? —pregunto un poco sorprendida.

La dedicatoria dice: Para que tengas un lindo día, Will.

No pensé que esto llegaría tan lejos, esto es perfecto, sonrío sin poder evitarlo.

—¿Por qué sonríes? —pregunta Isaac con el ceño fruncido apoyado en la puerta, Alex detrás de él.

Antes de responder por precaución reviso las flores y el jarrón en el que vienen, si yo fuera él hubiera puedo un micrófono en él, claro que estas flores son comunes, no tiene nada plantado, lo que solo hace que mi sonrisa sea más grande, eso significa que no me considera una amenaza.

—Sonrío porque esto me lo mandó mi querido Will, lo que significa que lo tengo en la palma de mi mano, esto me da la señal que necesitaba para estar segura que puedo proseguir con mi plan. —Mi sonrisa filosa se ensancha pronunciando las ultimas palabra—. Pronto se pudrirá en la cárcel donde nadie lo recordará.

—¡Wao! A veces das miedo —dice Alex pasando a mi lado para tomar agua de la nevera.

—Gracias.

Isaac camina hacia mí e intenta tomar la tarjeta, la pongo detrás de mí.

—¿Celoso, Gray? —pregunto en burla.

—Solo un poco —murmura antes de tomar mi mentón y darme un beso corto en los labios.

—¡Aghhhh! No se pongan melosos delante de mí, Dios, puedo sentir que me va a dar diabetes —canturrea Alex.

Me alejo de Isaac riendo, tomo mi celular y le escribo a William.

"Gracias por las flores, me encantaron".

A lo que enseguida me responde:

"Me alegra que te hayan gustado, preciosa".

Bufo, dejando mi celular a un lado.

—¿Cómo vas con eso de "manejar" a Elías? —pregunto haciendo las comillas con mis dedos—, han pasado semanas y es como si no hubiera pasado nada, no me ha ni dirigido la mirada, lo que sea que le dijeron sirvió.

—Sobre eso —dice Alex rascándose la nuca—, no tuvimos que hacer nada.

—¿Qué? —Lo miro sin entender.

—Sí, bueno, resulta que tu amenaza fue suficiente para él, lo único que le dijimos era que era cierto todo eso de que sabrías si intenta escapar y eso.

—Dime, por favor, que no solo tomaron su palabra y ya, puede que esté trabajando en algo, un plan de escape mientras nosotros bajamos la guardia —digo dudosa.

Isaac sonríe.

—Tranquila, Jones, tu novio pensó en eso, no sé si lo sabes, pero Alex aquí es también rico.

Y como si necesitara confirmación Alex asiente exageradamente.

—Ya sabes que como mi papá se fija de todo lo que compro yo no pude, pero Alex no, él está a la disposición de los millones de mi tío, compramos un rastreador y lo pusimos en su carro, además de eso, Alex aquí revisa la computadora de nuestro tío.

Asiento absorbiendo la información, con el rastreador en su carro significa que si se acerca ya sea a un lugar de renta carros para intentar escapar o ir al aeropuerto lo sabríamos.

—Más te vale que hayas puesto alertas para saber si se acerca a un lugar que le permita escapar, como un lugar para rentar autos o que pasa si va en autobús o en taxi —cuestiono balbuceando.

—Jones, calma. No va a escapar, solo confía.

Suelto mi aire, hay muchas maneras en las que puede escapar, debo apurarme con la investigación de William, aún no sabemos qué estuvo haciendo Elías el día que Alisha murió. Es ahora o nunca, no hay tiempo que perder. Tomo mi celular y me preparo, respiro profundo, Isaac y Alex me miran extrañados, marco el número de William.

—¿Madeline? —responde entusiasmado.

—Sí, yo —rompo mi voz soltando un sollozo, lloro, las lágrimas corren por mi rostro como si fueran reales—, no me siento segura en mi casa, crees que pueda ir a tu casa —mi voz se quiebra—, necesito tu ayuda, sé que probablemente estés trabajando, pero de verdad te necesito.

—Te envió la dirección ya —dice preocupado—, intenta tranquilizarte, por favor.

—Ok— respondo sollozando

Cuelgo, Isaac y Alex me miran con la boca abierta, seco mis lágrimas falsas con una sonrisa al ver cómo me envía la dirección. Esto es lo que quise desde el principio.

—Bueno, chicos, si me disculpan, tengo un lugar a que atender.

Me acerco a Isaac y le doy un beso antes de salir por la cocina.
—En serio a veces me da miedo. —Escucho decir a Alex.
—Esa es mi novia. —Es todo lo que responde Isaac.

Sonrío, voy a mi cuarto a buscar mi navaja por si acaso, unas las pastillas para dormir que le pedí a mi mamá, que me dio pensando que las tomaría para mis pesadillas, las pastillas en un cartucho, las guardo en mi bolsillo trasero, meto lo demás en una cartera.

Salgo de la casa, tomo en taxi y le doy la dirección, al parecer vive en un apartamento.

El edificio es blanco, lindo, alto, en el elevador reviso en qué piso vive, este lugar tiene veinte pisos, William vive en el 18, subo nerviosa, lágrimas cayendo de mis ojos lista para la gran actuación, llego a su puerta y toco, la puerta se abre enseguida, me tiro dándole un abrazo sollozando fuertemente, él envuelve sus abrazos a mi alrededor enseguida, lloro en el hueco de su cuello, él cierra la puerta sin soltarme, me lleva al sillón sentándonos juntos, él toma mi cara entre sus manos, metiendo un mechón de mi cabello detrás de mi oreja.

—Shh, todo está bien, estás a salvo —susurra.
—Lo siento, yo no quería molestarte. —Gimoteo.
—Está bien, ¿qué paso?
—Yo, yo, estaba en mi casa y sentí a alguien mirándome, no estoy loca, de verdad.
—Te creo —asegura.

Lo abrazo y su mejilla se posa en mi cabeza.
—Tranquila, ya estás conmigo, a salvo.

Después de calmarme un poco sonrío apenada, no voy a negar que se ve bien con su cabello rubio desordenado.
—Ya que estoy aquí, ¿crees que podríamos hacer algo? Qué tal ver una película ilegal en tú computadora —le digo con tono burlón.

El ríe.
—Ilegal ¿eh?
—Sip, no es como si la policía fuera a arrestarme —me burlo.

Él se para riendo, toma su computadora y se sienta de nuevo.
—¿Qué quieres ver?
—¿Qué tal uno de misterio? —sugiero.

—Me gusta.

Terminé descargando una película de una página extraña, solo habían pasado como treinta minutos de película cuando la pauso.

—¿Puedo ir a la cocina a tomar algo?

—Sí, sírvete como en casa.

Camino a la cocina, abro la nevera y tomo un jugo de naranja que veo, lo sirvo en dos vasos, saco de mi bolsillo las pastillas, traje solo 4, las aplasto con mi mano, dejándolas pulverizadas, las tiro dentro de una de las bebidas, cuando regreso le tiendo un vaso y me siento a su lado poniéndole play a la película, lo veo tomar al mismo tiempo que yo, después de como diez minutos sé que pronto hará efecto y tengo que hacer ver esto todo natural.

Lo abrazo dándole besos cortos en las mejillas, él ríe.

—Gracias por todo, yo —lágrimas caen—, has sido de gran ayuda en todo.

Él seca mis lágrimas.

—Lo hago con gusto. ¿Terminamos la película?

—Estoy cansada. ¿Crees que pueda descansar aquí un rato? —murmuro.

Él asiente, sin que lo diga dos veces me toma la mano y me lleva a su habitación, me acuesto en la cama mientras él me quita los zapatos, está a punto de salir por la puerta cuando lo detengo.

—No te vayas, no me dejes sola, por favor.

Él me mira, pero no dice nada mientras se acuesta a mi lado y me abraza, mi cabeza descansa en su pecho.

—Duerme, estarás bien, nadie te hará daño.

Cierro los ojos y pretendo dormir, espero pacientemente, al sentir su respiración más relajada espero un poco más, me levanto cuidadosamente de la cama, miro a William que duerme flácidamente.

—Will —susurro en su oído solo para asegurarme.

Lo hago varias veces, como no recibo ningún tipo de respuesta me levanto, lo primero que hago es caminar a la sala, tomo la computadora, la única razón por la quise ver una película era para poder acceder a su computadora, quería que esta permaneciera prendida, igual vi cómo escribía la contraseña y me la memoricé, entro a su correo electrónico, reviso mensaje tras mensaje, nada sospechoso, nada en eliminados. «¿Qué haría yo si tuviera que comunicarme por correo con alguien, pero sin que sepan quién soy?». La bandeja, le daría a la persona con la que quiero escribirme mi correo, le diría que escribiera un mensaje, pero en vez de enviarlo que lo guardara en la bandeja, así cuando yo acceda en la misma cuenta y vaya a la bandeja, encontraré el mensaje. «Bingo». El mensaje es corto.

"Tu solo ayúdame, te quedaste con la plata, es lo mínimo que puedes hacer".

Es todo lo que dice, no hay manera de saber de quién es. Dejo la computadora en su lugar, exploro el lugar lo más rápido que puedo. Reviso los armarios. Nada. Reviso su habitación lo más silencioso que puedo. Nada. Finalmente veo una habitación pequeña y entro, no es una habitación, es una oficina. Hay un escritorio y cajas con la marca de la policía, saco de mi otro bolsillo unos guantes de látex que compré, no puedo dejar mis huellas, de ninguna manera, lo podrían usar diciendo que yo planté evidencia.

Vine aquí por algo en específico, una evidencia que me probara un asesinato.

Mientras que busco, mi vista se oscurece.

Despierto en el suelo de la oficina, no sé cuánto me desmayé, reviso mi reloj, solo un minuto, no tengo tiempo para preocuparme, probablemente fue porque no he comido mucho en el día.

Media hora después y nada, me acerco al escritorio con una leve esperanza, abro todos los cajones, nada sospechoso, llego a uno que no se abre, miro detenidamente y me doy cuenta de que está bajo llave, «mierda, mierda». Tomo unos de mis ganchos de pelo y trato, «no funciona».

Regreso a la habitación, William aún duerme, me acerco a él, revisé cada centímetro de este apartamento, la llave debe de tenerla el, reviso sus pantalones suavemente, estoy a punto de rendirme cuando veo la cadena en su cuello, siempre la usa dentro de su camisa, por lo que nunca noté que una llave colgaba de ella. Al fin. La retiro suavemente de su cuello, ya en mis manos, noto un movimiento, sus ojos entreabierto.

Y de ahí todo se va para la mierda. Lo beso.

Sí, lo beso para que cierre los ojos, mientras meto la llave en mi bolsillo, agradezco haberme quitado los guantes antes de entrar de nuevo aquí, sabía que esto podía pasar y me los quité en caso de que esto pasara. Lo que no sabía era que sus labios terminarían en los míos o aún peor, que me respondiera el beso.

Él toma mis mejillas, moviendo sus labios sobre los míos, cuando nos separamos él tiene una sonrisa, mi estomago se revuelve y me trago las ganas de vomitar. Acabo de besar a un posible asesino y prácticamente acabo de engañar a Isaac.

—Buenas días —murmuro siguiéndole el juego.

Él acaricia mi cabello.

—Pensé que iba a ser yo quien tomara el primer paso —me susurra en el oído.

Puedo sentir cómo los pelos se me ponen de punta.

—¿Sorpresa? —Sonrío.

—Una muy buena —susurra.

Me besa de nuevo, me tumba en la cama, siento su cuerpo encima del mío, luego besa mi cuello, miro al techo conteniendo las ganas de llorar, eso no va a pasar, «yo tengo el control, yo tengo el control, me repito, piensa en algo piensa en algo».

Lo empujo y yo me subo encima de él, «yo tengo el control», le sonrío de manera ladeada, le doy un corto beso en los labios antes de acercarme a su oído.

—¿No quieres tomar una ducha? —Intento no estar asqueada por lo que estoy haciendo.

Beso su cuello, lo escucho suspirar.

—Tal vez me una —susurro contra su cuello, le quito la camisa.

Juro que lo escucho jadear.

«No puedo».

«No puedo».

«Sigue con tu plan».

Me levanto para ver su expresión, me estremezco al encontrar deseo en sus ojos verdes.

—¿Sabes? Tengo una bañera que no ha tenido mucho uso… Hasta ahora.

Río y me paro al mismo tiempo que él, él se dirige al baño que está en el cuarto, yo paro en la puerta y maldigo llamando su atención.

—¿Qué pasa? —pregunta.

—Nada, solo llena la bañera —me acerco y rodeo mis brazos por su cuello—, voy a llamar a mis padres para avisarles que llegaré tarde.

Su sonrisa se ensancha por la insinuación, él pasa su pulgar por mis labios, lamiendo los suyos.

—De acuerdo.

Lo suelto y camino fuera de la habitación controlando mi respiración, debo de ser rápida, me pongo los guantes de nuevo mientras camino a la oficina, rápidamente meto la llave. Parece que mis plegarias son escuchadas porque lo abro y después de revisar un poco encuentro algo que hiela mi sangre. La prueba que buscaba de asesinato que no era para el de Alisha.

Estaba buscando pruebas para el Asesinato de Christian Anderson.

CAPÍTULO 21

Frente a mí la prueba, sostengo el collar del difunto padre de Alisha, el cual casualmente murió en un "atraco" y que casualmente tenía pruebas en contra de William.

Es un collar con un dije de círculo, lo examino, noto una llanura a un lado, este collar se abre, sin embargo, no tiene nada adentro.

Tiene sentido, ¿qué pasa si el papá de Alisha guardaba el USB dentro del dije? Definitivamente cabe, William lo tuvo que haber tomado del cuerpo sin vida de Christian, estúpido de él quedarse con este pedazo de evidencia.

Lo guardo de nuevo, dejándolo en la misma posición en la que lo encontré, lo cierro con llave, guardo mis guantes y entro a la habitación con pasos suaves, la puerta del baño está abierta, camino hacia la camisa de William en el suelo y meto el collar dentro.

Le quité la camisa para que pensara que el collar se había ido junto a ella.

Finjo una cara triste mientras camino al baño.

—Mis papás dicen que no tengo permiso de estar fuera de casa. Después de lo de Alisha están paranoicos —me quejo.

William voltea a verme.

—Tiene que ser una broma. —Veo la decepción en sus ojos.

Pongo una mano en su torso desnudo.

—Ojalá.

Levanto la cara y me encuentro con sus ojos, tomo su rostro entre mis manos.

—Tranquilo —susurro—, te prometo que otro día terminaremos.

Él sonríe.

—Me gusta esa idea.

Recojo mi bolso, él me acompaña a la puerta y me despide con un beso corto. Apenas dejo el edificio, tomo un taxi y cuando me subo es que me permito derrumbarme. Lágrimas esta vez reales salen sin parar, mi respiración acelerada, le digo en apenas un susurro al taxista la dirección de mi casa.

Olvidé mis llaves, así que toco el timbre. «Ábrete ya», suplico, mis piernas apenas funcionan, sé que estoy temblando, para mi alivio Alex abre la puerta, no lo saludo, paso por su lado, tiro mi bolso por cualquier lado y me dirijo la cocina ignorando las miradas en mi nuca. Busco en todos los gabinetes lo que quiero.

—¿Qué pasa? —Escucho hablar a Alex.

Lo ignoro y continúo con mi búsqueda, sé que Isaac y él me miran expectantes esperando que les diga qué encontré. Lo encuentro, los vinos de mis padres, saco el corcho y abro una, quiero olvidar, no me atrevo ni a voltearme, no poder ver a los ojos a Isaac, después de que Alisha lo engañara y ahora yo. No puedo creer que eso haya pasado, estoy asqueada conmigo misma por besar a alguien como William, él es la viva imagen de que las apariencias engañan.

Ya abierta la botella no me molesto en buscar un vaso, tomo de ella. Oigo como Alex suelta un chirrido.

—¡Woah! —Isaac me quita la botella.

Intento tomarla de vuelta, no me deja, no lo miro a los ojos. Miro al suelo, las lágrimas aún corriendo por mi rostro. Ellos no hablan, Isaac toma mi mentón, levanta mi cabeza para que lo vea, pero cierro mis ojos. Me separo de él, poniendo un poco de distancia antes de mirarlo, sus ojos me miran confundidos, ver esos ojos, los ojos de mi novio, solo hacen que sollozos escapen de mi garganta, mis piernas no aguantan más y caigo de rodillas en el frío piso, abrazándome a mí misma.

En un segundo tengo a los dos rodeándome.

—¿Fue él? —pregunta Isaac alarmado.

Respiro profundo.

—Les prometo que les diré todo, solo —gimoteo—, espérenme en la sala, por favor.

Ellos se miran entre ellos antes de asentir, salen y lo primero que hago es tomar la botella de nuevo, le doy un trago, necesito valor para lo que viene. No importándome lo que digan camino a la sala con la botella en mano.

—No, Madeleine, no. No has comido nada en el día, te va a hacer daño. —Alex intenta pararse, pero lo paro con la mano.

—Créeme, lo necesito.

Ambos me miran con sorpresa, me paro frente a ellos, sin embargo, no les veo la cara, mantengo mi vista en la pared.

—Yo fui su apartamento, lo drogué. —Suelto una carcajada triste, abrazándome—. Pensé que todo iba a salir como lo planeado. —Tomo otro trago.

Me quedo en silencio con los ojos cerrados.

—¿Pero? —Se atreve a preguntar Isaac.

Abro mis ojos y lo miro, camino a él y lo sorprendo besándolo, no un beso corto, sino uno fugaz, si este es mi último beso con él quiero recordarlo, recordar sus labios sobre los míos, me separo respirando agitadamente. Ni siquiera Alex abre la boca para quejarse de que bese a su primo frente a él, se limita a mirarme más preocupado de lo normal.

—Pasó algo y el plan se iba a ir a la mierda —balbuceo antes de decir las siguientes palabras con firmeza—, terminamos en su cama besándonos.

Miro directamente a Isaac, sus ojos se aguan, duele, duele ver el dolor que le estoy provocando.

—¿Cómo? —pregunta en un susurro—. ¿Cómo carajos terminaste con él besándose en su cama? —pregunta con dolor, pero sin levantarme la voz.

—Antes que le hiciera efecto las píldoras, le dije que estaba cansada y que quería dormir, le pedí que durmiera conmigo para que no pareciera sospechoso cuando de repente se durmiera, cuando lo hizo revisé el apartamento y encontré una gaveta en su oficina cerrada con llave, me di cuenta que estaba en su cuello y cuando se la quité el empezó a abrir sus ojos y lo tuve que besar mientras escondía la llave en mi bolsillos —cuento con voz temblorosa.

—¿Qué paso luego?

Le cuento con lujo de detalle todo lo que pasó y porqué lo hice. No le cuento aún sobre el correo o el collar.

En cuanto termino Isaac se para, pienso que se va a ir, me equivoco, me abraza fuertemente, lloro hundiendo mi cara en el hueco de su cuello.

—¿Estás bien? —me pregunta.

Lo miro confundida.

—¿No se supone que tú deberías odiarme? —gimoteo.

—Jones, sé que hiciste lo necesario, no te voy a mentir, me duele un poco, pero debió de ser más difícil para ti.

Cierro los ojos, pegando mi frente en la de él y suspiro aliviada.

—Pensé que después de lo de Alisha estarías un poco enojado, yo —me interrumpe.

—Nunca te compares con ella, la diferencia es que tú no lo planeaste, tú estás arrepentida y más que nada me lo contaste, no me traicionaste. —Toma mi cara en sus manos—. Mírame —obedezco, me encuentro con sus hermosos ojos avellana—, tú no me traicionaste, solo hiciste lo necesario y te admiro por tener las agallas de no haberte derrumbado en el mismísimo momento en el que sucedió. Nunca te disculpes por ser lo suficientemente fuerte para hacer lo que tenías que hacer. Solo no lo hagas de nuevo, por favor, te lo pido, mi corazón no podría con ello, no tú —susurra.

Lo beso.

—Lo siento —susurro sobre sus labios.

—Gracias por decirme —susurra él en respuesta.

Escucho un *sniff* detrás de nosotros. Alex está moqueando mientras llora.

—¿Y tú por qué lloras? —pregunto confundida, se me había olvidado de que estaba aquí.

—Es que fue hermoso, no sabía que mi primo fuera así, estoy tan orgulloso. —Lloriquea.

Suelto una pequeña risa al igual que Isaac, Alex se me lanza abrazándome.

—Madd, siempre estaremos para ti —me susurra y lo abrazo fuerte.

Nos cálmanos y les digo que hay algo más importante que les tengo que contar.

—La razón principal de lo que buscaba en la casa de William era algo que me confirmara que él mató a Christian Anderson.

—¿Christian Anderson? ¿El papá de Alisha? —pregunta Isaac impactado.

—Sí. —Suelto un largo suspiro—. Después de que descubrimos lo de los sobornos y cómo el papá de Alisha tenía el USB con el material incriminatorio que acabaría con su carrera en la policía, todo cobró sentido, la noche que Christian murió dijeron que había sido un asalto, nunca encontraron quién lo hizo, pensé en que él lo había matado enseguida, solo necesitaba algo lo confirmara y lo encontré, yo lo recuerdo, él siempre cargaba un collar, hasta tengo una foto donde él lo tiene. El punto es que William lo tenía en el cajón bajo llave, debió quitárselo segundos después de haberlo asesinado.

Isaac asiente absorbiendo mi información.

—Tiene sentido —susurra.

Alex se ve pálido, no lo culpo, haber venido a resolver un asesinato y terminar resolviendo uno de hace ocho años no fue lo planeado.

—Luego está un correo que encontré, no sé si es uno de los sobornos de William o si tiene algo que ver con lo que investigamos. "Tú solo ayúdame, te quedaste con la plata, es lo mínimo que puedes hacer". Eso es lo que decía.

—¿No decía quién lo envió en la dirección de correo? —pregunta Alex.

Les explico cómo lo encontré en la bandeja y no hay manera de saber quién está detrás del mensaje. «Tengo mis sospechas, me las guardaré para mí por el momento». Tomo la botella, tomo un trago sentándome en el sillón y echo mi cabeza atrás cerrando los ojos.

—No fue su culpa. —Escapa de mis labios, el alcohol en mi sistema está haciendo que diga mis pensamientos en voz alta.

—¿Qué? —pregunta Isaac.

Abro los ojos y volteo mi cabeza a él.

—No fue su culpa. Alisha. Ella siempre se culpó por la muerte de su papá.

—¿Por qué haría eso? —pregunta confuso Alex.

Isaac se mantiene en silencio, escuchando lo que tengo que decir.

—Porque nosotras le pedimos ir a la tienda para que nos comprara una donas —una sonrisa triste se expande en mi rostro ante el recuerdo, una lágrima escapando de mis ojos—, estábamos tan emocionadas por hacer una fiesta de pizza y donas, él murió afuera de la tienda. Una parte de mí también se culpó, pero nunca dije nada a nadie. Nadie sabe lo mucho que lloré en las noches porque él murió, él era como un tío para mí, pero me tuve que mantener fuerte por Alisha.

Me paro tomando un trago más largo que el anterior

—No fue nuestra culpa —suelto en un susurro.

Siento a Isaac abrazándome por detrás con su barbilla en mi hombro.

—Deberías subir a descansar.

Asiento, no puedo negar lo cansada que estoy, mis papás llegarán a casa dentro de una hora y todo lo que quiero hacer ahora es dormir. El vino me está pegando tan rápido como me lo tomé. Me suelto de Isaac e intento caminar, pero me resbalo y caigo al piso.

Río a carcajadas por mi estupidez, siento a Isaac agachado a mi lado.

—Estoy bien— respondo antes de que pregunten—, son solo estas tontas botas —me quejo quitándomelas.

—Claro, son culpa a las botas —dice sarcásticamente Alex.

Le señalo con el dedo corazón y él solo se ríe.

Suelto un gritillo cuando Isaac me carga en sus brazos, roso mi nariz en su cuello inhalando su olor a colonia.

—Hueles tan bien —digo soltando una risita estúpida—. No sabes cuántas ganas tengo de quitarte la ropa —le digo al oído, él jadea.

Alex suelta un "Iuugh" porque al parecer escuchó mi comprometedora declaración. «Ok, no tomar más alcohol frente a mi guapo novio porque terminaré diciendo lo mucho que quiero quitarle la ropa».

—¡¿Puedes parar de decir que quieres encuerar a mi primo?! —grita Alex.

Isaac ríe.

—Upps. ¿Lo dije en voz alta?

—Sí, Jones —responde Isaac—. Es lindo saber que me consideras guapo.

—Si no fueras guapo no serias mi novio —digo riendo, estamos subiendo las escaleras.

Me lleva a mi habitación.

—Me siento usado —dice dramáticamente—. ¿Qué hay de mi hermosa e interesante personalidad?

Aprieto su cachete con una mano.

—Sabes que eso también. —Le doy un beso corto en la boca.

Me acuesta suavemente en la cama, me quedo mirando el techo, escucho a Isaac moverse por el cuarto, luego veo algo ser tirado a mi lado, me volteo a ver qué es y lo tomo en mis manos.

—Vamos, anda, tienes que ponerte el pijama —me dice Isaac.

Apoyo mis codos en la cama para poder verlo frente a mí.

—Porque no me la pones tú, Gray —le digo ladeando la cabeza con una sonrisa.

Él solo me mira sacudiendo la cabeza con una sonrisa. Me enderezo sentándome en la orilla de la cama.

—Solo ayúdame. Ayuda a tu ebria novia a cambiarse. Si eres todo un mojigato puedes cerrar los ojitos, así —le digo cerrando los ojos como demostración.

Lo escucho soltar una carcajada. Abro los ojos y lo veo tomar la camisa de mi pijama poniéndola sobre su hombro.

—Levanta los brazos, cariño —me susurra.

Lo hago. Me quita la camisa y veo cómo se esfuerza para no verme en sujetador, lo que hace que me ría, me levanto tomándolo por sorpresa y pongo mis brazos alrededor de su cuello, pegando mi pecho al suyo.

—¿Qué haces? —pregunta divertido.

—Nada —susurro.

Inevitablemente su mirada baja.

—Mierda. —Su voz sale ronca sin separar su vista de mis pechos.

Lo beso, siento cómo lo responde enseguida, con movimientos rápidos, mi lengua se adentra en la suya, siento nuestras respiraciones acelerándose a medida que el beso se vuelve más desesperado, mis dedos se entrelazan en su cabello, sus manos en mi cintura acercándome más a su cuerpo. Estoy tan centrada en el beso que ni me voy cuenta de que estamos caminando hacia atrás hasta que siento el borde de mi cama golpear mis piernas, Isaac se separa de mis labios y pone sus manos en mis hombros para hacerme sentar en la cama de nuevo.

—Estás ebria, Jones, así no —dice dulcemente.

—¿Por qué no? —pregunto con un puchero.

Él se ríe ante mi acción y toma la camisa que me sorprende que no se le haya caído del hombro después del beso que nos dimos. Me la pasa por la cabeza y luego toma mis brazos, terminando de ponérmela.

—Porque cuando pase quiero que estes 100% segura —me dice quitándome los pantalones, colocándome el short del pijama rápidamente—. Listo.

—Pero sí quiero —murmuro.

—Pero quiero que sea inolvidable, lo que se me dificulta si tu cabeza dura está llena de alcohol. Ahora vamos, duerme, tienes que descansar.

No sigo con el tema y me acurruco en mis sabanas, acostada de lado.

—¿Te puedes quedar hasta que me duerma? —pregunto, a diferencia de William, esta vez deseando que Isaac duerma a mi lado.

—Muchas propuestas indecentes hoy, Jones.

Reímos ambos, él se pega a mi espalda y me abraza, noto que pasa la punta de su nariz por la parte de atrás de mi oreja, cierro mis ojos disfrutando de la caricia.

—¿Isaac?

—¿Sí, cariño?

—Te quiero. —No puedo evitar que las palabras salgan disparadas.

Espero a que se asuste y se levante, pero no lo hace, simplemente besa mi cabeza mientras que me abraza más fuerte.

—Yo también te quiero, Jones.

Y así, entre los brazos de Isaac, me duermo.

CAPÍTULO 22

El Fin de semana mis padres me llaman a hablar en la sala, supongo que tiene que ver con que mamá quería que este fin lo pasaremos viendo películas juntos y eso, ya que últimamente me la paso encerrada en mi cuarto trabajando en una teoría que no le he dicho ni a Issac, ni a Alex. Me siento en el sillón, ellos se paran frente a mí, se miran entre ellos como si estuvieran decidiendo quién va a hablar, esto me pone nerviosa, finalmente mi papá lanza un suspiro.

—Madeline, lo que planeamos el fin de semana no se podrá. A tu mamá la invitaron a una conferencia de psicólogos donde puede que se le presente una mejor de oportunidad de trabajo, son dos días, pero llegaríamos el lunes.

Perfecto por mí, me sirve para poner mi plan en marcha hoy mismo. Finjo decepción.

—Está bien, no pasa nada, entiendo —me paro y abrazo a mi mamá—, espero que te vaya bien.

—Gracias, cielo. —Sonríe mi mamá.

Me separo para abrazar a mi papá. Sí, ya me perdonó, no es lo mismo que antes, pero lo intentamos dejar atrás.

—Alex se quedará para cuidarte —dice mi mamá con un tono de advertencia como: "Te van a estar vigilando, no estarás sola".

Asiento.

Media hora después mis papás están subiendo sus maletas al carro y Alex está adentro esperando para "cuidarme".

—Me llamas, Madeline —dice mi mamá entre un tono burlón y serio abrazándome fuertemente.

—Sí, mamá. —Río—, ahora déjame respirar.

Ella se separa y toma mi cara entre sus manos.

—Cuídate —me dice seria, luego sonríe—, no molestes mucho a Alex.

Sube al carro sin más, mi papá me da un beso en la frente.

—Pórtate bien, no seas vaga y cocina, el dinero no crece en los árboles —me dice burlona.

Me pongo una mano en el mentón fingiendo que pienso.

—Bueno… prácticamente el dinero está hecho de papel y el papel viene de los árboles —digo fingiendo ser seria.

—Madeline —dice mi papá entre riendo e intentando ser serio.

—Está bien, papá.

Entro a la casa yendo directo a la cocina, donde sé que Alex estará saqueando la comida. Efectivamente lo está haciendo, ya tiene dos paquetes de frituras.

—Buenos días, estúpido —le digo cordialmente.

—Hola, imbécil —me responde a manera de saludo.

Abre el paquete y justo cuando se lleva una a la boca se la quito y me la como yo.

—¡Ey! Con mi comida no te metas —se queja.

—Técnicamente es mi comida.

—¿La compraste tú? —pregunta con ojos entrecerrados, continúa respondiéndose él mismo—. NO, fueron tus papás por ende es público para todos en la casa. No me pagan suficiente por "cuidarte".

Le doy un puñetazo en el hombro, él se queja, sobándose donde le golpeé.

—¿Y Isaac? —pregunto.

—Muy feo lo del otro día, Madeline Amelia Jones Gómez de Gray, como que quitarle la ropa al pobre Isaac, que atrevida, de veras —dice ignorando mi pregunta.

Me tapo la cara con las manos

—Estaba un poquitoooo -alargo- ebria, tú no debías escuchar eso.

Me quito las manos de la cara, me encanta molestarlo cuando tengo oportunidad, esta es una buena.

PENA Y MUERTE

—Estaba diciendo la verdad. ¿Sabes? ¿Has visto lo caliente que es tu primo? —Me acerco a él que ya tiene un mueca—. Cuando subimos a la habitación él me quitó la camisa y me besó.

—¡CALLATE!, no quiero detalles.

—Y, como mi mejor amigo, te prometo que te contaré todos los detalles de lo que haremos en la noche —lo sigo molestando—, hasta una escala podemos hacer de qué tal lo hizo del 1 al 10.

—¡IUGHHHHHHHHHHHHH! Agh estúpida, no quería imaginar eso. Te diría que me quitaste el apetito, pero siempre tengo hambre —dice mientras se mete una fritura a la boca.

Justo el rey de Roma entra a la cocina, usando un suéter negro ajustado que deja ver bien lo definido de su abdomen marcado, con un short de algodón gris. Camina a mí y antes de que pueda decir algo me toma por la nuca y me besa. Se separa besando mi mejilla.

—Va a ser de 10, te lo garantizo —me susurra al oído.

«Mierda», escuchó la conversación. Aun así, no puedo evitar suspirar ante sus palabras.

—Hola, Alex, ¿cómo estás? Bien, primito, ¿te sientes solo conmigo teniendo novia y besándola cada cinco minutos frente de ti? Pffff. ¿Yo? Para nada, Isaac, gracias por la preocupación —ironiza Alex.

—Hola, Alexander. —Se voltea a saludar a Alex.

—Hoy es el día —les digo con una sonrisa a ambos.

—¿El día? —pregunta Isaac.

—No les dije, pero tengo una buena teoría armada, sobre William y Elías.

—¿Nuestro tío también? —pregunta Alex medio preocupado.

Los miro a ambos, me muerdo el labio nerviosa.

—He tomado una decisión, lo único que tienen que saber es que su tío no ira a prisión, al menos no por mí, no por su asesinato —«puede que por otras cosas», pienso, pero no lo digo—, lo único que hizo fue ser un estúpido que se acostó con una menor de edad y... —No termino la frase.

Ellos se miran confusos entre ellos.

—¿Y? —Me incita Isaac a seguir.

Sonrío y me pongo un dedo sobre los labios indicando que es un secreto, voy a servirme agua sintiendo sus miradas confundidas en mí.

—Recuérdame no molestarla. Nunca —masculla Alex.

Cierro la nevera de golpe, asustándolos, y los miro con ojos entrecerrados.

—Buena suerte con esa, primito —le dice a Isaac.

Isaac solo se ríe.

—Regresando al plan, hoy en la noche me reuniré con William en el parque, necesito que estén cerca solo en caso de… una emergencia.

—¿Define emergencia? —Isaac pregunta preocupado.

—En caso de que se ponga agresiva la cosa —digo encogiéndome de hombros intentando restarle importancia.

Él me mira unos segundos fijamente.

—Madeline. —Isaac comienza, ya sé que está serio porque no me llamó Jones.

Tomo su cara entre mis manos.

—Tengo que hacer esto.

—No tiene que ponerte en peligro, seguro hay otra manera —insiste.

—No, no la hay, por favor, confía en mí, sé cuidarme.

—Eso lo tengo claro desde hace mucho, pero William es otro nivel y lo sabes, es un policía.

No le contesto, solo me quedo mirando sus ojos avellana.

—Sé que lo harás con o sin mí y prefiero que sea conmigo para asegurarme que estés bien —responde finalmente.

Sonrío dándole un beso corto en los labios.

—Creo que me va a dar diabetes, mejor me voy de aquí —dice Alex.

Lo miro con mala cara mientras él sale de la cocina.

—¿Sabes que di defensa personal cuando tenía 15? —le digo a Isaac.

—No sabía. —Me mira con la cabeza ladeada—. ¿Por qué?

—Para poder caminar en la noche sola de regreso a casa, de hecho, fuimos Alisha y yo, fuimos durante dos años hasta que nos sentimos lo suficientemente seguras. —suspiro—, te digo esto para que sepas que de ser necesario puedo poner una pequeña pelea.

Él asiente, espero que entienda que tengo que hacer esto y no intervenga hasta que le diga.

A las 7 pm estoy lista, haré que William vaya a la cárcel, le digo a Isaac que me deje a unas calles del parque, Alex se quedó con él en el carro también, ya les dije lo que tienen que hacer, esperarán mi señal y lo harán. Camino por la acera, ya puedo ver el parque iluminado por los postes de luz, en una banca lo veo sentado, me acerco a paso ligero y me siento junto a él.

«Tú puedes».

Y así, me volteo a William sentado a mi lado con una sonrisa que pronto será borrada.

—Hola, Madeline. —Sonríe.

—Will. —Sonrío también—. ¿Te gustan las celdas?

Él me mira confuso.

—¿A qué se debe esa pregunta?

—A que pronto estarás en una y siento el deber de prepararte mentalmente para ello.

—¿De qué estás hablando?

Río suavemente.

—Will, este es mi momento, guarda tus preguntas para después detective.

Él no dice nada y lo tomo como incentivo para seguir.

—William Morales, el detective estrella, toda tu carrera iba bien hasta que Christian Anderson descubrió que eras un corrupto que aceptabas sobornos a cambio de perder evidencia, toda esa información guardada en un USB que sería entregado a la policía en cualquier segundo, así que lo eliminaste y lo hiciste ver como si hubiera sido un desafortunado robo que terminó en tragedia —puedo ver como William se tensa visiblemente y sonrío más—, viviste ocho años pensando que estabas a salvo hasta que Alisha encontró el USB en las cosas de su padre, te chantajeó y tú la mataste al igual que a su padre. Tu secreto se lo llevaría a la tumba. Cuando estuviste en mi casa siempre me pregunté por qué estabas tan empeñado en culparme a mí. Revisaste mi casa, revisaste su casa, pero no encontraste nada, intentaste llevarte mi caja de las cosas de Alisha, pero no pudiste —suelto una carcajada—, ¿al merced de una adolescente otra vez?

William aprieta su mandíbula.

—¿Qué quieres?

—Ah ah ah, no he terminado Will, te aliaste con Elías Gray. ¿No es así?

Él me mira con los ojos abiertos en sorpresa.

—Siempre me pregunté qué pasó con la plata de Elías del cheque que le dio a Alisha, tú eres un detective, estoy segura que estuviste investigando a Alisha después de que empezara a chantajearte, encontraste la cuenta bancaria donde ella guardaba el dinero que ganaba en el bar y con el chantaje. La asesinaste y planeabas de alguna manera quedarte con su dinero, supongo que ser policía te ayuda, pudiste haberla reclamado como "Evidencia", muy seguramente descubriste el cheque con el nombre de Elías en él y le pediste que mantuviera un ojo abierto en la escuela para vigilarme, él lo hizo. Después de que yo me di cuenta de que Elías mantenía una relación con Alisha, él se acercó a ti asustado de que lo que yo pudiera hacer, te pidió ayuda, cito: "Tú solo ayúdame, te quedaste con la plata, es lo mínimo que puedes hacer". Por eso estuvo tan tranquilo y no ha siquiera intentado salir de la ciudad.

Volteo a ver su reacción.

—Madeline, no debiste de haberte involucrado en esto —dice molesto—. Yo no la maté a ella.

—No te creo.

—Cree lo que quieras, puede que sí haya matado a Christian, pero no tienes pruebas.

—¿Y el collar que tienes en tu cajón?

Él me mira un segundo en shock y luego se ríe.

—Me desharé de él antes de que muevas un dedo. —Sonríe—. Estoy impresionado, Madeline, me acerqué a ti para asegurarme de que no hicieras nada estúpido, no sabía que estabas enterada de mis actividades, pensé que eras inofensiva y que solo estabas en contra de Elías, pero que no harías nada porque te gustaba su sobrino. Ahora que hablamos sin filtros, mi plan era plantar evidencia que te dejara a ti como la asesina, claro que dudé, no te lo voy a negar, caí tanto en tu cuento que en esas semanas llegue a quererte y cuando me besaste pensé que podíamos ser algo —pronuncia dolido.

No tengo tiempo para pensar si solo lo dice para manipularme o lo dice en serio.

Saco mi celular de mi bolsillo y se lo enseño con una sonrisa.

—Empecé a grabar desde "Cree lo que quieras, puede que sí haya matado a Christian, pero no tienes pruebas" —digo mientras me paro y aprieto el botón de enviar.

Esa es la señal, esta grabación le llegará a Isaac que la enviará a la policía y medios de comunicación más el contenido del USB de Christian. No creo que Elías salga tan afectado, pero definitivamente está implicado en otras cosas que tendrá que pagar.

William intenta acercarse a mí para quitarme el celular, pero me alejo.

—Madeline, dámelo, AHORA —grita.

Intenta jalar mi mano y lo pateo en la entrepierna antes de que pueda.

—Carajo. —Se retuerce intentando no caer al suelo.

—Vete a la mierda, William, eso fue por Alisha.

—YO NO LA MATÉ —grita intentando tomar aire.

Lo ignoro, él se vuelve a parar derecho y aprovecho el momento para pegarle un puñetazo en el estómago, tomándolo por sorpresa.

—Eso es por Christian.

Se recupera rápido de mi golpe, cuando se para veo algo que nunca había visto en su mirada, es una mezcla de alguien dolido con odio.

—Madeline —susurra—, yo no la maté, te lo prometo.

—Tus promesas no valen nada, William.

Me toma por la mano, jalándome.

—Tienes que creerme. —Puedo escuchar la desesperación en su voz.

Alguien toma su muñeca y quita su agarre, camino hacia atrás poniendo distancia, Isaac se para enfrente poniéndose entre nosotros.

—No la vuelvas a tocar imbécil —pronuncia Isaac con rabia.

William suelta una carcajada.

—Así que me cambias por esto.

Veo cómo Isaac aprieta los dientes.

—Nunca me tuviste, solo fuiste investigación —le digo con una sonrisa inocente, mirando por detrás de Isaac.

—Eso no fue lo que parecía cuando estábamos en la cama —dice él ladeando la cabeza—, eres una puta —pronuncia con odio.

Eso es lo único que llega a pronunciar porque Isaac le da un puñetazo en la nariz. William termina en el suelo, escucho las sirenas de la policía, él se levanta con la nariz sangrando, ya está siendo rodeado por tres patrullas, un oficial baja con pistola en mano, apuntándole.

—William Morales, está siendo arrestado por el homicidio de Alisha Anderson, manos arriba —grita mientras los demás bajan también apuntándole.

Will sube sus manos sin separar sus ojos de los míos, le doy una sonrisa. Isaac y yo observamos cómo lo esposan, cuando lo arrastran dice sus últimas palabras hacia mí.

—Esto no terminará aquí.

—Tienes razón, nos vemos cuando recibas tu sentencia. ¿Cuántos años crees que sean? ¿Veinte años? ¿Crees que cuenten intentar acostarse con una menor? O casi lo olvido. ¿Por corrupción? —Suelto un suspiro—. No creo que vuelvas a salir. —Hago una reverencia—. Espero que disfrutes tu estadía en prisión, Will.

Se lo llevan sin que pueda replicar, me paro al lado de Isaac.

—Gracias —susurro tomando su mano.

Él me mira con una sonrisa, miro nuestras manos entrelazadas y noto lo rojo por el puñetazo.

—Lo golpeaste duro —comento con una sonrisa.

—Aprendí de la mejor —responde llevándose su mano libre al pecho.

Río.

—¿Y Alex?

—Le dije que se quedara en el carro a llamar a la policía.

Asiento.

—Se acabó —digo finalmente.

—Se acabó —repite él.

CAPÍTULO 23

Cinco meses después...

William fue condenado a cadena perpetua por los asesinatos de Christian y Alisha Anderson, corrupción, también por intentar incriminarme, entre otras cosas, siguió negando haber matado a Alisha, sin embargo, el arma homicida fue encontrada en su apartamento con sus huellas dactilares en ella.

Elías Gray iba a ser condenado a unos quince años de prisión, aun así salió a libertad, gracias a un juez bien comprado. No siempre se puede hacer justicia, siempre habrá alguien más corrupto, según me dijo Isaac, su padre dijo que mancharía el nombre de la compañía si Elías era encontrado en prisión así que él fue quien le pagó al juez, no solo eso, sino que también le dio plata para que saliera del país en cuanto salió en libertad. Alex se quedó a vivir en su casa, sobrevive con el dinero de su papá, quien aún no sabe cuándo regresará por él.

Yo por mi parte, después de hablar con la policía y explicar lo sucedido, se me recibió con los brazos abiertos a la sociedad, los muy hipócritas ahora llamándome heroína, así funciona aquí, te mueves junto con las apariencias, aparecen después de juzgar a decir que nunca pensaron que había sido yo, ¿y cómo lo recibes tú? Con una sonrisa o en mi caso los ignoras y vives tu vida sin preocuparte de lo que piensan los falsos. La vida es muy corta y todos vamos a morir, no tengo tiempo de mortificarme con las malditas miradas que recibo, es más, mírenme, está bien, si quieren poso para que vean mejor, tal vez aprendan a tener una opinión propia.

Todos seremos olvidados, toda nuestra presencia, existencia desaparecerá, por más famoso que seas cuando mueras puede que te recuerden por un largo tiempo, pero el mundo seguirá girando con o sin nosotros, la siguiente generación no recordará a una niña asesinada en un pueblo pequeño, no importaremos solo somos momentáneos, un aire que se aleja y desaparece, nosotros escogemos qué nos importa y yo elijo vivir libre sin mirar quién me está juzgando.

Con eso me refiero a que apenas William fue capturado salí en público con mi novio. Mis padres llegaron el mismo día del arresto, para mi sorpresa me abrazaron y no me regañaron, no sé si aceptaron a Isaac, de hecho, hoy viene a una cena a ser presentado oficialmente a mis padres. Sí, mi mamá ya se enteró de que Alex es primo de Isaac, al principio no se lo creía, quedó medio en shock. Ya mi vida se podría decir que está en orden, no voy al psicólogo, todo parece estar bien.

En cuando a la mamá de Isaac, la quimioterapia la está pagando Alex con el dinero de su padre, Isaac aceptó la ayuda de su primo.

El timbre suena y corro a la puerta, al abrirla me encuentro con mi novio, Alex y, para mi sorpresa, la mamá de Isaac está aquí, es una mujer alta, se ve un poco pálida, sus ojos son como los de Isaac, su cabeza cubierta con una tela lila, trae puesto un traje blanco largo pegado al cuerpo, es hermosa. Sé que soy la primera novia que Isaac le presenta porque él me dijo que nunca lo había hecho, mis nervios están por los cielos.

—Bienvenidos —saludo con una sonrisa enorme.

El primero en saludarme claramente tenía que ser Alex, me abraza fuerte.

—Alex, nos vimos ayer, ¿por qué me asfixias?

—¡Ay! Estúpida ¡ah! pero a tu novio si te la pasas besuqueándolo y abrazándolo, ahí si no te quejas —se seca unas lágrimas invisibles—, me siento ofendido.

Escucho a la mamá de Isaac reír por lo que dijo Alex, no puedo evitar sonrojarme, yo NUNCA me sonrojo, eso es malo, Alex parece notarlo porque se burla enseguida.

—Pareces un tomate, Madd, ¿no te gusta que mi tía sepa lo que haces con su hijito?

Le cubro la boca con la mano antes de que siga.
—¿Sabes qué hay en la cocina? Frituras.
Y así, sale disparado a la cocina, me volteo hacia la entrada.
—Hola, Madeline, mi hijo me ha contado mucho sobre ti, es un placer —me dice mientras me abraza.
Recibo el abrazo feliz, veo a Isaac que se ve encantado viéndonos.
—El placer es mío, señora Thalía.
Ella me mira con una sonrisa cálida.
—Llámame solo Thalía —mira por detrás de su hombro a su hijo—, no exageraste cuando decías que ella era la más hermosa de todas —dice riendo.
Sonrío, la invito a pasar adelante, ella entra.
—Lamento la sorpresa, es que de verdad quería conocerte y no me pude negar —dice Isaac sonriendo.
—Está bien, estoy feliz de que la trajeras.
—No puedo creer que te sonrojaras, Jones —se burla de mí.
—O cállate, Gray, solo estaba nerviosa, además, los comentarios de Alex no ayudaron mucho —mascullo.
Él toma mi cara entre sus manos y me besa, recorre con su mirada mi vestimenta, la cual consiste en un vestido celeste cielo que me llega por arriba de las rodillas, es ajustado hasta la cintura y luego suelto.
—¿Qué pasa? —pregunto cuando no habla.
—Nada... te ves muy linda, Jones.
—Gracias —le contesto sonriendo—. Tú no estás mal.
Él va con una camisa con las arremangadas hasta los codos, los primeros botones desabotonados, con unos jeans negro, lleva el cabello desordenado, se ve muy lindo. Nos damos otro beso antes de adentrarnos a la casa, mi mamá habla con la de Isaac, mi papá está terminando de poner la mesa con la ayuda de Alex, cuando papá avisa que ya todo está listo nos sentamos.
Yo al lado de Isaac, frente a Isaac está mi papá, que lo mira fijamente con los ojos entrecerrados.
—Isaac. ¿Qué vas a estudias?
Ya empezó el interrogatorio.
—Medicina —responde Isaac rápidamente.

Él asiente lentamente.

—¿Hace cuánto salen? —pregunta él.

—Seis meses —responde él mirándome con una pequeña sonrisa.

Él pone una mano en mi pierna, yo pongo mi mano encima de la suya.

Mi papá carraspea llamando nuestra atención.

—Si le haces daño a mi niña, puedo muy bien buscar una escopeta. —Gracias a dios mamá lo interrumpe.

—Lo que mi esposo quiere decir es que es un placer conocerte —dice mirando a mi papá con una sonrisa y los ojos bien abiertos, parece que capta la indirecta porque le sonríe a Isaac

—Lo que dijo ella.

Río junto a Thalía que también le parece divertida la situación.

La cena va bien y nada incómoda, hablamos de varias cosas. Estoy tomando agua cuando mi papá dice la cosa que menos esperaba escuchar.

—Espero que estén usando protección —nos dice acusatoriamente.

Me estoy ahogando con el agua, toso mientras que Alex junto a mí me da palmaditas en la espalda riendo, logro recuperarme de mi ataque y lo miro con los ojos abiertos como platos. Isaac y yo no lo hemos hecho aún.

—¡Papá!

—Hija, no me puedes culpar, ya sabes lo que pasó con Lena.

Lena es mi prima de parte de papá, cuando pasó lo que pasó, mi tío casi se vuelve loco, esa cena familiar fue peor que esta.

—Lena tenía dieciséis años —le digo con mis mejillas ardiendo.

Isaac me observa divertido al igual que Thalía.

—Jason —le regaña mi madre.

—Madeline, no quiero nada de lo de que le pasó a tu tío, esa niña le sacó canas —me advierte—, tienes que ser responsable.

—¿Quién es Lena? —pregunta Alex.

—Una prima que quedó embarazada a los 16.

Alex estalla en carcajadas y ahora es el turno de Isaac de ahogarse con el agua.

PENA Y MUERTE

No voy a negar, realmente no soy virgen, lo había hecho con un chico de la escuela después de haber cumplido los 17.

Después de eso las risas no pararon, la mamá de Isaac nos cuenta unas anécdotas de cuando era enfermera, noto cómo sus ojos brillan al hablar de su trabajo.

—No deberías hablar tan mal de tus excompañeras de trabajo —se burla Alex.

—Ah ah ah, gracias a ellas me tocó hacer muchos exámenes rectales, tengo derecho a quejarme todo lo que quiera —dice Thalía haciendo una mueca.

Todos nos reímos, mi celular suena, lo contesto, mi sonrisa desaparece al instante

—Esta llamada es de la prisión de Kansas, tiene una llamada de —dice una voz de contestadora.

—William Morales —dice la voz de Will.

—Para aceptar esta llamada presione 1 —continúa la contestadora.

Presiono el 1 con manos temblorosas, todos en la mesa me están mirando sin entender mi reacción ante la llamada.

—Madeline —pronuncia suavemente.

—Solo acepté la llamada para advertirte que no me vuelvas a llamar, no sé qué quieres hablar conmigo —respondo seria.

—Está bien, necesito que me escuches, por favor.

—Ve al grano, imbécil.

Todos en la mesa me miran alarmados, me paro de la mesa, no pudo hablar con él mientras que todos me miran, me voy a la cocina rápidamente.

—Yo no maté a Alisha, te estoy diciendo la verdad.

—Esto ya me lo has dicho muchas veces, las pruebas, sin embargo, me dicen lo contrario.

—Alguien puso el arma en mi apartamento, te lo estoy diciendo porque todavía hay un asesino suelto, sé que tú podrás descubrirlo.

—Si fuera así, ¿en qué te ayudaría eso?

—La razón por la que me quedé con el collar de Christian después de ver que el USB no estaba ahí fue porque él y yo éramos amigos, me creas o no, ese collar me recordaba lo impulsivo que fui, lo culpable que me sentí después, me juré a mismo no matar a nadie inocente —dice con voz entrecortada.

Lágrimas corren por mi rostro y no es por William, es porque la vida que perdió Christian.

—¿Por qué llamarme ahora?

—Porque me di cuenta de que no voy a salir y tú no ibas a venir —contesta—. ¿Recuerda la foto que se esparció de Isaac y tú saliendo?

—La foto que tú tomaste.

—No, esa es la cosa, yo no la tomé.

Continúa, tomando mi silencio como permiso para seguir hablando.

—Mira, es cierto que me quedé con la plata de Alisha, es cierto todo lo que dijiste sobre yo aliándome con Elías, pero yo no la maté y no sé cuántas veces lo repetiré.

No respondo.

—De verdad lo lamento, Madeline —dice llenando el silencio que dejo—, espero que sepas que sí te quise, los besos no fueron mentira para mí.

—Adiós, Will —digo antes de colgar.

Respiro profundo, me limpio las lágrimas y salgo la cocina, apenas lo hago todas las miradas se posan en mí.

—¿Está todo bien, cariño? —pregunta mi mamá primero.

—Sí —contesto secamente.

—¿Quién te llamó? —pregunta Isaac.

Lo miro, siento mi vista nublarse, hay veces que se me es difícil no llorar, hoy es una de esas, estoy cansada de siempre intentar sostenerme.

—William Morales —susurro.

Todos en la mesan se tensan.

—¿Qué quería? —Se atreve a preguntar mi mamá.

Las lágrimas corren por mis mejillas y una carcajada triste escapa de mis labios.

—Nada importante aparte de recordarme que me quiso y que él no la mató —suelto cansada—, quiere que cambien su condena supongo.

Sonrío con la boca cerrada.

—Estoy bien —aseguro porque todos me siguen mirando preocupados.

Isaac se para enseguida y me estrella contra su pecho en un abrazo, me derrumbo, los sollozos salen de mi garganta.

—Yo no entiendo qué más quiere de mí —gimoteo—, no le bastó con matarla, me lo tiene que recordar.

Isaac se separa y limpia mis lágrimas con sus pulgares.

—Mejor llévala arriba, necesita descansar —le susurra mi papá a Isaac.

Él asiente, me alza con un brazo por la cintura, yo hundo mi cara en su cuello sin poder parar de llorar, mis pies ya no tocan el piso, siento cómo Isaac empieza a subir las escaleras. Apenas entramos a la habitación él se sienta en la cama conmigo en su regazo, pego mi frente a su cuello, él acaricia mi mejilla.

—Vas a estar bien, necesitas tiempo, pero lo estarás —besa mi frente—, no siempre te dolerá. Llora todo lo que necesites, derrúmbate, yo siempre estaré aquí para sostenerte.

Sollozos desgarradores salen de mí, siento que me ahogo, no entiendo cómo una persona es capaz de quitarle la vida a otra, no entiendo, es injusto, se supone que Christian debía vivir, ver crecer a Alisha, se supone que Alisha crecería junto con su padre. Eso nunca se podrá, ambos se fueron, se los llevaron. Siento un vacío en mi pecho al pensar en Alisha, una presión en mi pecho, ella se llevó una parte de mí, se llevó mis risas, todos los momentos que vivimos, se han vuelto más presionados ahora que no está.

—La extraño —susurro con los ojos cerrados.

CAPÍTULO 24

Anoche me quedé dormida llorando, Isaac no se fue, se quedó a dormir conmigo, tengo la cabeza en su pecho, puedo escuchar los latidos de su corazón, acabo de despertar y él aún sigue dormido con sus brazos envolviéndome en un abrazo, la puerta de mi cuarto se abre, veo la cabeza de mi papá asomarse.

Su vista se pasea de Isaac a mí.

—Solo lo permitiré por hoy, jovencita —me susurra con ojos entrecerrados.

Río un poco.

Una sonrisa se expande por el rostro de mi papá.

—Hablo en serio con lo de la escopeta, mi vida —se lleva la mano al pecho—, más le vale que sus manos se queden quietas porque si no. —Hace una seña como si le cortara el cuello y luego señala a Isaac con la cabeza.

—Te amo papá —digo riendo—, solo no mates a mi novio.

Sé que él y mi mamá dejaron que Isaac se quedara, papá solo quiere que me sonría.

—No te lo prometo —dice él—. ¿Estás bien, hija?

—Voy a estarlo —le digo sinceramente.

—Esa es mi niña —susurra saliendo por la puerta.

Isaac se empieza a mover un poco, pongo mi barbilla en su pecho para poder verlo, tiene el cabello desordenado y los ojos entreabiertos, mira hacia abajo con una sonrisa chiquita aún medio dormido, se ve adorable.

—Buenos días, Jones —me dice con voz ronca.

—Gray —respondo con una sonrisa.

Nos levantamos de la cama después de como cinco minutos. Entro al baño y comienzo a cepillarme los dientes, Isaac viene detrás de mí, se para a mi lado, pone su dedo frente a mi rostro, yo río entendiendo lo que pide, tomo mi pasta dental y le pongo un poco en el dedo, él se lava los diente con eso.

Después de eso tomo una ducha mientras Isaac espera afuera, cuando salgo ya vestida con unos leggins y una camisa blanca él está acostado contra el respaldar de mi cama.

—Vamos a desayunar le digo abriendo la puerta.

Bajamos y vamos a la cocina, mis padres están haciendo el desayuno, nos sentamos en la barra de la cocina.

—Buenos días —dice poniendo dos platos con panqueques frente a nosotros.

—Gracias, Kira —agradece Isaac.

Mi mamá le pidió ayer que la llamara así, a mi papá lo sigue llamando Sr. Jones.

Comemos rápido, Isaac dice que se tiene que ir ya y se acerca a mí tomando mi cara entre sus manos.

—Llámame —me susurra.

Yo asiento y le doy un beso corto en los labios, mi papá carraspea fuertemente.

—Bueno, creo que ya es hora de que te vayas —se acerca a Isaac—, un placer conocerte.

Estira su mano, Isaac la estrecha, miro a mamá, quien está intentando no reírse, veo cómo papá aprieta la mano de Isaac más de lo necesario.

—Fue un gusto, Sr. Jones.

Isaac sale por la puerta trasera, miro a mi papá acusatoriamente, él sube sus manos en señal de inocencia.

—Yo no hice nada —reclama.

—Hay mi niña, el papá que te tocó, pero como siempre digo la sangre siempre va primero ¿no?, así que te lo aguantas por más insoportable que se ponga —bromea.

—¡Ey! —se queja papá y deja un beso en los labios de mamá—, así me amas, amor.

PENA Y MUERTE

Mamá y yo reímos, papá sale a comprar helado, decido hacerle una pregunta a mi mamá, yo sé que los papás de Alisha y mi mamá fueron a la misma escuela.

—¿Cómo era Christian? —le pregunto directamente.

Su mirada se oscurece.

—Cariño, es mejor no hablar de eso. —Se limita a contestar tensa.

—Mamá, solo es una pregunta, me gustaría saber cómo era.

—NO —me grita interrumpiéndome—, es mejor no hablar de eso y fin de la discusión.

La miro atónita, ¿qué carajo? Abro la boca para hablar, pero mi papá entra a la cocina con los botes de helado en las manos y una sonrisa, mi mamá sonríe como si nunca me hubiera gritado.

Se la pasó toda la tarde normal como si nunca hubiera explotado, decido no volver a preguntar, debe ser un tema muy sensitivo para ella.

El lunes voy a la escuela, ya casi salgo, no sé cómo sentirme al respecto, aún no puedo creer que Alisha no estará conmigo cuando pase, sé que lo tendré que vivir por las dos. Recibo una llamada de mi papá.

—Hola, papá —respondo.

—Hola, cielo, te quería decir que tu madre y yo estaremos fuera, mañana en la tarde regresamos —me informa—, te dejamos plata porque eres bien floja y sabemos que no vas a cocinar —agrega riendo.

Río con él porque es cierto.

—Está bien, papá, que les vaya bien, los amo.

—Nosotros también.

Regresamos Alex, Isaac y yo a mi casa, lo que se ha vuelto casi una tradición.

—Necesito hablar contigo —le digo a Isaac en el oído.

Él me mira y asiente.

—A solas —continúo señalando con la cabeza las escaleras.

Enseguida esboza una sonrisa pervertida.

—Creo que voy a vomitar —masculla Alex viéndonos—, bueno, creo que ya me voy, Madd, nos vemos mañana, primo, sigue el consejo del Sr. Jones.

Y con eso se va de la casa dejándonos solos, subimos, Isaac se sienta en la cama con un aire divertido, ruedo los ojos.

—No vamos a hacer nada.

—Yo no dije nada —dice inocentemente.

—Tu cara lo dice todo. —Río.

—¿Estás insinuando algo? —pregunta ofendido—. ¿Me trajiste aquí por razones ocultas? —continúa dramáticamente—. No sabía que eras tan pervertida, Jones.

—En tus sueños, Gray.

El ríe abiertamente.

—Eso no lo puedo negar.

Tira de mi brazo y me da un beso.

—Necesito hablar contigo en serio —le digo.

—Te escucho.

Suelto un largo suspiro.

—Le pregunté a mi mamá sobre Christian y fue como si se bloqueara, no entiendo su reacción, me gritó, ella nunca grita, no lo sé, tal vez le estoy dando mucha importancia.

—Tal vez aún le duele.

Asiento.

—Lo siento, es que la llamada con William me dejó un poco aturdida.

Coloca un mechón de cabello suelto detrás de mi oreja y me acaricia mi mejilla.

—Estamos a salvo —me susurra.

Le sonrío parándome de la cama, me inclino para abrir la computadora en mi escritorio, pensando que tal vez podríamos ver una película. Siento a Isaac detrás de mí, pasa una de sus manos por mi cintura, una chispa recorre mi cuerpo, su otra mano baja la tira de mi camisa y comienza a besar mi hombro desnudó, jadeo.

—No sabes cuánto te deseo —susurra contra mi cuello.

Para su ataque en mi cuello, me hace girar y empieza a besar mis mejillas, luego besa la comisura de mis labios que se abren en anticipación, se acerca tanto que nuestras respiraciones se mezclan.

—Te deseo —susurra sobre mis labios.

Así, me besa, toma mi cuello profundizando el apasionado beso lleno de emociones, nuestras respiraciones se aceleran. Me levanta por los muslos y me pega contra la pared, enrollo mis piernas alrededor de su cintura, pegándolo más a mí, mis manos se van a su pecho hasta subir para enredar mis manos en su pelo, mis labios se abren dándole paso a su lengua, con roces que nos dejan a ambos jadeando, él muerde y jala de mi labio inferior.

—Si no quieres, solo dime que pare y lo haré —dice con voz ronca.

Lo jalo por la camisa con fuerza acercándolo más, muerdo y tiro suavemente del lóbulo de su oreja.

—¿Quién dijo que quiero que pares? —susurro en su oído.

Besó su cuello antes de volver a subir y susurrar contra sus labios.

—Quiero esto.

Me besa fundiendo sus labios en los míos.

Una de sus manos sube y acaricia mi cuello, mis manos bajan a su pecho mientras que las suyas toman las mías y las sujeta encima de mi cabeza, las mantiene ahí con una mano, mientras la otra se cuela debajo de mi camisa, me acaricia sin parar el ataque en mi cuello.

Me suelta y me carga, dejándome sobre la cama con él encima, le quito la camisa dejando a la vista su abdomen definido, lo empujo para subirme sobre él, su torso desnudo bajando hasta su ombligo.

—Me estás matando —susurra.

Paro y sonrío antes de darle un beso en la comisura de los labios.

—Paciencia, Gray —murmuro sonriendo.

Me quito la camisa, llevo un sujetador rojo con encaje.

—Eres preciosa.

Beso su barbilla.

—¿Alguna vez te dije lo sexy que eres? —pregunta él.

—No —susurro contra su cuello—, nunca me lo dijiste.

Él se pone encima de mí de nuevo.

—Bueno, te lo digo ahora, eres jodidamente sexy, Jones.

Estampa sus labios contra los míos de manera desesperada, con deseo, me quita los pantalones dejándome expuesta para luego deshacerse de los suyos.

CAPÍTULO 25

Despierto solo con la camisa de Isaac puesta, abrazándome, con su cabeza apoyada en mi pecho, está Isaac, que solo está cubierto por la sabana, toco su cabello en una caricia, sus ojos se abren poco a poco.

—Buenos días, Jones —susurra con voz ronca acariciando con su nariz mi cuello antes de besarlo.

Tomo su cara entre mis manos y atrapo mis labios contra los suyos.

—Buenos días —susurro en sus labios.

—¿Cómo está mi cabeza dura favorita?

Lo miro con cara de pocos amigos.

—Llámame así de nuevo y te doy un cabezazo.

—No, por favor, no, me dejarías noqueado —dice exageradamente.

Río y lo beso.

—Te quiero —me dice.

—Yo también —respondo.

Él me mira unos segundos con una sonrisa.

—Entonces… ¿del 1 al 10? —pregunta burlándose.

Río abiertamente.

—No pienso responder eso.

Él me hace un puchero.

—Isaac, fue perfecto —digo.

Él besa mi nariz.

—Eso era todo lo que necesitaba saber —dice.

Nos levantamos, se supone que hay que ir a la escuela.

—Me voy a duchar —anuncio.

—¿Alex viene por ti?

—Como siempre —respondo.

Él asiente mientras escribe algo en su celular, yo me meto a bañar, salgo vestida con unos jeans negros y un jersey blanco, Isaac está sentado en la cama con su ropa de ayer puesta.

El timbre suena y bajo a abrirle, Alex me mira de arriba abajo, tiene ropa en sus manos, me hago a un lado, él entra y sube enseguida a mi habitación, cierro la puerta. Subo detrás de él, entra a mi cuarto lanzándole la ropa a Isaac, que la atrapa sin problemas.

—Gracias —agradece Isaac.

—De nada, las quiero de vuelta limpias —le informa.

Isaac asiente en respuesta entrando al baño, Alex se voltea hacia mí.

—Hola, estúpida —saluda.

—Hola.

—¿Podemos salir de este cuarto? Estas sabanas desordenadas van a hacer que vomite.

Río ante su dramatismo.

Vamos a la escuela, de regreso Alex me deja en casa y se va, Isaac no se quedará tampoco, hoy estaré en la casa sola, entro, dejo mis cosas en mi cuarto, sé que tengo que hacer.

Camino al cuarto de mis padres, cada uno tiene su mueble para guardar sus cosas y hay dos armarios, solo revisaré los de mi mamá, ella sabe algo de Christian que no me quiere decir, lo sé, la manera en la que me gritó fue como si escondiera algo, empiezo por el armario, reviso el piso por si encuentro un pedazo que se habrá, nada. Sigo con su mueble, quito la ropa cajón por cajón, toco para revisar si está cueco, doblo la ropa y la meto, dejándolo como la encontré.

Voy a por el último cajón, toco. Suena hueco. Es un cajón falso, levanto el tablón, lo dejo en el piso y miro lo que realmente se encontraba en el fondo, hay un sobre y una carpeta. Tomo el sobre primero, lo abro, vaciando el contenido en el suelo.

Hay fotos de ecografías que deben de ser mías, junto a ellas hay una carta y una foto, miro la foto.

No puede ser.

Corro a mi cuarto, tomo lo que buscaba de regreso, mis manos temblorosas, comparo las fotos, la foto de Christian que encontré en las cosas de Alisha, mi mamá la tiene completa, la persona que está tomada de la mano de Christian es mi mamá sonriente, se ve joven al igual que él.

Tomo la carta y la leo.

Querida Kira

Te amo con todo lo que tengo, eres lo mejor de mí, haces mis días más fáciles, mi corazón te pertenece, esto es muy cursi, pero te lo mereces, hoy llevamos tres años amándonos, nunca pensé ser tan feliz junto a alguien. No sabes lo afortunado que soy de poder estar contigo, te amo cada día más, nunca lo olvides.

Siempre tuyo.
Christian

Mi sangre se hiela, por eso actuó a la defensiva, ella y Christian tenían una relación, solo hay algo que no tiene sentido, la carta tiene fecha de un año antes de que Alisha naciera.

¿Mi mamá y Christian fueron amantes?

No, debe de ser un malentendido.

Guardo todo dentro del sobre rápidamente, empiezo a doblar las camisetas y las pongo en la cama, pongo el sobre en el fondo del cajón, solo falta ver el archivo, está etiquetado con el nombre Maddie, cuando lo voy a abrir escucho el carro de mis papás.

«Mierda».

Lo meto en el cajón, tomo el tablón y lo pongo colocando todo como antes, meto la camisa. Salgo de la habitación, bajo prácticamente corriendo, me tiro al sillón, tomo el control, prendiendo la tele.

—¡Madeline! ¡Hija, llegamos! —grita mi mamá.

—¡Aquí estoy! —grito de vuelta.

Pronto ambos están en la sala, abrazo a mi mamá como si no hubiera descubierto nada.

—Hola, mamá —digo forzando una sonrisa.

Luego abrazo a mi papá más fuerte de lo normal, el pensar que mi mamá lo pudiera engañar me destruye.

—Alguien me extrañó —comenta mi papá regresando mi abrazo.

Le doy un beso en la mejilla con una sonrisa.

—Cariño, si quieres comida, solo tenías que decirlo, no hay necesidad de soborno —dice haciéndonos reír.

Papá termina cocinando para nosotras, hace una pizza y hornea unas galletas, reímos mucho, logro poner del lado lo que vi hoy solo por la noche.

Sin embargo, dormí con la pregunta rondando por mi cabeza.

¿Eran Christian y Kira amantes?

No entiendo como un día tan especial como hoy, un día en el que desperté junto a Isaac, pudo terminar con así.

CAPÍTULO 26

Una aguja entra en mi brazo, no logro ver quien me la pone, todo a mi alrededor se ve borroso, una silueta aparece en mi campo de visión, tiene una navaja en la mano, intento moverme, pero es como si mi cuerpo no me respondiera, pasa la navaja por mi piel y empieza a escribir algo, no siento nada, solo mi respiración irregular, cierro los ojos intentando que esto se acabe, una punzada de dolor me atraviesa, un dolor sofocante, no me puedo mover.

Despierto, estoy empapada en sudor, mi cabello pegado a mi frente, respiro profundo, «solo fue otra pesadilla», me digo aún sintiendo dolor en mi brazo, miro a mi alrededor, ya tengo que ir a la escuela, me intento parar y el ardor me detiene, volteo mi vista a mi brazo, levanto la manga de mi abrigo, se me seca la boca.

Mi brazo está envuelto en vendaje que tiene sangre seca en él, con una mano temblorosa empiezo a deshacer el vendaje, en mi antebrazo como en mi sueño tiene algo escrito, algo escrito en mi piel, se ve irritado, paso la punta de mi dedo por los cortes, leo lo que dice, mi corazón amenaza con salirse.

"PARA DE BUSCAR".

¿Para de buscar el pasado de Christian? ¿El asesino pudo hacer entrado en mi cuarto? ¿Cómo supo lo que me dijo William para saber que empezaría a buscar? ¿Cómo entró a mi casa?

No puedo respirar, siento una opresión en el pecho, cierro los ojos intentando respirar, me ahogo. «Piensa en tu lugar feliz», lágrimas salen en desesperación, mi familia era mi lugar feliz, mi mamá, la misma mamá que me mintió y traiciono a mi padre, caigo al piso, aprieto mis ojos, Isaac, Alex, mi papá, 1, 2, 3. *RESPIRA*.

Me llevo una mano al pecho mientras nos visualizo en el parque felices, como si nada de esto hubiera pasado, somos felices, no hay asesinos sueltos.

Respiro profundo calmándome, me paro, tengo que ducharme, seguiré con mi día.

Me meto a la ducha, cuando salgo me pongo un vestido de manga larga gris, con mis botas, camino a la cocina buscando el botiquín, me cubro la herida con el ventaje y lo tapo con la manga de mi vestido, y salgo de la casa a esperar a Alex.

Su carro se para enfrente y subo al carro.

—Holaaaa —saluda.

—Hola, Alex —respondo sonriendo.

—A la escuela se ha dicho.

Arranca el carro, llegamos a la escuela, Isaac está esperándonos fuera al lado de la puerta.

—Jones —saluda con un beso corto en los labios.

—Gray.

Me toma de la mano y entramos.

—Mal tercio, me llaman —murmura Alex.

—¿Qué clase nos toca? —pregunto.

—Creo que Matemáticas. —Resopla Isaac.

Cuando la clase comienza la maestra nos pone a escribir unos problemas, las cortadas están en mi antebrazo derecho, lo cual me dificulta escribir por las molestias de las cortadas. No dormir bien y esta clase no me ayuda a mantenerme precisamente despierta, me paso la mano por los ojos, escucho a alguien hacer un sonido en sorpresa, me volteo para ver que una chica me ve con cara de preocupación.

—¿Estás bien? —pregunta llamando la atención de todos a mi alrededor.

—Sí —aseguro sin entender porqué me mira así.

—Tienes sangre en brazo.

Miro abajo, mi traje está manchado de sangre en el antebrazo, me lo toco y un pequeño quejido de dolor sale. Todo el mundo me está mirando, me cubro mi herida y me levanto.

—Debería ir a la enfermería, señorita. —La profesora sugiere con un tono dulce.

—Solo tengo que ir al baño —murmuro saliendo.

Camino rápidamente por el pasillo, escucho la puerta abrirse, volteo y me encuentro con ambos, Isaac y Alex, mirando mi herida con los ojos muy abiertos.

—Estoy bien —digo enseguida.

—Tiene sangre —dice Alex acercándose.

Isaac toma mi brazo examinándolo, nuestros ojos se encuentran.

—¿Qué te paso? Quiero la verdad —dice serio.

Asiento lentamente, en el fondo sabía que ellos dos se enterarían, levanto mi manga revelando el vendaje ahora manchado, me lo quito delicadamente.

—¿Quién te hizo esto? —pregunta Isaac enojado como si nunca lo había visto.

—No lo sé, pensé que había sido una pesadilla —balbuceo.

—¿Pesadilla?

—Tal vez solo me estoy volviendo loca. —Bajo la cabeza.

Isaac me levanta la cabeza por el mentón.

—No estás locas, alguien te hizo daño y alguien va a pagar por ello.

Alex habla saliendo de su shock.

—¿Trajiste más vendas? —pregunta mirando la herida fijamente

Asiento, entramos al baño, revisando que no haya nadie más.

—Alex, ve a la enfermería y pide algo para limpiar la herida.

Alex asiente y sale.

—¿Tienes alguna sospecha de quién pudo hacer esto?

—No —susurro—, pero hay algo, mi mamá tuvo algo con el papá de Alisha.

Isaac me mira atónito.

—¿Qué?

Le cuento sobre las cartas, cuando termino parece que va a abrir la boca para hablar, Alex entra interrumpiendo lo que sea que iba a decir.

—Traje alcohol y una pomada.

Isaac toma el alcohol, me mirándome dudoso.

—Va a arder un poco —murmura.

—Solo hazlo.

Empieza a regar el alcohol en mi brazo, muerdo mis labios, intentando no quejarme.

—Ya —dice secando mi brazo con los algodones.

Pone pomada y empieza a poner el vendaje nuevo.

—Ni una palabra de esto a nadie —les digo firmemente.

—Madd, esto es grave, la persona que te hizo eso tiene acceso a tu casa.

—O vive en ella. —Me escucho susurrar.

Ellos me miran sin poder creer lo que dije. No soy estúpida, justo el día que leí las cartas pasa esto, no es coincidencia, no quiero pensar que fue ella, pero tampoco puedo negar lo que está frente a mis ojos.

Tomo mi celular, marco el número de mi mamá.

—Hola, cariño —responde ella al segundo tono.

—Hola, mamá, tengo que hablar contigo —suelto un largo suspiro—, es sobre Christian.

Se hace un silencio.

—Solo ve a la casa, yo estaré ahí. —Es lo único que digo antes de colgar.

Alterno mi mirada entre Isaac y Alex.

—No me sigan —advierto—, estoy hablando en serio, voy a tener una conversación con mi madre, esto es entre ella y yo.

Estoy saliendo cuando la mano de Isaac me detiene por la muñeca.

—Isaac...

—Solo llámame después —se limita a decir.

Asiento.

Salgo de la escuela corriendo, ni siguiera tengo mi bolso, pero sé que Alex lo recogerá por mí, tomo un taxi, las lágrimas amenazan por salir, no las dejo, necesito ser fuerte. Llego a mi casa y veo el carro de mi mamá, está parqueado, abro la puerta sintiendo mi mano fría.

Mi mamá está parada en la entrada con los brazos cruzados.

—Fuiste amante de Christian —hablo yo primero.

Ella sonríe y ladea la cabeza.

—¿Eso es lo único que descubriste? —pregunta.

—Tú escribiste una advertencia, heriste a tu propia hija. ¿Por qué?

—Hija, hay cosas que tú simplemente no vas a entender —me asegura.

—¡Me cortaste! —grito.

—¡Hice lo que tuve que hacer! ¡Tú tienes que parar de buscar!

Algo hace *click* en mi cabeza.

—La carta, es un año antes de que Alisha naciera, Anna estaba embarazada, él te dejo, por eso —susurro.

—Uno más uno, felicidades.

—Mamá —siento un nudo en mi garganta—, dime, por favor, que tú no tuviste nada que ver con su muerte, dime, por favor, que no estás tan mal como para vengarte matándola.

Ella se intenta acercarse a mí, me alejo y mi espalda choca con la puerta.

—No puedo creer que tú siguieras con la locura de investigar —continúa ignorando mi insinuación—, lo dejé pasar, pensé que con las alucinaciones pararías, te subestimé, luego descubriste lo de William y estuve feliz de que llevaras al asesino de mi amado a la prisión, pensé que después de eso no seguirías —chasquea su lengua—, pero tenías que ir a revisar mis cosas.

—¿Cómo sabes de las alucinaciones? —pregunto casi en un susurro.

Ella suelta una carcajada que me provoca escalofríos.

—Cariño, pensé que era obvio, yo te drogué, algo sutil para provocarte alucinaciones. ¿Nunca notaste que siempre que pasaban tú habías desayunado algo que yo casualmente preparé?

CAPÍTULO 27

Me quedo en silencio sin poder creer lo que escucho. «No, no, no».
—Eres una psicópata —susurro.
—Solo fueron unas cuantas veces, no seas dramática.
—Quiero la verdad. De todo.
Ella asiente considerándolo.
—Está bien, ya sabes un poco, no afecta en nada ahora que te diga todo. Será mejor que te sientes para esto —dice caminado a la mesa.
Ella se sienta en una punta de la mesa y yo en la otra.
—Christian, Anna y yo éramos muy buenos amigos, éramos inseparables, pasaron los años, yo estaba enamorada de Christian, Anna lo sabía, sin embargo, eso no la detuvo para salir con él y eventualmente casarse. Yo pensé que nunca me iba a recuperar hasta que conocí a tu padre, fuimos felices, no puedo negar que no lo amé como a Christian, pero lo amaba.
—No lo suficiente, porque terminaste engañándolo— siseo con rabia
—¿Qué querías que hiciera? Él llegó un día y me dijo que sentía algo por mí, terminé confesándole mi amor, mantuvimos una relación por tres años hasta que la estúpida de Anna quedó embarazada con la inútil de tu amiga —. pronuncia con asco las últimas palabras—. Él me dejó después de enterarse, dijo que no podía seguir engañándola con una hija en camino, él me abandonó por culpa de esa mocosa.

—¿La mastate? —pregunto con voz temblorosa.

Ella chasquea la lengua.

—Creo que te interesa cómo sigue la historia, creo que será mejor que escuches.

Ante mi silencio sonríe y continúa.

—Lo que mi querido Christian no sabía era que yo también estaba embarazada —dice mirándome con una sonrisa afilada.

Juro que mi corazón se detuvo, las lágrimas cayeron.

—¿Qué quieres decir con eso? —digo en un susurro con voz ahogada.

—Tú sabes a lo que me refiero, mi cielo.

—¿Soy hija de Christian? ¿Alisha era mi hermana? —Siento que no puedo respirar.

—Eso es exactamente lo que dije.

Me estremezco, mi cabeza da vueltas, William me dijo que él no la mató, que él no tomó la foto...

—Tú tomaste la foto de Isaac y yo —afirmo, no pregunto.

Ella asiente.

—Detrás de cada movimiento estuve yo, lo hice para que pararas de buscar, pensé que con que la foto se esparciera te alejaría de la investigación, lo cual claramente no dio resultado —dice, mientras yo la escucho atenta—. Nada es coincidencia como que Alex fuera el primo de Isaac, yo los seguí al supermercado y sutilmente mencioné tu necesidad por una niñera, yo sabía que Elías diría que sí, nunca perdería la oportunidad de mantener el ojo en ti y asegurar que no encontraras su secretito con Alisha.

—¿Cómo sabías de eso? ¿Cómo sabías de Alisha y Elías?

—Porque tú sabías —responde simplemente.

—Yo nunca te dije nada —digo señalando lo obvio.

Ella sonríe soltando una risita, la muy enferma

—No tenías que hacerlo, Maddie me dijo.

La miro perpleja.

—¿Maddie? —repito confundida.

— No te niego que pensé que el chico te alejaría de su tío y lo protegería, creía que él sería idóneo para el trabajo, alejarte de la investigación que llevaría a su tío, pero no, te hiciste su amigo y te ayudó. Débil —sigue ignorándome—. Yo dejé que investigaras a

William cuando me di cuenta de que pudo matar a Christian, quise que lo llevaras a la justicia, ¿por qué crees que te facilité pastillas para dormir?

—Déjate de juegos y responde esto, ¿la mataste? —Mi voz suena dura.

—No —sonríe—, fuiste tú.

CAPÍTULO 28

—¿Qué? —Sigo sin entender lo que escucho.
—Tú la mataste.
—Yo-yo, no la maté.
—Bueno, más bien fue Maddie.
—¡¿Quién carajos es Maddie?! —grito perdiendo la cabeza.
—No le levantes la voz a tu madre —dice enojada, suelta un suspiro—. Maddie es, ¿cómo decirlo? Tu otra mitad. Tú, hija, sufres de personalidad múltiple o trastorno de identidad disociativa.
—Eso —mi voz se corta—, eso no tiene sentido.
—De hecho, sí lo tiene, no te voy a mentir, cariño, la desarrollaste cuando eras pequeña, sufriste de maltrato emocional, eras muy inquieta de niña y a tu profesora del jardín de niños le encantaba llevarte a una esquina a gritarte lo inútil que eras solo porque la sacabas de quicio, la muy maldita te lastimó durante un año, hasta que me di cuenta de lo que pasaba cuando llegaste a casa con marcas en el cuerpo.

Me tapo la mano con la boca, siento que todo a mi alrededor se vuelve borroso.

—Como psicóloga claro que me di cuenta, creciste sin saber de ello, Maddie, tu otra personalidad, tenía sesiones conmigo.
—La carpeta —susurro.
Ella asiente.
—¡Pero yo vi a su asesino! ¡Luché con él!
—Cariño, eso fue lo que tu cerebro quiso ver —suelta una carcajada—, llamémoslo una lucha interna. En cuanto el golpe en

la cabeza lo hizo Maddie, se pegó a ella misma contra la pared para que la policía comprara la historia.

—Por eso llegaste primero al centro comercial, tu sabías lo que pasaría.

Su sonrisa me lo confirma.

—Es realmente impresionante el trabajo que logré con Maddie, ella simplemente puede aparecer si quiere, salir a la luz, lo hemos practicado durante años, normalmente ella decide salir como a las 4 am y tenemos conversaciones, le encanta hablarme de lo que haces en el día, me mantuvo al tanto de todas tus investigaciones.

—La navaja —reconozco—, yo siempre llevé el arma homicida conmigo, por eso no la encontraron en la casa y por eso apareció en el apartamento de William, yo me desmayé o eso pensé que pasó, pero realmente ella salió y escondió la navaja para que la policía la encontrara.

—Bingo —canturrea ella con una sonrisa.

No digo nada.

—Estoy segura de que a Maddie le gusta tu noviecito, hasta me contó que una noche se despertó y lo besó —me cuenta, siento nauseas, sé que está hablando de la vez que nos emborrachamos y él me contó que lo besé, pero yo no lo recordaba.

Solo tengo una pregunta más que me hiela la sangre.

—¿Por qué? ¿Por qué Maddie la mataría?

—Simple. Porque yo le ordené que lo hiciera, ella me quitó a Christian. ¡Te quitó a tu padre! ¡Todos los cumpleaños en los que ella disfruto de él y no tú! ¡Ella te lo robó! Estuve planeando esto mucho tiempo, solo estaba esperando a que tuvieras al menos 17. Estuve años plantando el odio de Maddie hacia Alisha.

—Por eso Alisha pensaba que alguien la vigilaba, no era William, era Maddie.

Su sonrisa de expande.

—Me gusta que lo vayas entendiendo, mi cielo.

—¿Christian sabía de mí? —pregunto asimilando todo.

—Claro que no, tontita, y aunque lo supiera, no hubiera dejado a su esposa. Sabes, empiezo a creer que Maddie quería que supieras de tu verdadero padre, le inyecté anestesia y corté tu piel para dejarte un mensajito.

—¡Traicionaste a mi papá! —grito llorando—. ¡Eres una asesina! ¡Un monstruo!

Chasquea la lengua.

—Ah, ah, ah —niega la cabeza divertida—, la asesina eres tú, yo soy solo soy el cerebro.

Mi respiración se corta, siento como que he salido de shock.

—¡Vete! ¡Lárgate de la casa, ya! —grito desesperadamente.

—Solo me voy para que asimiles lo que digo, tranquila, volveré para la cena —dice con aire divertido parándose y saliendo por la puerta, dejándome sola.

Me paro de la mesa, lo primero que hago es tomar cada decoración de la casa y las estrello contra el piso, tomo una foto donde salimos mi mamá y yo sonriendo, mi corazón duele, la persona que se supone que me tendría que proteger de todo, la persona tendría que evitar que me hicieran daño fue la que me rompió, tiro la foto al suelo escuchando como se rompe, mis piernas débiles hacen que me caiga.

Alisha, mi mejor amiga y hermana, la persona a la que amé. Yo la maté, yo le quité la vida, todo es mi culpa, «¿Por qué?», esas fueron las últimas palabras de Alisha mientras la asesinaban, mientras yo la mataba, ahora todo tiene sentido. Siempre le prometí estar con ella y, sin embargo, yo la traicioné, yo la apuñalé.

«No, no, no». el dolor me come por dentro, «tú y yo contra el mundo, te lo prometo». promesa no cumplida por mi culpa. Grito desgarrador sale de mi garganta. «Fui yo». Soy una asesina, un monstruo.

Escucho la puerta abrirse.

—¡Lárgate! ¡Ya déjame en paz! —grito, pego mi frente al suelo susurrando—, por favor, solo déjame en paz.

—¿Jones? —Escucho la voz de Isaac.

Levanto para ver a Alex y Isaac viendo a su alrededor donde todo está roto.

—No nos llamaste y nos preocupamos —susurra Alex.

Isaac intenta acercarse a mí, pero me paro enseguida y me alejo.

—¡No, no me toques! —grito con la respiración acelerada.

Él me mira dolido.

—¿Qué pasa? —pregunta—. ¿Te hice algo?

—No —niego la cabeza—, es lo que yo puedo hacer. Ellos no entienden.

—¿Qué pasó? ¿Con tu mamá? —habla de nuevo.

—Me dijo la verdad.

—¿La verdad? —repite Alex confuso.

Algo se retuerce en mí, no puedo evitar que las carcajadas salgan de manera maniática junto a las lágrimas.

—Esto es tan irónico —digo entre risas, sintiendo el sabor de las lágrimas cayendo en mi boca—. Yo, yo la maté. —Paro de reír y mi voz se rompe—. Yo maté a Alisha.

Alex se cubre la boca con la mano e Isaac frunce el ceño.

—¡Resulta que estoy loca! —continúo—, ¡tengo un trastorno!

—Madeline, ¿de qué estás hablando? ¿Trastorno? —Isaac habla finalmente.

—Sí, tengo una doble personalidad —susurro cerrando los ojos.

Siento que alguien pone sus manos en mis hombros, abro los ojos para ver a Isaac con los ojos cristalizados.

—Vamos a sentarnos y nos explicas mejor. ¿Ok? —dice suavemente.

Asiento, nos sentamos en el sillón donde les cuento la perturbadora conversación que tuve con mi mamá.

—Maté a mi propia hermana —concluyo entre sollozos.

Alex es el primero en reaccionar, me envuelve en un abrazo y toma mi cara entre sus manos.

—No fue tu culpa—noto que también está llorando—, no fuiste tú, fue culpa de tu mamá.

—Alex tiene razón —susurra Isaac secándose las lágrimas.

Respiro un poco aliviada de que por lo menos los tenga a ellos.

—¿Qué se supone que voy a hacer? Mi mamá, no la puedo entregar sin caer yo también, yo, yo soy la que hizo todo, ella sabe que no diré nada.

No espero a que me respondan, me paro y los miro.

—Necesito pensar, voy a mi cuarto, si no quieren estar bajo el mismo techo que una persona que tiene sangre en sus manos, son libres de irse —pronuncio con asco y odio hacia mí misma.

Subo las escaleras con rapidez, entro a mi habitación y volteo viendo que Isaac me siguió.

—¿Qué pasa? No deberías estar junto a alguien que asesinó a la persona que amabas —digo en un susurro.

—No digas eso, para de echarte la culpa.

—¡Deberías odiarme! —grito exasperada—. ¡Yo me odio!

—¡Pero no lo hago! ¡No te odio!

—¡Soy una asesina! ¡¿Qué no entiendes?! ¡Maté a Alisha! ¡No te merezco! ¡NO MEREZCO A NADIE! —sollozo—. ¡Grítame! ¡Dime qué carajos sientes!

— ¡Pensaba que una parte de mí se había ido sepultada con ella! ¡Porque, aunque ella no era buena persona, una parte de mí la amaba! ¡Eso es cierto, no vale de nada negarlo! ¡Y pensé que siempre sería así, que no podría recuperar esa parte que perdí cuando murió! ¡Hasta que llegaste tú! ¡Te amo! Y te amo más de lo que amé a Alisha y lo siento si te duele oírlo, pero es así y ya no hay nada que pueda hacer para cambiarlo, porque amo cada parte de ti, Madeline, ¡¿entiendes?! grita—. ¡ESO ES LO QUE SIENTO!

Esto me toma por sorpresa, se hace un silencio donde solo se escuchan nuestras respiraciones agitadas.

—Yo también te amo —susurro.

Me acerco a él y toco su mejilla, tengo que disfrutar mis últimos momentos con él. «Ya tomé una decisión».

Él me da una sonrisa triste.

—Que mal que nos lo digamos en esta situación, Jones.

A pesar de todo suelto una pequeña risa.

—Es una mierda, gray.

Me besa delicadamente como si me fuera a romper en cualquier segundo.

—Isaac —susurro, besando su cuello.

—¿Qué estás haciendo?

—Por favor —lo interrumpo.

Él me mira por unos segundos antes de asentir y dejar que le quite la camisa, me desasgo de la mía.

Nuestros pechos desnudos chocan, lo tomo por la nuca, besándolo profundamente, él mantiene una de sus manos en el centro de mi espalda y la otra mi cintura.

Intensificó el beso queriendo sentir todo de él, su lengua acariciando la mía, soy yo quien lo sienta en la cama y me monto a horcajadas encima de él. Beso y muerdo su cuello, haciéndolo jadear.

Toma mi cara entre sus manos haciéndome parar.

—Te amo —me susurra.

Le doy un beso lento y dulce mientras él acaricia mis brazos.

—Yo también te amo, Gray —murmuro poniendo mis manos en sus mejillas, guardándome las lágrimas que amenazan con salir—, siempre lo haré.

Sus manos desabrochan mi sujetador.

Él está sentado en la cama cubierto con las sábanas, me abrazo de él, pegando mi frente a su cuello, una lágrima cae.

—No te voy a dejar sola —me susurra.

—¿Qué pasa si Maddie decide salir?

—Madeline, amo todo de ti, si ella sale aun así no me iré de tu lado. —Su voz suena firme y dulce al mismo tiempo.

Asiento respirando su aroma por última vez.

Espero a que él se quede dormido, me paro con cuidado para que no se levante, me visto silenciosamente y salgo de la casa.

CAPÍTULO 29

Camino al cementerio, todo está oscuro, son casi las 1 a.m., mis padres nunca llegaron a casa, creo que es mejor así. No hay nadie, lo cual no me extraña, soy la única rara que viene a esta hora, tengo la luz de mi celular prendida, iluminando el suelo, lo guardo en mi bolsillo y me arrodillo frente a la tumba de Alisha.

Para muchos envejecer es una maldición y yo lo entiendo como un regalo, significa que he vivido, que llegué a un camino largo, no como Alisha, a veces me gustaba pensar que Alisha y yo estábamos sentadas en las bancas en el parque, sumergiéndonos en el sol del verano, viendo a la gente pasar, siento las abuelas divertidas, «envejeciendo juntas».

Ya ninguna de las dos lo hará, no puedo con la culpa. Paso mis dedos por las palabras en su tumba.

—Lo siento —susurro—, cuando te fuiste pensé que iba a morir, pensé que no iba a ser feliz de nuevo —sonrío triste—, sí fui feliz, no como antes, te extrañé —gimoteo—, te extrañé muchísimo. Te perdí, te perdí frente a mis ojos, creí que no podía hacer nada. Resulta que sí pude porque yo sostenía la navaja.

—Alisha, te amo, siempre te amaré, fuiste mi mejor amiga, tal vez no sabía todo de ti. —Tomo un respiro profundo—. Eras una mierda de persona, pero no merecías lo que te pasó. ¡Lo que yo te hice! ¡Que yo terminara tu vida! —grito con las lágrimas consumiéndome—. ¡¿Sabes qué es lo peor de todo?! ¡Después de todo te hubiera perdonado! ¡No me iba a importar! ¡Eras literalmente mi hermana! —Respiro de manera histérica.

—¡Nada de esto importa! ¡Te maté! ¡No es como si tú me pudieras perdonar! —miro el cielo—, estás muerta — susurro—. Intenté ser fuerte por ti. ¿Sabes?, estuve dispuesta a hacer todo para encontrar a tu asesino, resulta que solo debía de mirar el espejo.

—Recuerdo cuando éramos chiquitas y estábamos jugando en el parque, un niño te empujó del columpio y te raspaste las rodillas, lloraste mucho —sonrío—, lo primero que hiciste fue buscarme y abrazarme, yo te prometí protegerte —mi voz se quiebra—, yo debí protegerte, no fui lo suficientemente fuerte para detenerla.

Mi frente toca la lápida.

—Tu y yo contra el mundo —pronuncio.

Me paro, poniéndome en camino a mi próximo destino.

No recuerdo su risa, no recuerdo lo cálido y seguro de sus abrazos, la primera vez que reí me volteé a verla y recordé que ella ya no estaba, dolió, pensé que nada dolería más que eso, sin embargo, aquí estoy en agonía, intentando recordar su olor, no quiero olvidar lo que ella fue, lo que yo destruí.

Entro al edificio donde estaba el apartamento de William, nunca hubo seguridad, así que solo tengo que entrar al elevador y apretar el botón del último piso, el piso 20. Llego y busco las escaleras a la azotea, este es el único edificio que conozco, donde puedo tener acceso y que es lo suficientemente alto para saltar.

La brisa me pega en la cara, miro a mi alrededor. Mi vista se detiene en una figura, ahora frente a mí, entrecierro los ojos intentando ver mejor, mis ojos se enfocan y enseguida me arrepiento de que lo hicieran.

—Hola, Madeline —dice Alisha.

Pongo mis manos en mi cabeza, sé que esto es solo producto de mi imaginación, tiene la misma ropa de el día que murió, está llena de sangre y se ve pálida.

—¿Disfrutaste matándome? —pregunta con la cabeza ladeada.

—No, yo no sabía, te lo juro.

—Eso no fue lo que pareció —dice suavemente—. Vi tu rostro cuando lo hiciste.

Intento acercarme a ella, pero se aleja.

—Alisha, por favor —suplico.

—Eso fue lo que te dije yo y no te detuviste.

PENA Y MUERTE

—No podía —sollozo—, lo siento.

—Sí podías —asegura—, fuiste mi amiga durante toda mi vida, aun así, no te tardaste ni dos segundos en apuñalarme y ver cómo me desangraba.

Veo como camina a la puerta de salida.

—Alisha —susurro.

—Madeline, tenía miedo —sus ojos ahora llenos de lágrimas—, tenía miedo y te necesitaba.

—Nos veremos pronto, te veré cuando todo esto termine, estaremos juntas como antes, solo espérame, Alisha, espera que llegue a ti. Perdóname. —Gimoteo.

—Ya es tarde.

—Aún podemos tener un final juntas, regresemos a cuando éramos felices, por favor, solo quiero estar contigo una vez más, te lo suplico, ¡no te vayas! —grito.

—¡Ya no estoy! ¡¿Qué no entiendes?! ¡Me fui a un lugar donde no me puedes seguir!

Ella y yo siempre dijimos que estaríamos juntas, que fuera adonde sea, yo iría con ella. Cuando murió, fue a un lugar donde no la pude seguir, pero ahora puedo.

Me paro en el borde del edificio, miro abajo, ignoro mi vértigo

—Sí puedo —la miro detrás de mi hombro—, pronto estaremos en el jardín que soñamos en tener, estaremos juntas. No tendré que preocuparme por mi madre usándome para matar a alguien, nunca más.

Nos quedamos en silencio, respiro profundo y cierro los ojos lista para dejarme ir.

—Madeline.

«No. No puede ser».

—Madeline, no lo hagas.

Volteo para verlo, está asustado, noto que está llorando.

—No merezco vivir, Isaac.

Me acerco más al borde.

—¡No, por favor, no! Escucha, no quiero vivir en un mundo donde sé que no estás, no puedo vivir en un mundo donde sé que exististe, pero te desvaneciste y no te pude salvar. Así que sí, seré egoísta al pedir esto, no me dejes solo —ruega.

—No puedo. ¡No puedo con la culpa, Isaac! —niego con la cabeza.

—¡No fue tu culpa! ¡Tu mamá lo hizo! ¡Ella es la asesina, no tú! Por favor, aléjate del borde y hablemos.

Me quedo en silencio sin saber qué hacer.

—Madeline, no dejes que te quite la vida, tu madre no lo vale.

—¿Qué va a pasar conmigo? —pregunto.

—Escapemos juntos —sugiere—, lejos de aquí, donde nadie nos conozca.

—Isaac sabes que no podemos —hablo temblorosamente—. Tu mamá.

—Ella irá con nosotros. Lo resolveremos —insiste.

Lo amo, pero solo quiero que pare de doler.

—Podemos tener una familia juntos, es lo que más quiero, quiero que crezcamos juntos, quiero que seas mi esposa algún día —continúa.

Cierro los ojos, yo también quiero eso, quiero abrazarlo y sentirlo, quiero olvidarme de mi madre, no quiero perderme el futuro que podría tener.

—Me duele mucho —susurro.

Doy un paso al frente.

CAPÍTULO 30

Un brazo me envuelve por la cintura y me jala antes de que me tire.

—Lo sé, cariño, pero no voy a dejar que lo hagas —susurra, siento su respiración en mi nuca.

Colapso en sus brazos con un grito, caigo al piso con él, que no me suelta, mi espalda recostada en su pecho, besa mi cabeza, él no dice nada mientras me sostiene, solo me deja llorar.

Giro mi cabeza para verlo, enseguida envuelvo mis brazos alrededor de su cuello, él me abraza más fuerte, su cara está hundida en mi cuello, sus lágrimas mojándome.

—Prométeme que no me vas a abandonar nunca —susurro.

—Nunca, lo prometo —me asegura.

Lo miro a los ojos y lo beso, lo suficientemente largo para sentir el salado de nuestras lágrimas en mi boca.

—¿Cómo me encontraste? —Me atrevo a preguntar.

—¿Sabes que trajiste tu celular contigo?

Lo miro atónita.

—Bueno, lo hiciste. Desperté y no te vi, no sabía dónde te habías ido y rastreé tu celular hasta aquí.

Asiento y suspiro.

—No voy a dejar que te vayas. ¿Sabes eso? No dejaré que te suicides —continúa.

—Lo sé.

—Vamos a casa, lo decía en serio. Escaparemos.

Me levanta en sus brazos sin esperar a que yo diga algo, me lleva cargada todo el camino hasta el carro, donde me sienta en el asiento de copiloto y me pone el cinturón.

Sube y arranca el carro

—Te dejaré en la casa, quiero que empaques tus cosas, enviaré a Alex a la casa la vera que estés bien hasta que yo regrese.

Asiento, no puedo hablar, tengo un nudo en la garganta, solo quiero cerrar los ojos y descansar. Me quedo dormida, me levanto por Isaac que me susurra que ya llegamos, Alex ya está en la casa, no dice nada mientras Isaac se va. Subo a mi cuarto sin decir nada, empiezo a empacar.

—Madd, ¿sabes que te amo como familia? —Escucho la voz de Alex que está apoyado en el marco de la puerta con los ojos cristalizados.

—Yo también te amo, Alex, eres el mejor amigo que nunca pensé poder tener otra vez —susurro.

—Bien, solo quería asegurarme de que lo supieras, voy a estar abajo esperando —termina.

Está por salir, pero lo detengo por la muñeca jalándolo para abrazarlo.

—Gracias —murmuro.

Él acepta el abrazo, después de unos segundos nos separamos, él me da una sonrisa y baja.

Continúo empacando, de repente siento un pinchazo en mi brazo.

No importa. Lo estoy haciendo, voy a escapar, lo tengo que hacer. Pienso en mi padre, le escribiré una nota diciéndole que no me fui por él, tiene que saber quién es realmente mamá, pero no me puedo quedar, no voy a enfrentarla de nuevo, es una desalmada, me dijo todo lo que me dijo como si fuera un cuento divertido, siempre con una maldita sonrisa en su rostro.

Bajo, Alex ya está con Isaac.

—Alexander, nos veremos pronto —le dice Isaac a Alex.

Este le sonríe.

—Adiós, primo. —Me mira—. Adiós, estúpida.

Sonrío.

—Adiós, estúpido. —Beso su mejilla.

Salimos de la casa, subimos todo al carro y arrancamos.
—Hay que pasar por mi madre y ya.
—Está bien.
Él despega la vista de la carretera, mirándome.
—Estaremos bien —asegura.
Sonrío.
Adiós, Blackhill.

EPÍLOGO

Me siento mareada, mi vista está borrosa, escucho una voz familiar.

—Qué bueno que despertaste, mi cielo. —Es mi mamá.

Mis ojos se enfocan mirando alrededor, ¿dónde está Isaac?, estoy en algo que parece una cabaña, las ventanas están cubiertas, hay una chimenea, aun así tengo frío, intento pararme, pero no puedo, me doy cuenta de que mis manos y pies están atados a una silla.

—¿Dónde está Isaac? —exijo.

—No lo sé, cuando llegué a casa encontré a ese niñero tuyo, tranquila, me encargué de él.

Mi boca se seca.

—¿Lo mataste?

Ella no responde, solo sonríe.

—Subí a tu cuarto, te vi empacando —suspira—, no puedo creer que quisieras dejarme, muy desagradecido de tu parte, hijita.

«El pinchazo».

—¿Me sedaste?

—Me fui de la casa para preparar tu llegada aquí y cuando regreso tú estabas intentando escapar. ¿Qué más podía hacer?

Las lágrimas vienen con la realización de que todo a partir del pinchazo fue un sueño, no escapé con Isaac y Alex está... muerto.

—Ay, quita esa cara, Madeline.

Se acerca a mí y me remuevo, miro abajo sin querer ver su cara, pero ella agarra mi cara con su mano, apretando sus uñas en mis cachetes, suelto un quejido.

—Ya, ya, estamos juntas, eso es todo lo que importa, como siempre le digo a mi Maddie, la sangre siempre va primero ¿no es así cariño? —Sonríe.

Su otra mano saca algo de su bolcillo, «una jeringa», me muevo intentando que me suelte.

—Quédate quieta, si no quieres que te duela.

El pinchazo ahora ya familiar me nubla la vista. Todo se vuelve negro y me dejo llevar por la oscuridad.

Despierto amarrada en una cama, veo otra cama a mi lado.

—Qué bueno que despertaste —susurra una voz.

En la cama hay alguien. Un alivio inmenso llena mi pecho.

—Pensé que te había matado.

—Hierba mala no muere —dice Alex en la misma posición que yo.

Noto que tiene un vendaje alrededor de la cabeza, él se da cuenta de lo que veo.

—La psicópata me pegó en la cabeza con una lámpara, quedé noqueado —me explica.

Abro la boca para responder, soy interrumpida por mi loca madre que entra a la habitación con una sonrisa enorme.

—Qué bueno que están despiertos mis amores —canturrea.

Tengo mucho miedo, Alex y yo intercambiamos miradas, no decimos nada.

Ella empieza a tatarear una melodía suave, como una canción de cuna.

—Este es su nuevo hogar —nos dice entusiasta—. *Bienvenidos a la casa de pena y muerte.*

Suelta una carcajada.

CONTINUARA...

CONTENIDO

CAPÍTULO 1 7

CAPÍTULO 2 13

CAPÍTULO 3 21

CAPÍTULO 4 25

CAPÍTULO 5 31

CAPÍTULO 6 47

CAPÍTULO 7 63

CAPÍTULO 8 69

CAPÍTULO 9 79

CAPÍTULO 10 91

CAPÍTULO 11 99

CAPÍTULO 12 113

CAPÍTULO 13 119

CAPÍTULO 14 127

CAPÍTULO 15 137

CAPÍTULO 16 145

CAPÍTULO 17 151

CAPÍTULO 18 159

CAPÍTULO 19 171

CAPÍTULO 20 179

CAPÍTULO 21 189

CAPÍTULO 22 197

CAPÍTULO 23 205

CAPÍTULO 24 213

CAPÍTULO 25 219

CAPÍTULO 26 223

CAPÍTULO 27 229

CAPÍTULO 28 233

CAPÍTULO 29 239

CAPÍTULO 30 243

EPÍLOGO 247